GEORG HEINZEN

ICH SCHENK DIR EINEN MORD

GEORG HEINZEN

ICH SCHENK DIR EINEN MORD

CÔTE D'AZUR-KRIMI

GMEINER

Bei Fragen zur Produktsicherheit gemäß der Verordnung über die allgemeine Produktsicherheit (GPSR) wenden Sie sich bitte an den Verlag.

Immer informiert

Spannung pur – mit unserem Newsletter informieren wir Sie
regelmäßig über Wissenswertes aus unserer Bücherwelt.

Gefällt mir!

Facebook: @Gmeiner.Verlag
Instagram: @gmeinerverlag

Besuchen Sie uns im Internet:
www.gmeiner-verlag.de

© 2025 – Gmeiner-Verlag GmbH
Im Ehnried 5, 88605 Meßkirch
Telefon 0 75 75 / 20 95 - 0
info@gmeiner-verlag.de
Alle Rechte vorbehalten
1. Auflage 2025

Lektorat: Claudia Senghaas, Kirchardt
Satz: Mirjam Hecht
Umschlaggestaltung: U.O.R.G. Lutz Eberle, Stuttgart
unter Verwendung einer Illustration von Florian Heinzen-Ziob
Druck: GGP Media GmbH, Pößneck
Printed in Germany
ISBN 978-3-8392-0786-4

*für Valentin
Samuel und Paulina*

1

David war an dem Septembermorgen, der sein Leben verändern sollte, früh aufgestanden und hatte den Wetterbericht studiert. David verdiente seinen Lebensunterhalt als Tourguide und führte Touristen zu den Sehenswürdigkeiten der Provence: Cézanne und der Montagne Sainte-Victoire. Lourmarin, die letzten Tage von Albert Camus. Saint-Tropez, auf den Spuren von Brigitte Bardot. Neu in Davids Programm, der Canyon du Verdon. Eine der spektakulärsten Schluchten Europas, die als unpassierbar galt, bis der französische Jurist und Höhlenforscher Édouard Alfred Martel den 700 Meter tiefen Canyon 1905 in einer viertägigen Expedition durchquerte. David hatte die Schlucht oft besucht, weshalb er auf die Idee kam, die Martel-Tour auf seiner Website anzubieten. Für alle, die sich die Wanderung alleine nicht zutrauten, um unter Davids sachkundiger Führung den Canyon zu durchqueren, der von der dramatischen Erstbegehung bis zum umstrittenen Staudammbau alles über den Canyon du Verdon wusste und auf unterhaltsame Art zu erzählen verstand. Wobei David zugutekam, dass er, neben vielen anderen Jobs, als Stadtführer in Tübingen gearbeitet hatte, wo er mit seiner Frau, einer Malerin, lebte. Aber es zog das Paar ans Mittelmeer, wo man die Sommerferien verbrachte, während der Wunsch reifte, immer in der Provence zu leben. Weshalb sie ihre Zelte in Deutschland abgebrochen hatten und an die Côte d'Azur gezogen waren, wo David seine Führungen anbot, während Marlène Lavendelfelder in Öl malte und auf Wochenmärkten verkaufte. Eine prekäre Existenz, wie man an dem schrottreifen Fiat Panda sehen konnte, mit dem David an diesem folgenschweren Tag auf dem Parkplatz von La Maline am Rand des Canyons eintraf.

Auf dem Weg von der Küste hinauf in die Berge hatte David Marlène in Sainte-Maxime abgesetzt, wo Markttag war und sie einen Stand gemietet hatte. Während David half, die Staffeleien mit Marlènes Ölgemälden aufzustellen, kam es zum Streit mit einem Touristen, der eines der Gemälde fotografieren wollte und nicht bereit war, es zu unterlassen oder das Bild zu kaufen. Denn, so Marlène auf ihre impulsive Art, statt das Bild zu kaufen, würde der Mann in den nächsten Copyshop gehen, das Bild als Poster ausdrucken lassen und zu Hause übers Sofa hängen. Der Tourist erwiderte amüsiert, er würde niemals solchen Kitsch aufhängen, worauf Marlène dem Mann die Kamera wegreißen wollte, was David verhindern konnte, aber nicht, dass sie dem Mann eine Kanonade schlimmster Flüche hinterherrief und die Aufmerksamkeit des gesamten Marktes auf sich zog. Weshalb David die Ruhe über dem Canyon genoss, während er in der geöffneten Heckklappe des Pandas saß und seine Bergschuhe schnürte. Die Teilnehmer der Tour, die sich auf Davids Website angemeldet hatten, waren noch nicht eingetroffen. So hatte er Zeit, eine Zigarette zu rauchen, wobei der auffrischende Wind das Feuerzeug ausblies, sodass er sich in den Panda zurückziehen musste. Als die ersten Teilnehmer eintrafen, hatte der Himmel, der am Morgen mit strahlendem Blau lockte, sich zugezogen,

der Wind frischte weiter auf und riss David den Strohhut vom Kopf, trieb ihn über den Parkplatz, während er
hinterherlief, und wehte ihn in die Tiefen des Canyons.

Inzwischen waren alle Teilnehmer der Tour eingetroffen. David prüfte, ob sie geeignete Wanderschuhe, einen
Regenschutz und ausreichend Proviant, vor allem genug
Wasser bei sich hatten. Dazwischen checkte er auf seinem
Handy den Wetterbericht, der sich von Minute zu Minute
verschlechterte und eine Unwetterwarnung für das Hinterland der Côte d'Azur aussprach. So entschied David
schweren Herzens, die Tour abzusagen, auch wenn er auf
die Tageseinnahme verzichten musste, während die Teilnehmer versuchten, David umzustimmen, sie würden auf
eigene Verantwortung gehen. Aber David ließ sich nicht
erweichen. Trotz aller Beteuerungen konnte er sich vorstellen, wie die Beurteilungen der Tour auf seiner Website ausfallen würden, wenn er die Leute in einen Wettersturz führte. Es täte ihm leid, erklärte David, aber er
könne die Verantwortung nicht übernehmen und würde
dringend abraten, auf eigene Faust in den Canyon ein-
zusteigen. Aber statt dankbar zu sein, dass er sich ver-
antwortungsvoll zeigte, machten die Teilnehmer David
Vorwürfe, als wäre er für das Wetter verantwortlich. Ein
Paar aus den USA verlangte, David solle ihm die Fahrtkosten ersetzen, worauf er den beiden den 50-Euroschein
gab, den er fürs Tanken vorgesehen hatte.

»Was für ein Scheißleben!«, fluchte David, während die
Teilnehmer seiner Tour in ihre Autos stiegen und davonfuhren. »Was für ein Scheißleben!« David ging zu seinem
Panda, der allein auf dem verlassenen Parkplatz stand, um
an die Küste zurückzufahren und Marlène beim Abbau
ihres Standes zu helfen, sollte sie nicht bereits wegen

ungebührlichem Verhalten von der Marktaufsicht fortgeschickt worden sein, wie das vor ein paar Tagen in Fréjus passiert war. David öffnete die Fahrertür, die der Wind ihm aus der Hand riss, stieg aber nicht ein, sondern beschloss, die Tour allein anzutreten. Er nahm seinen Rucksack vom Beifahrersitz, klemmte Steine unter die Vorderräder, damit der Wind den Panda nicht in den Abgrund wehte, und schritt zum Einstieg.

War es Trotz, dass David ungeachtet der Unwetterwarnung in den Canyon einstieg? Keine Zweifel zuzulassen, dass der Traum des Paares nicht in Erfüllung gehen könnte, weil das Geld, das die beiden verdienten, für ein Leben an der Côte d'Azur nicht reichte? Weil Marlène keine Bilder verkaufte und Davids Touren nicht gebucht wurden? Wie auch immer, bald war David mit dem Wald, der sich unter den Schlägen des Windes duckte, und dem Pfad, der unter seinen Schritten dahinflog, allein. Auch wenn er auf die Tageseinnahme verzichten musste, genoss er es, sein Tempo zu gehen und sich nicht der Gruppe anpassen zu müssen. So erreichte David bald den Verdon, an dessen Ufer er eine Rast einlegte und die Butterbrote aß, die Marlène für ihn geschmiert hatte. Wegen der Enge des Canyons, dessen Hunderte Meter hohen Felswände so dicht beieinanderstanden, dass man nur einen schmalen Streifen Himmel sehen konnte, erkannte David erst, dass dieser Streifen ein giftiges Grau angenommen hatte, als es zu spät war umzukehren und ihm nichts anderes übrig blieb, als sich zu drei Tunneln durchzuschlagen, die man in den senkrechten Felsen getrieben hatte, um die steilsten Abstürze passierbar zu machen. Hier wäre er vor dem Regen sicher, der auf ihn herunterprasselte, als hätte der Himmel seine Schleusen geöffnet. David setzte seinen Rucksack wieder auf und rannte am Ufer des Verdon entlang Richtung Échelles Imbert, einer Treppe mit 252 Stufen, die ihn zum Eingang des ersten Tunnels leiten würde. Aber der Verdon schwoll rasch an und riss alles mit sich, was ihm in den Weg kam. Baumstämme, Kajaks, Campingstühle und Zelte, weil die Rafting-Agenturen am Beginn des Canyons von dem Unwetter überrascht worden waren und keine Zeit hatten, ihre Ausrüstung in Sicherheit zu bringen. So hastete David voran, über Bäume steigend, die der Sturm entwurzelt hatte, und dem Verdon ausweichend, der weiter stieg. Er hatte die Treppe fast erreicht. Immer, wenn Blitze einschlugen, leuchtete das Geländer der Échelles Imbert wie eine Himmelsleiter. Noch mal durchatmen. Ein letzter Blick auf den Verdon, vor einer Stunde ein plätschernder Bach, der zu einem brüllenden Monster geworden war, das alles zermalmte. Selbst Hunderte Jahre alte Bäume. Einer dieser mächtigen Stämme staute den Verdon auf, sodass sich ein Strudel bildete, in den eine orange Schwimmweste geriet, die sich im Kreis drehte, während David begriff, dass in der Schwimmweste ein Körper steckte, der einen Helm trug mit einer Stirnlampe, die ein pulsierendes Licht aussandte. Wie Herzschlag. Wobei David sich nicht vorstellen konnte, dass der Mensch in der orangen Schwimmweste noch lebte. Als der Strudel den Körper näher ans Ufer drängte, griff David beherzt zu, zog den Körper an Land und drehte ihn auf den Rücken. Ein bärtiger Mann. David löste die Stirnlampe vom Helm und richtete sie auf die Pupillen des Mannes, die eine Reaktion zeigten. David zerschnitt mit seinem Taschenmesser die Schwimmweste und drückte auf den Brustkorb des Mannes, worauf dieser einen Schwall Wasser erbrach und zu sich kam.

Wie David den Mann die 252 Stufen der Échelles Imbert hinaufbekam, daran konnte er sich nicht mehr erinnern, als er Marlène am Abend seine abenteuerliche Geschichte erzählte. Die Erinnerung setzte wieder ein, als David mit dem Mann den ersten Tunnel erreichte, wo der Mann auf Englisch mit starkem Akzent David um sein Handy bat. Es gab im Tunnel keinen Empfang, weshalb David vorschlug, am Ausgang des letzten Tunnels bei der Point Sublime den Notruf zu wählen, damit der Mann zur Kontrolle ins Krankenhaus gebracht wurde. Was der Mann ablehnte, der wieder zu Kräften kam und den letzten der drei Tunnel ohne Davids Hilfe durchquerte. Als sie den Tunnel verließen, hatte sich das Unwetter verzogen. Auf dem verlassenen Parkplatz stand ein Range Rover, auf den der Gerettete zusteuerte. David erklärte, er würde fahren. Der Mann gab David den Zündschlüssel, und während dieser den Range Rover die gewundene Straße aus dem Canyon hinaussteuerte, immer wieder umgestürzten Bäumen und herabgefallenen Steinen ausweichend, führte der Mann mit Davids Handy ein Telefonat auf Russisch, das er kurz unterbrach, um David zu bitten, ihn nach La Maline zu bringen. Als sie den Parkplatz erreichten, der voller Trümmer lag, weil das Unwetter eine Kaffeebude zerlegt hatte, näherte sich das Knattern eines Helikopters, der auf dem Parkplatz landete. Zwei Männer stiegen aus und rannten geduckt unter dem rotierenden Rotor zu dem Range Rover. Der eine nahm den Geretteten in Empfang und brachte ihn zu dem Hubschrauber, während der andere David um die Autoschlüssel bat, in den

Range Rover stieg und dem Helikopter folgte, der rasch abhob. David ging zu seinem Panda, öffnete die Klappe und ließ sich erschöpft im Heck nieder, um auf das Dutzend besorgter Nachrichten zu reagieren, die Marlène auf seinem Handy hinterlassen hatte.

2

Ein paar Tage später bekam David einen Anruf. Es war der Russe mit dem charmanten Akzent, der sich bei David bedanken wollte, dass er ihm das Leben gerettet hatte. Ein Essen im kleinen Kreis, legere Kleidung. Es folgte eine *WhatsApp* mit der Wegbeschreibung. David zögerte, die Einladung anzunehmen. Das Haus des Russen lag im Massif des Maures, zwei Autostunden von der Halbinsel Saint-Tropez entfernt, wo das Paar ein Ferienhaus bewohnte, das es sich, obwohl man sich zu allerlei hausmeisterlichen Arbeiten verpflichtet hatte, nicht leisten konnte. Marlène drängte David, die Einladung anzunehmen, vielleicht sprang etwas heraus für seine Rettungstat.

David stieg in den Panda und verließ bei Sainte-Maxime die Küste, um sich auf immer schmaleren Straßen in die Berge zu schrauben, begleitet vom Zirren der Zikaden und dem Fahrtwind, der durch die Fenster knatterte, die David heruntergedreht hatte, weil die Klimaanlage ausgefallen war. Noch in Sichtweite der Küste, deren im Abendlicht glitzerndes Band zwischen den Bäumen glühte, wurde es immer einsamer um David. Kein Auto begegnete ihm auf der engen, von der Sommerhitze verformten Straße, und jetzt brach die Internetverbindung ab, sodass die Stimme verstummte, die David hierhergeleitet hatte. Er hielt an und überlegte, ob er umkehren sollte, um mit Marlène den Abend am Pool ausklingen zu lassen, statt auf der Suche nach dem Haus des Russen den Tank leer zu fahren, dessen Nadel sich der Reserve näherte. David startete wieder den Motor, um zu wenden, als sich auf seinem Handy eine Frauenstimme meldete und sich auf Französisch erkundigte, wo er bliebe, alle würden auf ihn warten. David erklärte, die Internetverbindung sei abgebrochen, weshalb sein Navi nicht funktionierte. Die Frau versprach, sie würde David übers Handy leiten, er sollte ihr seine Position durchgeben. Welche Position? Da stand nur ein Schild, das auf Waldbrandgefahr hinwies. Aber der Frau in Davids Handy reichte das, ihn mit ihrer verführerischen Stimme zu einer Stelle zu leiten, wo der Wald sich öffnete, um die Zufahrt zu einem schlossartigen Anwesen freizugeben, das in einem Park mit Wasserspielen lag.

David schien nicht der einzige Gast zu sein, vor dem Anwesen parkten zahlreiche Limousinen. David fand eine Lücke zwischen einem Rolls-Royce und einem Lamborghini, neben denen sich der rote Panda mit blauen Türen – David konnte sich die Lackierung nach einem Unfall nicht leisten – ausnahm wie ein Scherz. David schloss den Panda ab, auch wenn es albern war, und folgte den anderen Gästen zum Eingang des Parks, wo ein Metalldetektor stand und die Gäste vom Sicherheitspersonal aufgefordert wurden, ihre Taschen zu leeren, worauf sie von weißen Handschuhen abgetastet wurden. Nachdem David Portemonnaie und Autoschlüssel wieder eingesteckt hatte, folgte er den anderen in den Park, der von plätschernden Fontänen gekühlt wurde, in denen die Abendsonne Regenbögen spannte. Über einen Teich trieben Schwäne zur Klaviermusik, die von der Terrasse herüberwehte, wo ein Pianist auf einem weißen Flügel Rachmaninow spielte. Auf einem Videowürfel wurde das Entrée der Gäste übertragen, während David mit Erschrecken begriff, dass er der Einzige in Polo und Shorts war zwischen lauter Männern in Anzügen. David nahm ein Glas Champagner vom Tablett eines der vorbeischwirrenden Kellner, kippte es hinunter und wollte wieder gehen, als ein weißer Elektrokarren, der besonders wichtige Gäste am Eingang abholte, neben ihm hielt. Hinterm Steuer saß eine unfassbar schöne Frau in einem unfassbar engen Kleid und begrüßte David mit Vornamen, wobei sie ihn französisch aussprach, was interessant und verführerisch klang. Es war die Frau, die David übers Handy hierhergeleitet hatte. Natascha, die persönliche Assistentin des Hausherrn. Natascha klopfte auf den Sitz neben ihren langen braunen Beinen, um David zu Sergej zu bringen, der ihn ungeduldig erwartete. David beschlich Panik, zum Mittelpunkt all der schönen, reichen Menschen zu werden, weshalb er sein Handy aus seiner Shorts hervorfummelte, das ihm vor lauter Aufregung in den Fußraum des Golfwagens fiel, wo Nataschas Pumps standen, denn sie steuerte den Wagen mit nackten Füßen. Als David sein Handy gefunden hatte, behauptete er, er hätte eine Nachricht erhalten und müsste leider wieder gehen. Weshalb Natascha so nett sein sollte, ihn zum Parkplatz zu fahren und dem Gastgeber Grüße auszurichten. Natascha schüttelte entschlossen ihre blonde Mähne und erklärte, Sergej würde es ihr nie verzeihen, wenn sie zuließe, dass der Mann, für den er diesen Empfang gab, die Party schon wieder verlassen würde. Dabei drehte sie mit dem Golfwagen eine Runde, um auf Sergej zuzuhalten, den David erst jetzt erkannte, weil er inmitten einer Gruppe Männer und Frauen stand, aber vor allem, weil er keinen zerfetzten Neoprendress trug, sondern einen weißen Anzug, der maßgeschneidert war. Denn bei jeder seiner Handbewegungen, mit denen Sergej eine Anekdote zum Besten gab, bewegte sich das Jackett mit der Verzögerung einer Sekunde, was Sergej noch mächtiger erschienen ließ. Dabei war Sergej von eher kleiner Statur, aber die Art, wie seine Zuhörer Abstand hielten und zugleich an seinen Lippen hingen, machte jedem klar, dass dieser kleine Mann unter allen hier der Größte war. Während sich der Golfwagen der Gruppe um Sergej näherte, unternahm David einen letzten Versuch, Natascha dazu zu bringen, ihn zurück zum Parkplatz zu fahren, indem er auf seinen Aufzug hinwies: Dass ihn alle für den Mann halten müssten, der den Pool sauber machte. Worauf Natascha erwiderte, Sergej hätte ihr von Davids Heldentat erzählt, weshalb er es nicht nötig hätte, sich herauszuputzen. Denn Helden, so Natascha mit einem Lächeln, würden keine Anzüge tragen. Das stimmt, dachte David, bei dem Nataschas Parfüm eine betörende Wirkung entfaltete, ich bin ein Held! Außerdem war es zu spät, sich zurückzuziehen, denn Natascha drückte die Hupe, worauf sich der Kreis um Sergej öffnete und dieser mit ausgebreiteten Armen auf David zukam und ihn an seine Brust drückte. David ließ Sergejs Beweis seiner Zuneigung über sich ergehen, wobei er das Gefühl hatte, als würde sich gerade ihr Verhältnis auf den Kopf stellen, dass Sergej ihn rettete.

»Mes amis, attention s'il vous plait!« Endlich ließ Sergej David los, nahm ein volles Champagnerglas von einem vorbeischwebenden Tablett, klopfte daran und wartete, bis auch alle anderen Gäste, die im Park lustwandelten, ihn und den Mann in den kurzen Hosen umringten. »Ich möchte euch den Mann vorstellen, dem ich mein Leben verdanke!«

Sergej wartete, bis sich das anerkennende Raunen gelegt hatte.

»Vor ein paar Tagen feierte Igor«, Sergejs Blick ging zu einem Kerl mit einer schwarzen Augenklappe, an dessen Schulter sich eine Frau mit gewagtem Dekolleté schmiegte, »seinen Junggesellenabschied mit einer Raftingtour durch den Canyon du Verdon. Weil Igor sich mit seiner Hochzeit übernommen hatte, sollten wir die Tour statt in Kajaks in Schwimmwesten antreten.« Sergej wartete, bis sich das Gelächter gelegt hatte, und fuhr, David weiter bei der Hand haltend, fort: »Eine Instruktorin erklärte, wie wir uns im Wasser zu verhalten hätten und empfahl, mit den Füßen voran durch die Stromschnellen zu treiben, um Kopfverletzungen zu vermeiden. Wir schlüpften in Neoprenanzüge, schlossen die Schwimmwesten, setzten Helme auf und aktivierten das Positionslicht. Da ich zufällig an der Spitze unserer Gruppe ging, stieg ich als Erster in den Fluss. Während ich mit den Füßen voraus den Verdon hinuntertrieb, kam das Kommando, die Tour wegen eines heraufziehenden Unwetters abzubrechen. Weshalb die Instruktorin mir hinterherpfiff, aber ich hatte den Beginn der Stromschnellen erreicht und konnte nicht mehr zurück. Also konzentrierte ich mich darauf, nicht gegen die Felswände zu stoßen, die immer näherkamen. Was dann geschah, daran kann ich mich nicht erinnern. Ich vermute, dass ich mich drehte und mit dem Kopf voraus gegen die Felsen prallte. Alles Weitere kann euch mein Freund erzählen.« Der Russe ließ Davids Hand los und nickte ihm aufmunternd zu.

David schaute in die Runde erwartungsvoller Gesichter und lächelte verlegen. »Da gibt es nicht viel zu erzählen. Vermutlich hatte sich Monsieur …«

»Sergej«, korrigierte der Russe, »ich heiße Sergej!«

»Vermutlich hatte Sergej sich in einem der Büsche am Ufer verfangen, während der Verdon wegen des Unwetters immer weiter anschwoll, bis das Wasser Sergej mitriss. So geriet er flussabwärts bei der Échelles Imbert in einen Strudel. Ich watete ins Wasser, zog Sergej an Land, brachte ihn wieder zu Bewusstsein und schlug mich mit ihm zur Point Sublime durch. Etwas, das jeder hier auch getan hätte.«

»Da wäre ich mir nicht sicher«, schaltete sich der Gastgeber ein. »Der eine oder andere hätte die Gelegenheit ergriffen und zugeschaut, wie meine Leiche den Fluss hinuntertreibt.«

Während alles in großes Gelächter ausbrach, begriff Sergej, dass seinem Gast die Aufmerksamkeit der schönen, eleganten Menschen unangenehm war, weshalb er David beiseitenahm und fragte, ob er ihm seinen Park zeigen dürfe. David nickte erleichtert, wobei er auch bereit gewesen wäre, sich koreanische Keramik oder belgische Briefmarken anzuschauen, um nicht länger Mittelpunkt des Interesses zu sein. Sergej führte David in den Park und beschrieb die exotischen Gewächse, die hier wuchsen, bis er vor einer kleinen, rötlich schimmernden Pflanze stehen blieb und erklärte, die größten Kostbarkeiten seien unscheinbar. Ein Lächeln, dann begann Sergej von der kleinen Pflanze zu schwärmen, deren lateinischer Name *Brogharia cuprea* lautete. »Die Kupferpflanze, endemisch auf den Molukken, dort lange ausgestorben.« Sergej machte eine bedeutungsvolle

Pause. »Weshalb dieses Exemplar weltweit das letzte seiner Art ist.«

Die beiden Männer schlenderten weiter durch den Park, Rasensprengern ausweichend, die im Krebsgang Sprühnebel verteilten. Darüber kamen die beiden sich näher, dass David sich ein Herz fasste, Sergej zu fragen, mit welcher Arbeit man es zu solchem Reichtum brachte.

»Ich bin Geschäftsmann.«

»Und welche Geschäfte sind das?«

Sergej blieb stehen und schaute David auf eine Weise an, wie ein Vater seinen Sohn. »Willst du das wirklich wissen?«

In Davids Kopf lief ein Film ab: Der Hubschrauber, die Waffenkontrolle am Eingang, die Frauen mit ihren künstlichen Brüsten, die Männer mit verspiegelten Sonnenbrillen. »Nein«, erwiderte David und schlug die Augen nieder, weil er Sergejs Blick nicht länger standhielt.

»Interessierst du dich für Kunst?« Ohne Davids Antwort abzuwarten, führte Sergej ihn aus dem Park zu der Villa, die über breiten Treppen thronte wie eine Sahnetorte. Erbaut im schwülstigen Stil der Belle Époque, überraschte sie innen mit kühler Nüchternheit, Böden aus Travertin und weißen Wänden, die die Kunstwerke, die hier hingen, zur Geltung brachten.

Beeindruckt durchschritt David, der, ausgehend vom Bling-Bling der Gäste, teuren Kitsch erwartet hatte, die Fluchten. Aber Sergej bewies als Sammler einen sicheren Geschmack, wobei seine Leidenschaft der Malerei des ausgehenden 19. Jahrhunderts galt. So flanierte David entlang an zwei Südseeschönheiten von Gauguin, Birnen und Äpfeln von Cézanne, blühenden Bäumen von

Pissarro und einem tanzenden Paar von Renoir. David kannte jedes dieser Gemälde, er hatte mal ein Kunstmagazin herausgegeben, und rühmte Komposition, Farben und Technik. Am Ende ihrer Runde blieben die beiden vor einem kleinen Gemälde im Goldrahmen stehen. Es zeigte drei rote Mohnblumen in einer grünen Vase vor einer gelben Tapete.

»Van Gogh«, flüsterte David, während die Männer das Bild betrachteten. »Weißt du«, wandte sich David an Sergej, »warum Van Gogh oft Stillleben mit Blumen gemalt hat?«

Sergej schüttelte den Kopf.

»Weil er kein Geld hatte, Modelle zu bezahlen.«

Sergej lächelte, als ob ihn diese Information das Bild noch kostbarer erscheinen ließ.

»Ist es nicht fantastisch«, schwärmte David, näher an das Bild tretend, »mit welch einfachen Mitteln Van Gogh die Illusion erzeugt, wir würden am Feldrand gepflückten Klatschmohn sehen? Dabei sind es nur farbige Flecken, aber im Auge des Betrachters fügt es sich zu einem Strauß zusammen.«

Sergej schaute David nachdenklich an. »Dir gefällt das Bild?«

»Ich finde, es ist eines der berührendsten Gemälde, die Van Gogh geschaffen hat, wenn auch *Stuhl mit Pfeife*, *Sternennacht* oder *Krähen überm Weizenfeld* berühmter sind.«

»Du kennst dich aus mit Van Gogh, mein Freund.«

»Vor ein paar Jahren kam ich nach Saint-Remy-en-Provence, wo Van Gogh sich in die Irrenanstalt einweisen ließ. Es war Frühjahr, ein kalter Wind blies und wirbelte durch die Felder. Da begriff ich, diese rotierenden

Bewegungen in Van Goghs Gemälden, das sind keine Dämonen, das ist der Mistral.«

Sergej, der aufmerksam zugehört hatte, nickte zustimmend. »Du bist der Erste, der dieses Bild versteht. Möchtest du es haben?«

David glaubte, nicht richtig zu hören. »Was sagst du?«

»Ob du das Bild haben möchtest?«, wiederholte Sergej. »Ich schenke es dir. Du hast mir das Leben gerettet.«

Bevor David reagieren konnte, nahm Sergej das Gemälde von der Wand und hielt es ihm hin, während ein Alarm losging. Sekunden später stürmten Security-Männer in die Halle. Sergej erklärte auf Russisch, dass alles in Ordnung wäre, und schickte die Männer fort, während er David weiter das Bild hinhielt. »Mach mir die Freude, bei dir sind die *Mohnblumen* in guten Händen. Du weißt das Bild zu schätzen.«

David gab sich einen Ruck, nahm das Gemälde entgegen und betrachtete es. Noch nie hatte er solch eine Kostbarkeit in den Händen gehalten.

»Nimm das Bild«, drängte Sergej, »ich stehe nicht gern in jemandes Schuld. Und solltest du die *Mohnblumen* verkaufen, brauchst du nie mehr zu arbeiten, wohnst in solch einer Villa und kannst dir eine Freundin wie Natascha leisten.«

In Davids Kopf überschlugen sich die Gedanken: ein Van Gogh. Er hielt einen echten Van Gogh in Händen. Sollte er ihn verkaufen, wären er und Marlène auf einen Schlag reich. Marlène müsste nicht länger die mitleidigen Blicke der Touristen auf den Wochenmärkten ertragen, er müsste nicht länger schlecht angezogenen Rentnern etwas über Picassos Affären und die Hochzeitsnacht von Brigitte Bardot erzählen. Er würde in einer Villa in Saint-Tropez wohnen, Partys geben wie Sergej und nicht mit dem Panda im Leerlauf vom Canyon du Verdon hinunter zur Küste rollen, weil er Teilnehmern der abgesagten Tour die Fahrtkosten erstattet hatte. Warum aber entschied sich David, den Van Gogh nicht anzunehmen? Wollte er Sergej, der offensichtlich ein Gangster war, zeigen, dass er ein ehrlicher Mann war? Wollte David, der sich in seinen kurzen Hosen zwischen den Meisterwerken klein vorkam, Sergej demonstrieren, dass dieser zwar reich und mächtig, David ihm aber moralisch überlegen war?

»Danke, aber ich bin mit meinem Leben zufrieden«, erklärte David nach langem Zögern und gab den Van Gogh zurück.

Sergej ließ sich nicht anmerken, dass er gekränkt war, weil David sein großzügiges Geschenk ablehnte, hing das Gemälde zurück an seinen Platz und erklärte, es sei Zeit fürs Dinner, das er zu Ehren von David geben würde. Aber David entschuldigte sich, er müsste am nächsten Morgen früh raus, Geld verdienen, weshalb er sich verabschieden würde.

Sergej ließ sich die erneute Zurückweisung nicht anmerken, sondern erkundigte sich höflich, was das für eine Arbeit sei, während die beiden Männer die Villa verließen und die Freitreppe hinabstiegen.

»Ich mache Führungen für Touristen. Picasso in Antibes, Van Gogh in Saint-Remy, Camus in Lourmarin, Brigitte Bardot in Saint-Tropez.«

»Und das reicht zum Leben?«

»Ich bin zufrieden«, erwiderte David, während die beiden am Fuß der Treppe stehen blieben. »Außerdem weiß ich bei Marlène, dass sie mich um meiner selbst willen liebt.«

Wieder ließ Sergej sich nicht anmerken, dass ihn die Spitze gegen Natascha, von der David unterstellte, sie sei seine Hure, kränkte, sondern begleitete David zum Ausgang, wo er ihm die Hand reichte. »Mach's gut, mein Freund!«

David nickte und versuchte, Sergej seine Hand zu entziehen, aber der hielt sie fest. »Ich werde immer in deiner Schuld stehen. Deshalb, solltest du jemanden töten wollen, wen und warum auch immer, lass es mich wissen. Meine Leute erledigen das schnell und diskret.«

David glaubte, nicht richtig zu hören. »Dafür, dass ich dir das Leben rette, schenkst du mir einen Mord?«

Sergej lächelte. »Das ist der Lauf der Dinge. Eigentlich sollte ich sterben, so hat es mein Schicksal bestimmt. Aber dann kamst du und hast mir das Leben gerettet. Was bedeutet, dass die Welt aus dem Gleichgewicht ist, weil ein Lebender zu viel unter uns weilt. Verstehst du, was ich meine?«

Ohne Davids Antwort abzuwarten, wobei David keine Antwort eingefallen wäre auf diese seltsamen Überlegungen, ließ Sergej seine Hand los und ging zurück zu seinen Gästen, um am Kopf einer langen Tafel Platz zu nehmen, die man im Park gedeckt hatte, wo die Kellner darauf warteten, den Rosé in die Gläser zu füllen, die im Licht Tausender Kerzen funkelten.

Wie betäubt ging David zum Ausgang, wo er wieder von der Security abgetastet wurde, während sein Blick auf eine Wanne voller Waffen fiel, die man den Gästen abgenommen hatte. Bevor David in seinen Panda stieg, schaute er ungläubig zurück, als habe er das alles nur geträumt. Nun startete er den Motor, der erst nach mehreren Versuchen ansprang, und wollte losfahren, als ans Seitenfenster geklopft wurde.

Es war Natascha, die eine Plastiktüte hochhielt. »Damit du nicht mit leeren Händen fortfährst!«

Aber David hatte keinen Blick für die Plastiktüte, sondern betrachtete den Ansatz von Nataschas perfekten Brüsten, die sich zu ihm herabbeugten. Er schaute Natascha wohl zu lange an, denn diese stellte lächelnd klar: »Es geht nicht um das, woran du gerade denkst. Sergej teilt seine Freundin mit niemandem.«

Natascha hielt David weiter die Plastiktüte hin, bis dieser sie ergriff und auf den Beifahrersitz stellte, davon ausgehend, dass man ihm etwas vom Dinner eingepackt hatte für die Rückfahrt. Aber als er tief im Wald anhielt, weil sich der Hunger meldete, entnahm David der Tüte einen kleinen grauen Plastiktopf mit einer rötlich schimmernden Pflanze *Brogharia cuprea*.

3

Es war tiefe Nacht, als der Panda vor einem einstöckigen Haus im Hinterland von Saint-Tropez zwischen der Route Nationale und einem Waldstück hielt. David stieg aus, nahm die Plastiktüte mit der Kupferpflanze vom Beifahrersitz, betrat das Haus durch die Garage und stellte die Tüte auf die Küchenanrichte, deren Marmorimitat sich an den Ecken löste. Die Türen zur Terrasse standen offen, sodass die Ausdünstungen des Pools heranwehten, der am Ende dieses heißen Tages faulig roch. David füllte an der Spüle ein Glas mit Wasser und ließ seinen Blick schweifen: über die vergilbte Tapete, an der in zufälliger Anordnung Teller mit Windmühlen hingen. Über die Sitzgarnitur aus schwarzem Kunstleder, das aufgeplatzt war. Über den Esstisch, dessen Glasplatte gesprungen war. Daran vier Stühle, deren einzige Gemeinsamkeit darin bestand, dass sie unbequem waren. Über das Regal aus Schmiedeeisen, in dem lauter Dinge lagen, die sie nie benutzten. Davids Blick schwenkte weiter über ein Hirschgeweih an der Wand, an dem eine Kochschürze hing, bis er am Ende seiner Runde wieder bei der Anrichte landete, wo der Wasserhahn tropfte, weshalb er sein mittlerweile leeres Glas darunter stellte.

David verließ die Küche und trat hinaus auf die Terrasse, wo Marlène in einem Liegestuhl eingeschlafen war. Offenbar hatte sie auf David gewartet, war aber von Müdigkeit überrollt worden, wobei das Handy ihr aus der Hand gerutscht und auf den Boden gefallen war. David nahm auf einem zweiten Liegestuhl gegenüber Platz und ließ seinen Blick über die schlafende Marlène wandern, wobei er nie verstand, dass eine so schöne Frau ihn erwählt hatte. Jetzt begriff David, dass Marlènes Schönheit alterte. An ihren langen Beinen, auf die sie so stolz war, zeichneten sich blaue Adern ab. Die Brüste, so fest, dass Marlène nie einen BH trug, waren eingefallen. Um ihren Mund zeichneten sich Falten ab, die Enttäuschung dort eingegraben hatte. Die Lippen nicht mehr so voll wie früher, sondern trocken und schmal. Wie es Marlènes Gewohnheit war, trug sie nur eine Bikinihose, weshalb David eine Decke nahm und Marlène zudeckte, weil ihm ihre Nacktheit peinlich war.

Darüber wurde Marlène wach. »Du bist zurück? Wie war's?«

David machte eine abfällige Handbewegung. »Der Russe, dem ich das Leben gerettet habe, ist ein Gangster. Er wohnt in einer Villa oben in den Bergen in einem Park voll exotischer Pflanzen.«

Marlènes Neugier war geweckt. »Wart ihr zu zweit?«

»Da waren Hunderte Menschen. Alle in Anzügen und Abendkleidern. Ich kam mir vor wie der Mann, der den Pool sauber macht. Wobei der Pool so groß ist, dass ein Mann alleine das nicht schafft.«

»Und diese Party«, Marlène hatte sich in ihrem Liegestuhl aufgerichtet und hing an Davids Lippen, »gab dein neuer Freund nur für dich?«

»Ja, nur für mich.« David lächelte stolz. »Wobei *Party* die Sache nicht richtig trifft. Es war ein ›Empfang‹. Ein richtig großer Empfang, womit Sergej seinen Lebensretter feiern wollte.«

Marlène nickte beeindruckt. »Ein Empfang nur für dich. Hat dieser Sergej eine Rede gehalten?«

»Immer der Reihe nach«, spannte David Marlène auf die Folter. »Zuerst hat Sergej mich durch den Park geführt. Es gibt dort eine kleine Pflanze, die längst ausgestorben ist. Eine *Brogharia cuprea.*«

Marlène machte eine ungeduldige Handbewegung, David sollte sie nicht mit Nebensächlichkeiten langweilen.

»Dann hat Sergej mir seine Gemäldesammlung gezeigt: Gauguin, Cézanne, Pissarro, Renoir.«

»Sicher alles Kopien«, warf Marlène ein, worauf David heftig den Kopf schüttelte. »Originale. Sogar ein Van Gogh, *Vase mit Mohnblumen.*«

»Woher willst du wissen, dass es keine Kopien waren?«

»Sergej hat den Van Gogh von der Wand genommen und mir das Zertifikat auf der Rückseite gezeigt. Er hat das Bild bei *Christie's* in New York ersteigert.«

Marlène nickte beeindruckt. »Deshalb hat dieser Sergej den Van Gogh von der Wand genommen, um dir zu zeigen, dass das Bild echt ist?«

»Deshalb, aber vor allem, um mir die *Vase mit Mohnblumen* zu schenken.«

Marlène lachte ungläubig. »Der Russe wollte dir einen Van Gogh schenken?«

»Da staunst du, was?«

»Und wo ist der Van Gogh?« Marlène schaute sich um, davon ausgehend, dass David das Bild versteckt hatte, um sie zu überraschen.

»Ich habe das Bild nicht angenommen.«

»Du hast *was*?«

»Ich wollte das Bild nicht. Der Typ ist ein Gangster, an dem Bild klebt Blut.«

»Du hast tatsächlich einen Van Gogh abgelehnt?«

David nickte, nicht mehr sicher, ob der Preis für seinen moralischen Triumph zu hoch war.

»Du hast dem Russen das Leben gerettet.« Marlène hob ihr Handy vom Boden auf, gab Daten ein und las einen Eintrag bei *Wikipedia* vor: »›Vincent Van Gogh, *Vase mit Mohnblumen*, 65 x 52 Zentimeter, Entstehungsjahr 1886. Geht am 4. April 2018 für 24 Millionen US-Dollar bei *Christie's* in New York an einen russischen Sammler.‹ 24 Millionen US-Dollar!« Anklagend hielt Marlène David ihr Handy hin. »Begreifst du eigentlich, was wir mit den 24 Millionen alles tun könnten? Wir müssten nicht länger in einer Schrottkiste herumfahren. Wir müssten nicht in einem Pool voller Algen baden. Wir müssten …«

»Du hast keine Ahnung«, versuchte David, Marlène zu stoppen, »wie langweilig dieser ganze Reichtum ist.«

»Wir müssten«, fuhr Marlène unbeirrt und immer aufgebrachter fort, »nicht länger unseren Freunden dankbar sein, dass sie uns dieses Loch vermieten. Ich müsste nicht mehr bei *Carrefour* nach Sonderangeboten suchen …«

»Die Frauen haben sich alle die Brüste machen lassen, da war nichts echt.«

»Und du bräuchtest nicht Rentnern in Jogginganzügen was über Brigitte Bardot zu erzählen. 24 Millionen US-Dollar!«

»Wir könnten keinen Morgen mehr mit gutem Gewissen in den Spiegel schauen.«

»Welcher Spiegel?«

»Wir sind ehrliche Leute«.

»Deshalb hocken wir in diesem Loch.«

»Loch?« David lachte ungläubig. »Als wir hier ankamen, warst du begeistert und hast Fotos gepostet, um deine Freundinnen zu beeindrucken.«

»Warum habe ich einen Loser geheiratet?« Marlène stand auf und wollte ins Haus, aber David hielt sie zurück. »Warte, es ist nicht so, dass ich mit leeren Händen zurückkomme.«

Marlène entspannt sich. War die Geschichte mit dem abgelehnten Van Gogh nur die Ouvertüre zu einem noch teureren, noch großzügigeren Geschenk, das der Russe David machte, weil der ihm das Leben gerettet hatte?

David wollte den Moment hinauszögern, bis er den Joker zog, dass Sergej ihm einen Mord geschenkt hatte. »Setz dich, Schatz«, machte er es spannend, wobei ihm klar wurde, dass er Marlène noch nie »Schatz« genannt hatte, sie führten eine moderne Ehe. Marlène registrierte, dass David sie zum ersten Mal *Schatz* nannte, aber sie ließ es geschehen, weil sie seit der Rettungstat im Canyon du Verdon begriffen hatte, dass sie mit einem richtigen Mann verheiratet war. Und deshalb war es okay, dass David sie »Schatz« nannte. Marlène ließ sich in den Liegestuhl fallen, während David gegenüber Platz nahm und mit geheimnisvollem Lächeln zu erzählen begann: »Du wirst es nicht glauben, Schatz, als ich die Party verlassen wollte, geschah Folgendes: Sergej begleitete mich zum Ausgang, wo er mir ein seltsames Geschenk machte. Weil ich Sergej das Leben gerettet habe …«

David brach ab. Warum, wusste er nicht. Er konnte es sich nicht erklären, warum er sich in diesem Moment entschied, die Sache mit dem Mord, den Sergej ihm geschenkt hatte, Marlène nicht zu erzählen. Sie hätten die Nacht damit verbracht nachzudenken, wen sie von

Sergejs Killern umlegen lassen würden. Wer es verdient hätte, wie der Tourist, der sich in Sainte-Maxime abfällig über Marlènes Malerei geäußert hatte. Oder der Besitzer des Ferienhauses, ein Freund, der so vermögend war, dass er es nicht nötig hatte, Miete zu verlangen, sondern es nur tat, um die beiden zu demütigen. Um schließlich ins Bett zu gehen und übereinander herzufallen, sich an der Macht berauschend, die ihnen Sergejs unmoralisches Angebot verlieh. Wenn der Abend so beschwingt hätte enden können, warum zögerte David, Marlène die unglaubliche Geschichte zu erzählen? Stattdessen holte er die Plastiktüte mit der Kupferpflanze aus der Küche und hielt sie Marlène hin.

»Was ist das?«

»Als ich gehen wollte, kam Sergejs Assistentin ...«

»Die Assistentin?«, unterbrach Marlène. »Der Russe hat eine Assistentin? Wozu braucht der eine Assistentin?«

»Sie wurde mir so vorgestellt. Willst du die Geschichte trotzdem hören?«

Marlène nickte aufgeregt. »Du willst die Party verlassen, als die Assistentin des Russen ...«

»... mich stoppt. Ich war in unseren Panda gestiegen.«

»Das ist nicht unser Panda. Das ist dein Panda. Ich würde freiwillig nie in so einer Schrottkiste rumfahren.«

David atmete tief durch. Der Panda war ständiger Anlass für Streit, weil Marlène den Panda zum Symbol ihres Misserfolgs erkoren hatte. Geschenkt. David hatte endlich Erfolg. Das würde Marlène, die ihm bei jeder Gelegenheit vorwarf, mit allem, was er anfasste, zu scheitern, überzeugen. »*Brogharia cuprea*«, flüsterte David, als würde er ein Geheimnis verraten. »*Brogharia cuprea.*« Nun nahm er vorsichtig die kleine Pflanze im grauen Plastiktopf aus der Tüte und hielt sie hoch. »Dieses Exemplar ist weltweit das letzte seiner Art. Ist sie nicht wunderschön?«

Marlène betrachtete die unscheinbare Pflanze mit einem Blick, der von Ungläubigkeit zu Furcht wechselte. Sie wollte etwas sagen und öffnete den Mund, aber ihr fehlten die Worte. Marlène fehlten einfach die Worte. Sie war sprachlos.

David deutete das Schweigen, dass Marlène beeindruckt war, weshalb er ihr die Kupferpflanze hinhielt. »Du kannst sie anfassen, sie beißt nicht.«

Marlène erhob sich aus ihrem Liegestuhl und wich vor der kleinen Pflanze zurück, bis sie mit dem Rücken gegen die Hauswand stieß.

»Mach ein Foto«, schlug David vor, »und poste es auf *Facebook*. Deine Freundinnen werden Augen machen.«

Aber Marlène schob sich an der Hauswand entlang zur offenen Küchentür, um nicht mit der Pflanze in Berührung zu kommen, die David ihr weiter hinhielt.

»Marlène?«

Marlène blieb in der offenen Küchentür stehen.

»Bist du sauer wegen dem Van Gogh?«

»Sauer?« Marlène schüttelte ungläubig den Kopf. »Hast du gerade *sauer* gesagt? Du schlägst 24 Millionen Dollar aus und kommst zurück mit einer scheiß Pflanze?«

»Ich glaube nicht, dass Sergej mir den Van Gogh ohne Gegenleistung überlassen hätte«, rechtfertigt sich David. »Du bekommst von Gangstern nichts geschenkt. Alles hat seinen Preis. Gangster sind Gangster.«

»Und Loser sind Loser«, erwiderte Marlène mit einer Stimme, die vor Verachtung bebte, und verschwand im Haus.

4

Saint-Tropez – Blondinen bevorzugt. Sammelpunkt der Führung war der Parkplatz Nouveau Port. David begrüßte die Teilnehmer, Senioren aus Deutschland, England und den USA, kassierte die Teilnahmegebühr, dann ging es los: Erster Stopp, eine Autowerkstatt, in der 1956 eine Szene aus dem Film *Und immer lockt das Weib* gedreht wurde, der den Mythos Brigitte Bardot begründete. David versammelte die Gruppe vor einem Plakat des Films, das im Eingang der Werkstatt hing, und versuchte, seine Zuhörer für den männlichen Blick zu sensibilisieren, mit dem hier die Bardot zum Objekt gemacht wurde. Auf dem handgemalten Poster starrt ein deutlich älterer Curd Jürgens lüstern auf Brigitte Bardot herab, die sich jung und naiv im Negligé auf einem Bett wälzt. Aber niemand hörte David zu, weil eines der Paare unter Gejohle die Szene für ein Foto nachstellte. Es ging weiter entlang der Kaimauer, wo Luxusjachten festgemacht hatten. David blieb vor der größten Jacht, die mit ihrem Schwarz etwas Unheimliches und Aggressives ausstrahlte, stehen und setzte zu einem Vortrag über den verschwenderischen Treibstoffverbrauch an. Aber niemand hörte David zu, weil sich einer der Teilnehmer über die Gangway aufs Vordeck der Jacht geschlichen hatte und dort breitbeinig posierte, als sei er der Eigner. Es ging weiter zum *Le Sénéquier*, dem roten Café im alten Hafen, wo sich seit den wilden 1960ern nichts geändert hatte, bis auf die Preise. Aber niemand aus Davids Gruppe beschwerte sich über die elf Euro für einen Cappuccino. Im Gegenteil, man ließ Bierdeckel und Speisekarten in Taschen und Jacken verschwinden, als Trophäen für zu Hause. Nach der Kaffeepause ging es hinein ins Gewimmel der Altstadtgassen, über den kleinen Fischmarkt, wo man eine Ahnung bekam, wie malerisch es hier einmal aussah, bevor der Jetset das Fischerdorf entdeckte, zum *Hôtel La Ponche*, wo Brigitte Bardot und Gunter Sachs ihre Hochzeitsnacht verbrachten. Leider, so David, ließ sich Zimmer Numero 1 nicht besichtigen, weil das *La Ponche* auf Jahre ausgebucht war. Weiter ging es zum Meeresfriedhof von Saint-Tropez, wo David die Gruppe am Grab von Roger Vadim versammelte, der als Regisseur Brigitte Bardot entdeckte, mit der er mehrere Filme drehte und ihr erster Ehemann wurde. Hier referierte David über das Motiv der *Vanitas*, der Eitelkeit, die über Saint-Tropez lag wie ein Fluch, denn trotz aller Schönheit und allem Reichtum endeten irgendwann alle hier unter einer weißen Marmorplatte. Nachdem die Gruppe Fotos gemacht hatte, drängte sie zum Ausgang, um aus der Sonne zu kommen, die auf den schattenlosen Friedhof herunterbrannte. So verzichtete David auf den schweißtreibenden Anstieg zur Zitadelle, dem mächtigen Fort über der Stadt, erbaut im 17. Jahrhundert, als Saint-Tropez nicht von Luxusjachten angesteuert wurde, sondern von Seeräubern, die man mit Kanonen empfing. Denn alles drängte zum Höhepunkt der Tour: das *Musée de la Gendarmerie et du Cinéma*, wo die Kunst die Wirklichkeit eingeholt hatte. Tatsächlich beherbergte das Gebäude einmal das Polizeirevier von Saint-Tropez, bis es eine zentrale Rolle in der Filmkomödie *Der Gendarm von Saint-Tropez* mit Louis de Funès spielte. Die echte *Gendarmerie Nationale* war in ein größeres Gebäude gezogen, wo sie mehr Platz hatte, weil es heutzutage mehr Verbrechen gab, wie David ausführte, anders als in den romantischen 1960ern, als die Aufgabe des neurotischen Polizeichefs Ludovic Cruchot darin bestand, die Nudisten vom *Tahiti Beach* zu vertreiben. Heute beherbergte die ehemalige *Gendarmerie Nationale* ein Filmmuseum, wo es vor allem um Louis de Funès ging, weshalb vor dem Gebäude eine lebensgroße Bronzefigur stand. Es war kurz vor Ende der Tour, David nahm geduldig Kameras und Handys entgegen und fotografierte die Rentner mit dem lächelnden Komiker. Dann verabschiedete er sich von der Gruppe, wünschte allen einen schönen Urlaub und nahm mit bescheidenem Kopfnicken Trinkgelder entgegen. Der letzte Programmpunkt der Führung war fakultativ: ein Besuch des Wochenmarktes auf der Place des Lices, wo David den Stand einer Malerin empfahl, die im Gegensatz zu dem Kitsch, der überall verkauft wurde, Landschaften malte, die dekorativ und zugleich ungewöhnlich waren. Dass er mit dieser Malerin verheiratet war, verschwieg David. Wobei sich der Tipp heute erübrigte, weil Marlène das Schlafzimmer, in dem sie sich nach dem Streit letzte Nacht eingeschlossen hatte, sodass David im Liegestuhl am Pool übernachten musste, am Morgen nicht verlassen hatte.

Nachdem die Teilnehmer seiner Tour im Gewirr der Marktstände verschwunden waren, setzte David sich an einen frei werdenden Tisch in der ersten Reihe eines der Cafés am Rande des Platzes, um sich Notizen für Änderungen an seiner Tour zu machen. Eine Routine, um das Programm zu verbessern. Was kam weniger gut an, etwa seine kritischen Anmerkungen zum Mythos Brigitte Bardot? Außerdem seine Überlegungen über die unfassbare Verschwendung durch die Jachten. Wer wollte das hören? Die Leute waren im Urlaub. Und wenn David ehrlich war, ging es ihm nicht genauso? War es nicht die Faszination des Luxus und der lässigen Leichtigkeit, warum sie ihre Zelte im grauen Deutschland abgebrochen hatten und ins Licht der Côte d'Azur gezogen waren? David zündete sich eine Zigarette an, und während er dem Rauch nachschaute, der sich in der Hitze verflüchtigte, musste er wieder an die Wanderung durch den Canyon du Verdon denken. Die Tour, die er schweren Herzens hatte ausfallen lassen müssen, obwohl die Teilnehmer von weit her angereist waren nach La Maline, dem Einstieg zum Sentier Martel. Nachdem die Teilnehmer in ihre Autos gestiegen und zurück zur Küste gefahren waren, setzte er sich ins Heck seines Pandas und schnürte die Bergschuhe. Ein Blick zum Himmel, der sich nicht entschieden hatte, wie der Tag würde, und zu den anderen Wanderern, die auf dem Parkplatz ausharrten, nun aber beschlossen, kein Risiko einzugehen, in ihre Autos stiegen und David aufmunternd zunickten, als sie davonfuhren. Jetzt wurde es still, vollkommen still. Eine Stille überkam den verlassenen Parkplatz, wie David sich nicht erinnern konnte, sie jemals verspürt zu haben. So erschrak David, als er die Heckklappe seines Pandas schloss, als würde er die Tür hinter seinem Leben zuschlagen.

»Entschuldigung, ist hier noch frei?« Ein Teilnehmer der Saint-Tropez-Tour versperrte David die Aussicht und zeigte auf den leeren Stuhl an seinem Tisch.

David räumte seinen Rucksack beiseite, wobei er es hasste, wenn Teilnehmer nach einer Führung ihn nicht in Ruhe ließen, sondern Kontakt suchten.

»Sie leben ständig hier?« Der Mann griff nach der Getränkekarte.

David nickte, schob die Sonnenbrille, die er wegen der Notizen ins Haar geschoben hatte, zurück auf seine Nase und vertiefte sich in sein Notizbuch, auch wenn es nichts mehr zu notieren gab. Er hätte gehen können, aber der Platz in der ersten Reihe des *Clémenceau* mit Blick auf den Markt war perfekt.

»Diese Szene in der Autowerkstatt«, der Mann ließ die Karte sinken, »ist das nicht aus *Die Wahrheit?*«

»Kann sein«, stieß David hervor, seinen aufsteigenden Ärger unterdrückend.

»Kann sein?«, wiederholte der Mann verwundert.

»Was wollen Sie?«

»Nichts. Ich dachte, es würde Sie interessieren. Dieses Detail, wo Sie Touristen durch Saint-Tropez führen.«

»Danke für den Tipp!«, versuchte David, das Gespräch zu beenden, weil er spürte, dass er bei diesem Spiel nur verlieren konnte. Neben den arglosen Teilnehmern seiner Touren, die dankbar waren für Anekdoten über Van Goghs Ohr und Picassos Affären, gab es immer wieder Männer, es waren tatsächlich immer Männer, die ihm Fehler nachweisen wollten.

»Können Sie einen Rosé empfehlen?«, wechselte der Mann das Thema.

»Die Rosé-Weine der Halbinsel von Saint-Tropez sind die besten der Welt«, antwortete David. »Was Sie auch bestellen, Sie können nichts falsch machen.«

»Ich habe im Internet gesehen, dass Sie Führungen durch die wichtigsten Weingüter der Gegend anbieten.«

»Und?«

»Da haben Sie keinen Favoriten?«

»Natürlich habe ich einen Favoriten, aber ich glaube nicht, dass Sie ihn auf der Karte finden. Jedenfalls nicht als offenen Wein.«

»Wer sagt, dass ich nicht eine Flasche bestelle? Sie sind herzlich eingeladen!«

»Dann würde ich einen *Château Gigaro* empfehlen.« David beugte sich über die Weinkarte, die aufgeschlagen auf dem Tisch lag, und tippte auf das Ende der Liste.

Der Mann nahm die Karte, betrachtete die Stelle, auf die David getippt hatte, und wurde blass.

Während der Mann dem Kellner winkte und ein Glas Hauswein bestellte, wandte sich David wieder dem Gewimmel auf der Place des Lices zu, die von einem Strom teurer Limousinen umkreist wurde, deren einziges Ziel darin bestand, kein Ziel zu haben. Immer bereit, Männern, die Karren mit Fischen vorbeischoben, Marktfrauen, die Körbe mit Kräutern der Provence auf dem Kopf balancierten, und Flaneuren aus aller Welt den Vortritt zu lassen. Und sollte es jemand gegen jeden Grund eilig haben, beugte sich eine resolute Polizistin zu dem Fahrer herab und machte ihm mit dem Zerplatzen der Kaugummiblase in ihrem Mund klar, sich zu entspannen.

Nun tauchte ein Cabrio auf, das den Kellner des *Clémenceau*, der schon alles gesehen hatte, beim Entkorken einer Weinflasche innehalten ließ. Es war ein lippenstiftroter Jaguar E, und es bedurfte keiner Kenntnisse in Freud'scher Symbolik, um zu begreifen, dass hier ein riesiger Penis durch die Gegend rollte. Das Paar in dem

Cabrio war gekleidet, als ob Gunter Sachs und Brigitte Bardot nach verbrachter Hochzeitsnacht zum Picknick an den *Tahiti Beach* fahren würden. Der Mann hinterm Steuer trug eine wuchtige Sonnenbrille, die Frau auf dem Beifahrersitz hatte ihr blondes Haar mit einem weißen Stirnband gebändigt. Als der Jaguar näher kam, begriff David, dass es sich um den Russen und seine Assistentin handelte. Die beiden unterhielten sich, wobei es etwas Lustiges sein musste, was Sergej Natascha erzählte, denn sie warf lachend ihren Kopf in den Nacken und zeigte ihre makellosen Zähne. Nun stoppte Sergej den Jaguar, um eine Mutter mit Kinderwagen über die Straße zu lassen, dabei entdeckte er David, der wenige Meter entfernt in der ersten Reihe des *Clémenceau* saß. Sergej nickte David zu, und David nickte zurück. Nun geschah etwas Seltsames. Während der Jaguar sich wieder in Bewegung setzte, nahm der Russe seine Hand vom Lenkrad, formte sie zu einer Pistole, drückte den imaginären Lauf in Nataschas Nacken und schoss. Eine spielerische Geste, so leicht und flüchtig, dass Natascha nicht bemerkte, dass Sergej ihr gerade einen Genickschuss verpasste.

Niemand hatte die Exekution in aller Öffentlichkeit bemerkt, nur David verstand die Botschaft: »Ich schenke dir einen Mord.«

»Es war übrigens Zimmer Nummer 9.«

»Bitte?« David hatte seinen lästigen Tischnachbarn vergessen, der sich wieder in Erinnerung rief. »Sie erwähnten auf Ihrer Führung, Gunter Sachs und die Bardot hätten ihre Hochzeitsnacht im Zimmer Nummer 1 verbracht. Aber es war Zimmer Nummer 9. Ich habe im *La Ponche* nachgefragt, sie haben die Zimmernummer geändert.«

David reagierte nicht, sondern schaute dem Jaguar nach, der im Verkehrsgewühl verschwand, und dachte: Vielleicht komme ich schneller auf dein Angebot zurück, als du denkst, Sergej, und lasse diesen Klugscheißer umlegen.

David stand auf, bezahlte und ging. Ging über die Place des Lices, wo die Händler begannen, ihre Stände abzubauen und in verbeulte Sprinter zu laden. Ging Richtung Ortsrand, der rasch kam. Ging die steile Avenue des Jasmins hinauf, sich fragend, ob er alles nur geträumt hatte – das Unwetter im Canyon du Verdon, seine Rettungstat, die Party im Massif des Maures und den Van Gogh, den er ausgeschlagen hatte – bis er den Platz bei den Müllcontainern erreichte, wo man kostenlos parken konnte. Als er im Panda durch die Weinberge nach Hause fuhr, beschloss er, die Geschichte zu vergessen. Vor allem Sergejs unmoralisches Angebot. Eigentlich führte er kein schlechtes Leben. Warum musste der Mann aus seiner Tour ihn belehren? Weil er neidisch war auf David. Jetzt musste er nur noch Marlène dazu bringen, die Sache genauso zu sehen.

Als David nach Hause kam, war Marlène nicht da. Normalerweise hinterließ sie eine Nachricht an der Tafel in der Küche, wo das Paar Dinge notierte, die fehlten, und kleine Nettigkeiten: »Da steht noch ein Stück Tarte au Citron im Kühlschrank.« Aber die Tafel war leer, Marlène hatte die dort stehenden fehlenden Dinge weggewischt, um eine Nachricht für David zu schreiben, es sich aber anders überlegt. David kannte das aus den gemeinsamen Jahren: Wenn es dicke Luft gab, zog Marlène sich türenschlagend ins Schlafzimmer zurück. Wenn sie wieder auftauchte, strafte sie David mit Schweigen, bis der Ärger verraucht war. Bei aller Neigung zum Drama musste man Marlène zugutehalten, dass sie nicht nachtragend war. Irgendwann redete sie wieder mit David, als sei nichts geschehen. Was hielt Natascha und Sergej zusammen, fragte sich David, während er in der Küche eine Kaffeekapsel in die Kaffeemaschine schob und zuschaute, wie der Espresso in die Tasse tropfte. Vorausgesetzt, Sergej und Natascha waren ein Paar. Ein richtiges Paar, nicht nur eine Zweckgemeinschaft, und Sergej bezahlte Natascha, dass sie ihn mit ihrer Schönheit attraktiver erscheinen ließ, während er Natascha mit einem Luxusleben belohnte. Ein Arrangement, von dem beide profitierten, wie die Reaktion des Kellners vom *Clémenceau* zeigte, der sich eigentlich durch nichts aus der Ruhe bringen ließ. Was hielt David und Marlène zusammen? Ihre gemeinsame Geschichte, die irgendwann zur Falle wurde? Weil man so viel durchgemacht und erlebt hatte, erschien dieses Erlebte wie ein Erbe, das man nicht wegwerfen wollte. Dabei war es ein Teufelskreis, den es immer schwerer wurde zu durchbrechen. Von solch trüben Gedanken geplagt, trat David in die offene Küchentür und schaute hinaus auf die Terrasse, die mit kleinen rötlichen Blättern bedeckt war. Hatte der Nachbar mit dem Laubsauger seinen Dreck über den Zaun gepustet? David hob eines der Blätter auf, betrachtete es und hielt es an seine Nase. Es roch metallisch. David ging zurück in die Küche, holte Besen und Kehrblech und begann, die Blätter zusammenzufegen, bevor sie in den Pool geweht wurden und die Umwälzpumpe verstopften. Sie hatten sich verpflichtet, für diverse Dinge zu haften, wie etwa die Markise, weil die bei starkem Wind einzuholen war. Ein unmögliches Unterfangen, weil wegen plötzlich auftretender Fallwinde selbst bei strahlendem Wetter eine Bö die Markise hochreißen und beschädigen konnte. Weshalb die Markise immer eingeholt war, auch wenn die Terrasse wegen starker Sonneneinstrahlung tagsüber nicht genutzt werden konnte. Sollte die Spülmaschine wegen Verstopfung nicht abpumpen, ging auch das zu ihren Lasten. Die Spülmaschine war ein altes Modell und verstopfte ständig, weshalb David des Öfteren mit dem Kopf in der Maschine auf dem Küchenboden kniete, während Marlène ihn zurechtwies, sie mit dem Anblick seiner Arschritze zu verschonen, die bei dieser Arbeit zwangsläufig aus Davids Shorts hervorschaute. Dasselbe bei der Überwachungskamera. Was konnten die beiden dafür, dass sich ein Taubenpärchen den Baum über der Kamera ausgesucht hatte, um ein Nest für den Nachwuchs zu bauen. Weshalb die Linse der Kamera ständig zugeschissen war. Also stieg David auf eine Leiter und säuberte die Kamera, in ständiger Sorge, ob irgendein frei liegendes Körperteil, das Marlène früher einmal erregte, sie dazu bringen könnte, sich abfällig über ihn zu äußern. Dann die Wildschweine, die sich im Wald, der hinter dem Grundstück begann, munter vermehrten, nachdem die Jagd auf sie verboten worden war. Weshalb die natürliche Nahrung für die immer größer werdende Population nicht mehr reichte, sodass die hungrigen Tiere sich für die Mülltonnen der Ferienhäuser interessierten. Auch für den Abfall der *Résidence au Soleil*, wie das Ferienhaus hochtrabend hieß, um den überteuerten Preis zu rechtfertigen. Weshalb David zum Baumarkt fuhr und Draht besorgte, um das Loch im Zaun zu flicken, das die schnüffelnden Schnauzen der Schweine gerissen hatten. Das größte Problem war allerdings der Pool. Da das Budget der beiden kaum reichte für die *Résidence au Soleil*, verzichteten sie auf den Pool-Service, für den wöchentlich ein Schweizer Althippie-Pärchen vorbeikam, um die Sauberkeit des Wassers zu prüfen und, wenn nötig, das Wasser zu erneuern. Diesen Service wollten sich die zwei sparen, nicht nur wegen der Kosten, sondern vor allem, weil die ergrauten Langhaarigen sie daran erinnerten, womit sie irgendwann gezwungen sein könnten, ihren Lebensunterhalt zu verdienen. So drehte David seine tägliche Runde durch Garten, Garage, Bad, Küche und Zimmer des Hauses, reparierte tropfende Wasserhähne und undichte Fenster, ersetzte kaputte Glühbirnen und die Kohlefilter der Waschmaschine. Marlène gingen diese Dinge »am Arsch vorbei«, die sich solch vulgärer Ausdrucksweise bediente, um David ihre Verachtung zu zeigen, dass er »in vorauseilendem Gehorsam den Hausbesitzern die Füße küsste«, während sie insgeheim froh war, dass sie Kosten sparten. David hatte die Blätter zu einem Haufen zusammengefegt, ging in die Knie und begann, sie mit einem Kehrblech aufzunehmen, hielt aber inne und schaute zum Pool, in dem ein grauer Plastiktopf schwamm, wie man ihn bekommt, wenn man Pflanzen im Gartencenter kauft. Darin eine kleine gerupfte Pflanze, eingetopft in schwarze Erde. Marlène hatte sich aus Wut und Enttäuschung die Mühe gemacht, alle Blätter der Kupferpflanze abzurupfen und auf der Terrasse zu verstreuen.

David hatte in der letzten Nacht viel getrunken. Erst den Champagner bei Sergej, dann Rotwein, als die Stimmung bei Marlène kippte. Wie viel, daran konnte er sich nicht mehr erinnern, aber es mussten mehrere Flaschen gewesen sein, die um den Pool verstreut lagen. Während seiner Führung durch Saint-Tropez war David abgelenkt, aber jetzt spürte er, wie sein Kopf sich anfühlte, als würde eine Holzkugel darin herumrollen. Um die Kugel zu stoppen, schaute er der Kupferpflanze zu, wie sie, angefacht vom Wind, der mittags von den Bergen einfiel, sich im Kreis drehte. Im Kreis drehte. Und im Kreis drehte. Immer weiter im Kreis drehte. Im Kreis, wie der leblose Körper mit der orangefarbenen Schwimmweste im Verdon. Sich drehte und drehte, während David eine Idee kam. »Das ist es!«, flüsterte David, als hätte er Angst, diesen magischen Moment zu zerstören. Als könnte er die kleine Pflanze anhalten und damit die Idee, die in seinem Kopf heranreifte. »Das ist es! Das ist es! Das ist es!«, wiederholte David ein ums andere Mal, während er vorsichtig aufstand und langsam rückwärts ging, die kreisende Pflanze keinen Moment aus den Augen lassend, nach dem Kescher tastend, mit dem er Blätter und Insekten aus dem Pool fischte, damit sie nicht die Umwälzpumpe verstopften. Vorsichtig trat er an den Rand des Pools und beugte sich vor, um mit dem Kescher die kleine Pflanze zu bergen, die sich weiter im Kreis drehte. Überlegte es sich aber anders, aus Sorge, die Pflanze zu verletzen, legte den Kescher beiseite und begann sich auszuziehen, während er weiter wie im Fieber flüsterte: »Das ist es! Das ist es! Das ist es!« Nun stieg er vorsichtig in den Pool, um keine Welle zu machen, und watete auf die kleine Pflanze zu, ihr gut zuredend, dass sie keine Angst zu haben brauchte. Nachdem er die Pflanze erreicht hatte, tauchte er mit den Armen unter, bildete mit den Händen eine Schale und hob den Topf mit dem gerupften Stängel aus dem Wasser. Er watete zu der Treppe, die aus dem Pool führte, stieg, immer wieder prüfend, ob sich die kleine Pflanze tatsächlich in seinen vor Aufregung zitternden Händen befand, die Treppe hinauf, ihr gut zuredend, dass es nicht mehr weit wäre, bis sie in Sicherheit sei. Er brachte sie in die Küche und stellte den Topf auf die Anrichte. Nun ließ er die Pflanze für einen Moment allein, nachdem er ihr versichert hatte, er bleibe in der Nähe, ging zurück auf die Terrasse und untersuchte den Haufen zusammengekehrter Blätter auf dem Kehrblech. Ob sich unter den Blättern ein Trieb oder eine Knospe verbarg. Ein Ableger der kleinen Pflanze. Aber der geschändete Stängel in dem grauen Plastiktopf, der traurig auf der Anrichte stand, war das einzige Exemplar auf der Welt. David ging zurück in die Küche, redete der Pflanze weiter gut zu wie einem Kind, das sich im Dunkeln fürchtet, verschwand kurz im Bad und kam mit Marlènes Föhn zurück. Er steckte den Föhn in eine Steckdose und kontrollierte den warmen Luftstrom mit der Hand, bevor er ihn auf die kleine Pflanze richtete, die er begann, vorsichtig zu umkreisen. Als die letzten Wassertropfen am Stängel der Kupferpflanze verdunstet waren, schaltete er den Föhn wieder aus und überlegte, was er sonst noch tun könnte, dass die Pflanze sich erholte, nachdem Marlène über sie hergefallen war. Musik? Was war mit Musik? David schaltete das Küchenradio ein, aus dem Techno trommelte. Marlène liebte diesen Sender, ein ständiger Streit. Um das zarte Pflänzchen zu schützen, stellte sich David vor das Radio, während er einen geeigneten Sender suchte.

»La vie en rose«. Édith Piafs Samtstimme verzauberte die Küche, und David, der nie sang, begann mitzusingen.

In diesem Moment kam Marlène nach Hause. Ungläubig blieb sie in der Küchentür stehen und schaute David zu, der nackt die Kupferpflanze ansang, als würde er ihr seine Liebe gestehen.

»Um Gottes willen, David, was machst du?«

»Wir werden reich«, flüsterte David wie von Sinnen, während er von der Kupferpflanze abließ und auf die erschrockene Marlène zukam. »Wir werden reich. Sehr reich. Ungeheuer reich.« David umfasste Marlène und begann mit ihr zu tanzen, während er immer wieder dieses Wort wiederholte: »Reich, reich, reich.« Was blieb Marlène anderes übrig, als sich Davids Führung zu überlassen und mit ihm hinaus auf die Terrasse zu tanzen, bis beide das Gleichgewicht verloren und in den Pool fielen.

5

Seit Stunden schraubte sich der Panda auf steilen Straßen hinauf in die Seealpen. Sie waren frühmorgens aufgebrochen, um dem Stau auf der Küstenstraße zu entgehen. David hatte Marlène in Grasse abgesetzt, nachdem er sie überreden konnte, seine Parfüm-Tour zu übernehmen: *Grasse – immer der Nase nach.* Marlène wollte zunächst nicht, auch wenn sie in ihrer Ehe das große Wort schwang, war sie schüchtern. Weshalb David ihr auf der Fahrt gut zuredete, sie kenne sich mit Parfüms besser aus als er, außerdem würde eine Frau zum Thema passen, waren es meist Frauen, die sich zu der Grasse-Tour anmeldeten. Nach der Tour würde Marlène sich mit einer ehemaligen Kommilitonin treffen, mit der sie Kunst studiert hatte und die in Cannes eine renommierte Galerie leitete. Später würde David Marlène im Haus der Freundin in Grasse abholen, die schwer getankt hätte, und wie immer, wenn sie betrunken war, mit ihrem Leben haderte. Warum sie keine Kinder hatten. Ein ewiges Thema des kinderlosen Paares. Wobei David die Meinung vertrat, wenn Marlène ein Kind wollte, sollte sie es bekommen. Marlène wiederum fand, dass es zu solch fundamentaler Lebensentscheidung einer klaren Willensäußerung vonseiten des Mannes bedurfte. Während David argumentierte, Marlène würde sich hinter diesem Argument verstecken. Naturgemäß sei es doch so, dass Männer sich schwertun würden mit Kindern, weshalb es naturgemäß Aufgabe der Frau sei, die Sache in die Hand zu nehmen. Worüber Marlène in Rage geriet. Allein bei dem Begriff »naturgemäß«, den David die Unverschämtheit besaß, in einem einzigen Satz zwei Mal zu verwenden, bekäme sie Lust, Amok zu laufen. Wie auch immer, irgendwann hatten sie sich damit abgefunden, keine Kinder zu haben, bis Marlène nach zu viel Wein den Blues bekam. Wobei David ihr die Krokodilstränen nicht abnahm, denn wenn Marlène wirklich ein Kind hätte bekommen wollen, hätte sie sich über Davids Bedenken hinweggesetzt, wie immer, wenn sie sich etwas in den Kopf gesetzt hatte. Diesmal, so Davids Hoffnung, würde er Marlène mit guten Nachrichten überraschen, dass die Welle aus Vorwürfen hinunter ans Meer ausblieb.

Davids Blick schwankte zwischen der Temperaturanzeige des Pandas, deren Nadel sich bedrohlich dem roten Bereich näherte, und dem Beifahrersitz, auf dem in einem Karton die Kupferpflanze stand, gegen das Herabfallen mit dem Gurt gesichert. Es würde eine der letzten Fahrten sein, auf der David sich Sorgen machen musste, ob der Panda ihn im Stich ließ. Sein »kleiner Kumpel« auf dem Beifahrersitz, wie er die Kupferpflanze nannte, würde ihn reich machen.

David hatte Doktor Bernard im Internet gefunden, als er die Kupferpflanze googelte. Auf *Wikipedia* hatte der Doktor eine beeindruckende Vita mit einer langen Liste Veröffentlichungen. Seltsamerweise brachen Vita und Veröffentlichungen vor vier Jahren ab, und es wurde still um Doktor Bernard. Keine Fellowships mehr in Harvard, keine Stipendien der *UNESCO*, kein Interview in *Science*.

Die Website des Doktors war abgeschaltet, sein Handy tot, keine Reaktion auf die E-Mails, die David dem Doktor schickte. Wie konnte man den Doktor kontaktieren, wenn er überhaupt noch lebte? David fand auf *YouTube* ein Video, in dem der Doktor sich über die aggressiven Methoden der Agrar-Multis echauffierte, die das Artensterben beschleunigten. Der Zeitpunkt des Videos half nicht weiter, auch gab es keine Kommentare. Allerdings entdeckte David, als er sich das Video genauer anschaute, im Hintergrund ein Ortsschild – Prévoux. Ein Dorf in den Seealpen. Vielleicht, so Davids Hoffnung, würde er dort jemanden finden, der ihm den Aufenthaltsort des Doktors nennen könnte. Die einsame Straße wand sich unter Qualen himmelwärts. »Prévoux 5 Kilometer«, das verbeulte Straßenschild verhieß nichts Gutes. Der Panda bettelte mit Fehlzündungen um Gnade. Sein Flehen wurde erhört, das Gebirge gab nach, die Straße ließ sich zurückfallen, sodass der Panda, bevor er erstickte, im Leerlauf hinunter nach Prévoux rollte.

Der Ort wirkte verlassen. Eines jener Dörfer in den Wolken, aus dem die Jungen flohen, während die Alten auf den Tod warteten. Zu weit weg von den Weinbergen und Olivenhainen, den Lavendelfeldern und Ölmühlen der Provence, die die Reichen aus aller Welt anzogen, die sterbenden Dörfer zu neuem Leben zu erwecken. Prévoux hatte nichts, was irgendeine Fantasie hätte beflügeln können. Eine Ansammlung grauer Häuser, die sich unter einem Bergmassiv von ausgesuchter Hässlichkeit duckten, welches den Ort abriegelte wie das Ende der Welt. David ließ den Panda hinein nach Prévoux rollen, beklommen nach links und rechts schauend, wo man die Fenster der verlassenen Häuser mit Brettern zugenagelt hatte, darüber die verwitternden Namen der aufgegebenen Geschäfte. Am Ende des Dorfes das *Grand Hôtel*, ein düsterer Kasten, an dessen verrammelten Fensterläden der Wind zerrte, als hätte man ihn dort eingesperrt.

Tapfer hatte David sich gewehrt gegen das Gift der Mutlosigkeit, das Prévoux versprühte. Er wollte sich davon nicht anstecken lassen, aber als er auf dem leeren Parkplatz des *Grand Hôtel* aus dem Panda stieg, spürte er, wie die Euphorie, die seinen Lebensballon in den letzten Tagen prall gefüllt hatte, entwich, als hätte jemand mit einer Nadel hineingestochen. Dass er Doktor Bernard treffen würde, hatte er in seinen kühnsten Träumen nicht erwartet. Aber dass er jemanden finden würde, der ihm einen Hinweis geben könnte, der wiederum zu jemand anderem führen würde, bis er den Aufenthaltsort des Doktors in Erfahrung gebracht hätte, das hatte er sich schon erhofft. Wer sonst könnte die Echtheit der Kupferpflanze attestieren, die Grundlage seiner brillanten Geschäftsidee. Sergej? Vermutlich hatte Sergej die Pflanze mit dem Park erworben. Und würde er Sergej nicht auf dumme Gedanken bringen, die kostbare Pflanze verschenkt zu haben? Sergej konnte er nicht fragen. So stand sein ganzer schöner Plan auf dem Spiel, sollte er den Doktor nicht finden. David würde unverrichteter Dinge all die Kehren hinunterkurven nach Grasse, um sich dort die Zeit zu vertreiben, bis Marlène mit ihrer Freundin genug getrunken hätte, ihm Vorwürfe zu machen. Müde von der sinnlosen Fahrt stapfte David zu einem Lift, dessen leere Sessel im Wind hin und her schaukelten. Davor ein verrostetes Schild »Prévoux 2000«. Die Vision eines weißen Traums, Skifahren in unberührtem Pulverschnee. Ausgeträumt, weil der Klimawandel Frau Holles Kissen nicht mehr füllte. Ausgeträumt wie Davids Traum vom großen Geld mit der Kupferpflanze. Erschöpft ließ er sich in dem Sessel nieder, der durch die Talstation lief, als man die Anlage für immer abgeschaltet hatte. Marlène hatte recht, er war ein Loser. Warum hatte er nicht den Van Gogh angenommen, selbst wenn Sergej ein Gangster war? Was konnte er sich dafür kaufen, dass er mit ehrlicher Arbeit versuchte, über die Runden zu kommen? Was bedeutete, weiter auf den Spuren von Louis de Funès zu wandeln. Und sollte der Lift sich in Bewegung setzen, beschloss David in seiner düsteren Stimmung, würde er sitzen bleiben. Das wäre leichter, als zurückzugehen zu dem Panda, diesem Stein um Davids Hals, der ihn hinabziehen würde zur *Résidence au Soleil* mit ihrer flatternden Markise, dem rülpsenden Pool und den Schweinen, die am Zaun rüttelten.

Die Gestalt stand mitten auf der Dorfstraße. David hätte sie fast überfahren, weil er nicht damit rechnete, hier eine Menschenseele zu treffen. Scharf trat er in die Bremse und kam kurz vor der Gestalt zum Stehen. Die Gestalt ging um den Panda herum, beugte sich zum offenen Seitenfenster herunter und begann zu schimpfen: Warum David seine stinkende Klapperkiste nicht am Ortseingang abgestellt hätte? Warum er überhaupt heraufgekommen sei und fossile, nicht erneuerbare Energie vergeudete? Hier gäbe es nichts zu sehen, und das sei gut so. Die Touristen an der Côte d'Azur hätten genug Schaden angerichtet, weshalb David sich verpissen sollte. Die Gestalt holte tief Luft nach ihrer Tirade und wandte sich ab. Sie war einfach angezogen, hatte langes Haar, einen Rauschebart und trug einen Rucksack.

»Hey, warten Sie!« David schaltete den Motor ab, stieg aus dem Panda und folgte der Gestalt, die auf das größte Gebäude der Dorfstraße zuging.

»Was wollen Sie?« Die Gestalt mit dem Rucksack blieb stehen.

»Ich suche Doktor Bernard.«

Der Bärtige schaute David überrascht an. »Wer will das wissen?«

David nannte seinen Namen.

»Und?«

David begriff, dass er den Botaniker gefunden hatte. Aber Doktor Bernard schien keine Lust auf Menschen zu haben, erst recht keinen Klugscheißer von der Küste, der ihn mit einer absurden Geschäftsidee überfallen würde. Er musste den Doktor mit etwas beeindrucken, das ihn bei seiner Botanikerehre packte.

»Ich möchte Ihnen etwas zeigen.« David ging zu dem Panda, nahm den Karton mit der Kupferpflanze vom Beifahrersitz, kam zurück und hielt ihn dem Botaniker hin.

»Was ist das?«

»*Brogharia cuprea*, die Kupferpflanze.« David lächelte verlegen. »Das, was davon noch übrig ist. Meine Frau …«

Der Doktor brachte David mit einer Handbewegung zum Schweigen und betrachtete aufmerksam die kleine Pflanze. Es waren seit der Rettung aus dem Pool ein paar Tage vergangen, aber trotz liebevoller Pflege zeigte sich an den dürren Armen der Kupferpflanze kein frisches Grün. »Woher haben Sie die Pflanze?«

»Aus einem Park im Massif des Maures.«

»Gestohlen?«

»Der Besitzer hat sie mir geschenkt.«

»Geschenkt? Warum?«

Diese Frage ließ David hoffen, denn sie implizierte, dass die Pflanze wertvoll war.

»Ich habe ihm das Leben gerettet. Im Canyon du Verdon. Ich führe Touristen durch die Schlucht, aber an dem Tag ...«

Der Doktor stoppte David mit einer Handbewegung. Offenbar hasste er es, wenn Leute sich nicht kurz fassten. »Warum ist die Pflanze in solch bedauernswertem Zustand?«

»Meine Frau war wütend, weil ich statt des Van Gogh ...« David korrigierte sich. »Ein Streit, wie er zwischen Paaren, die lange zusammen sind, immer mal wieder vorkommt.«

»Darf ich die Pflanze untersuchen?« Ohne Davids Zustimmung abzuwarten, schritt der Doktor, den Karton mit der Pflanze vor sich hertragend, auf ein Gebäude zu, über dessen Eingang eine zerfetzte Trikolore wehte, darunter der Schriftzug »École Élémentaire«. Der Botaniker verschwand in dem alten Schulhaus, die schwere Pforte David vor der Nase zuschlagend, der sich fragte, ob es eine gute Idee sei, das Gebäude zu betreten, dessen Dach an mehreren Stellen eingestürzt war. David nahm sich ein Herz, öffnete die quietschende Pforte und betrat einen Gang mit Haken an den Wänden, wo früher die Kinder ihre Jacken aufgehängt hatten. Dahinter das Klassenzimmer, wo einmal alle Jahrgänge zusammen unterrichtet wurden und alle Fächer. An den Wänden hingen Bilder mit Buchstaben, an der Tafel die Reste einer Rechenaufgabe, von einem Ständer grüßte ein Skelett.

Der Doktor hatte seine Jacke ausgezogen und trug die Pflanze zu einem Tisch mit einfachen Apparaturen, die noch aus dem Biologieunterricht stammten. »Klimaneutral und nachhaltig«, erklärte der Doktor, während er begann, die Kupferpflanze mit einer Lupe zu untersuchen.

»Deshalb sind Sie nicht online?« David nahm auf einem Hocker gegenüber Platz.

»Wallace hatte auch kein Internet«, erwiderte der Doktor ohne aufzuschauen, »und erkannte, welchen Einfluss der Graben zwischen Bali und Lombok auf den Ursprung der Arten hat.«

»An was forschen Sie?«

»Sie würden es nicht verstehen, warum es erklären?«

Der Doktor stand auf, ging zu einem Regal voller Bücher und Kladden, suchte lange und kam mit einem Collegeheft zurück, worin er zu blättern begann, bis er gefunden hatte, was er suchte. »*Brogharia cuprea*«, begann er vorzulesen, »ist eine laubwerfende Stammsukkulente. Der weichfleischige, Milchsaft enthaltende Stamm steht aufrecht und erreicht Wuchshöhen bis zu 20 Zentimetern. Während der Vegetationszeit sind die Blätter in einer Rosette am Scheitel des Stammes ausgebreitet. Sie sind lanzenförmig und hellrot. Die Blütenstände mit vier bis sieben Blüten erscheinen seitenständig aus den Blattachsen. Die fünf Kronblätter sind röhrig verwachsen. Nach ihrem Welken reift der weibliche Teil der Blüte mit unterständigem, zweikammerigem Fruchtknoten. Die längliche, zehnrippige Kapselfrucht teilt sich bei Reife der Länge nach in vier Teile. Ihre zahlreichen, blassen Samen sind etwa einen Millimeter groß. *Brogharia cuprea* war auf den Molukken endemisch, wo sie wegen ihrer rötlichen Färbung *Kupferpflanze* genannt wurde.«

»Und wie kommt die Pflanze von den Molukken in den Park im Massif des Maures?«, fragte David, der aufmerksam zugehört hatte.

»Das ist eine lange Geschichte.« Der Doktor nahm seine Lesebrille ab und lehnte sich in seinem Stuhl zurück. »Es gab mal einen verschrobenen Marquis, den Marquis de Orlan. Ein Misanthrop und Scheusal, der alle in seinem Umkreis drangsalierte. Aber so sehr der Marquis die Menschen hasste, so sehr liebte er die Pflanzen, die er von seinen abenteuerlichen Reisen mitbrachte und für die er einen Park anlegte.«

»Der heute einem Russen gehört?«, warf David ein.

»Mag sein«, erwiderte der Doktor. »Als ich in dem Park forschte, für meine Dissertation, war der Park im Besitz der Familie des Marquis. Aber die Nachkommen hatten kein Interesse an der Sammlung ihres verschrobenen Ahnen. Sie boten Park und Villa zum Verkauf an, weshalb ich dort forschen konnte.«

»Dort haben Sie die Kupferpflanze beschrieben?«

Der Doktor nickte. »Zum Glück gab es noch die Aufzeichnungen des Marquis, der sämtliche Pflanzen, die er auf der ganzen Welt sammelte, mit Herkunft und Datum des Erwerbs in Folianten eintrug.«

»So konnten Sie nachweisen, dass es sich bei diesem Exemplar«, David zeigte auf die Pflanze im grauen Plastiktopf, »um die Kupferpflanze handelt?«

Der Doktor nickte. »Die Alfred Russel Wallace auf den Molukken entdeckt und beschrieben hat. Aber als Forscher auf den Spuren von Wallace in den 1920ern die Molukken bereisten, war die Kupferpflanze ausgestorben. Darf ich von der Pflanze eine Probe entnehmen?« Ohne die Antwort abzuwarten, nahm der Doktor ein Skalpell aus einem ledernen Etui, entzündete einen Bunsenbrenner und hielt das Skalpell in die Flamme, um es zu sterilisieren. »Um sicher zu sein, dass es sich um die Kupferpflanze handelt«, erklärte der Doktor, dessen Gesicht von der blauen Flamme erleuchtet wurde, »muss ich die DNA der Pflanze bestimmen und mit meinen Aufzeichnungen vergleichen.«

»Ihren Aufzeichnungen, die Sie in dem Park im Massif des Maures gemacht haben?«

»Ich habe für meine Doktorarbeit alle Pflanzen, die der Marquis de Orlan von seinen Reisen mitgebracht hat, dokumentiert und ihre DNA bestimmt.«

»Pflanzen haben eine DNA?«

»Pflanzen gehören zu den Eukaryoten. Sie besitzen einen Zellkern wie tierische Zellen. Die Erbinformation ist in der Abfolge der vier Nukleinbasen gespeichert.«

»Und wenn wir diese vier Basen identifizieren …«, setzte David den Gedanken fort.

»… gewinnen wir die DNA-Sequenz.«

»Das geht mit Bunsenbrenner und Skalpell?«

»Nein«, der Doktor lächelte zum ersten Mal, »dazu brauchen wir einen Sequenzierer.«

6

Zufrieden schnurrte der Panda die Seealpen hinunter, während Doktor Bernard erzählte. Auch wenn er nicht müde wurde, seine Verachtung gegenüber der »imperialen Lebensweise« der Reichen, die sich an der Côte d'Azur austobten, zu zeigen, wurde er vom Versprechen des nahen Meeres angesteckt. Ohne dass David Fragen stellen musste zu den vier Jahren seines Abtauchens, machte der Doktor seinem Herzen Luft. Offensichtlich war Doktor Bernard kein einzelgängerischer Misanthrop, auch wenn er auf den ersten Blick so wirkte, weil er in Prévoux das Reden verlernt hatte. Nach den Jahren des Schweigens öffnete er sich wie eine Blüte im Frühling. Sein Unglück, so der Doktor, begann mit dem Interview, das David auf *YouTube* gesehen hatte. Eine Abrechnung mit den Agrar-Multis und ihrem aggressiven Einsatz genmanipulierter Pflanzen. Ein *Weißer Elefant* im universitären Raum, über den niemand redete, um es sich nicht mit mächtigen Sponsoren zu verscherzen. Die Rechnung folgte auf dem Fuß. Die Universität, an der der Doktor forschte, entzog ihm die Mittel. »Was eine Kaskade aus Scheiße in Gang setzte«, Doktor Bernard liebte eine anschauliche Sprache. »Ohne Forschungsmittel keine Forschung. Ohne Forschung kein Labor. Ohne Labor keine Veröffentlichungen. Ohne Veröffentlichungen kein Lehrauftrag. Ohne Lehrauftrag kein Gehalt. Ohne Gehalt keine Freundin. Ohne Freundin kein Spaß. Was tut man, wenn man am Arsch ist? Man versucht, mit dem zurechtzukommen, was man hat – Prévoux. Ich habe versucht, neue Bewohner anzulocken. Ein Haus für einen Euro mit der Verpflichtung, die Häuser zu sanieren. Klingt verlockend. Familien aus ganz Frankreich kamen herauf, nette junge Familien und schauten sich um. Nachdem sie einen nebeligen Nachmittag durch Prévoux gelaufen waren, geprügelt vom ewigen Wind, stiegen sie wieder in ihre Autos. Irgendwann schlug die letzte Autotür zu, und es entfernte sich das letzte Motorengeräusch. Sophie blieb noch eine Nacht, dann fuhr sie auf dem Mountainbike aus meinem Leben. Sophie hatte große Reden geschwungen auf Klimakonferenzen über Nachhaltigkeit. In Prévoux bot sich die Gelegenheit, die großen Ideen im Kleinen auszuprobieren.« Der Doktor schüttelte den Kopf. »So ernst war das alles nicht gemeint. Als die letzte Flasche Wein ausgetrunken war, verabschiedete sich Sophie und fuhr hinunter an die Küste zu ihrem neuen Freund, den sie kennengelernt hatte, als der sich mit seiner Familie eines der leeren Häuser in Prévoux anschaute. Darf man hier rauchen?« Ohne die Antwort abzuwarten, zündete der Doktor sich eine Zigarette an und fuhr fort. Wie er gegen die Einsamkeit angeschrien hatte, weil er die Stille nicht ertrug. Wie er seinen Rucksack packte, um hinunterzulaufen ins falsche, aber süße Leben, von dem man bei guter Sicht das Blau des Meeres erahnen konnte. Aber wieder zurückkehrte, weil er begriff, dass ihn nur Trotz am Leben hielt. Trotz, es der Wissenschaftswelt, diesen »Schlangeneier legenden Kröten«, die die Apokalypse beschworen, aber keine Party ausließen, zu zeigen. Der Doktor ging strategisch vor. Bis zum Winter blieb nicht viel Zeit. Während an der Côte noch Wasserski Smileys ins Meer malten, stiegen in Prévoux die Temperaturen selbst tagsüber kaum über null. Als Erstes musste der Doktor dafür sorgen, dass er nicht erfror. Natürlich hätte er das zurückgelassene Mobiliar in den aufgegebenen Häusern verheizen können. Das, was die Welt seit der Industriellen Revolution tat mit katastrophalen Folgen fürs Klima. So ersann er ein System, das er während eines Forschungsprogramms bei den Inuit kennengelernt hatte. Wie man Kälte in Wärme umwandelt. »Ich könnte es dir erklären, aber du würdest es nicht verstehen. Dann suchte ich das Dorf nach Vorräten ab, aber da kam nicht viel zusammen. Zum Glück war das Lager der *Bar-Tabac* bei einem Wettersturz überflutet worden, und als der Inhaber ging, ließ er die durchweichten *Gauloises* und *Gitanes* zurück. Ich trocknete die Packungen und voilà!« Der Doktor hielt seine glimmende Fluppe hoch.

»Sie haben sich von Zigaretten ernährt?«

Der Doktor lachte. »Es gab genug Vorräte in den Häusern, auch wenn ich manches Einmachglas wieder frisch machen musste. Da hilft es, wenn man Biologie studiert hat. Aber das war nicht nachhaltig, ich musste Nahrung anbauen. Doch was wächst auf 1.600 Metern?« Es folgte ein wissenschaftlicher Vortrag über den Stoffwechsel des Getreides, den Einfluss des Windes und natürlichen Dünger. David hatte Mühe, dem Vortrag zu folgen, wegen der vielen Fachbegriffe, aber vor allem, weil er sich auf den Verkehr konzentrieren musste, denn sie näherten sich Monaco, das mit seinen Hochhäusern die Antithese darstellte zu den Ideen des Doktors vom Leben im Einklang mit der Natur. Trotzdem schien der Doktor für die Verlockungen des Geldes empfänglich zu sein und schaute mit Interesse den eleganten Frauen nach, die über die palmenbestandenen Boulevards flanierten.

David setzte den Doktor vor dem *Musée Océanographique* ab, der mit der Gewebeprobe der Kupferpflanze in einem Anbau verschwand. Nachdem David einen Parkplatz gefunden hatte und in der Warteschlage zur Kasse vorgerückt war, wurde ihm freundlich, aber unmissverständlich klargemacht, dass er mit der Kupferpflanze, die er um keinen Preis im Panda zurücklassen wollte, das Museum nicht betreten dürfe. Aus Sicherheitsgründen. David verstand nicht, welche Gefahr von der kleinen Pflanze ausgehen sollte. So seien nun mal die Regeln. Ein Wort ergab das andere, und da aus der Schlange hinter David Unmutsäußerungen kamen, schlug die Dame an der Kasse vor, David sollte die Pflanze in einem Garderobenschrank einschließen. Der dachte über diesen Vorschlag nach, beschloss aber, die Pflanze, die ihn reich machen sollte, nicht in einer Blechkiste zurückzulassen, die man mit einem Schraubenzieher aufbrechen konnte. David würde auf den Besuch des Museums verzichten, stattdessen setzte er sich vor dem Museum auf eine Mauer und schaute hinunter zum Meer, das zu faul war, an diesem heißen Tag gegen die Felsen anzurennen, auf dem das Museum thronte.

Gerade, als David die Augen geschlossen hatte, um sich der Nachmittagssonne hinzugeben, tauchte ein Security-Mann auf und machte ihm klar, dass er hier nicht sitzen dürfe. Gegen welche Vorschriften er verstoßen würde, fragte David, nicht im Traum daran denkend, seinen Platz mit der überwältigenden Aussicht zu räumen.

»Das Sitzen auf der Mauer ist aus Sicherheitsgründen verboten. Das sind 30 Meter!«

»Ich kann auf mich aufpassen.«

»Trotzdem, Monsieur, Sie dürfen hier nicht sitzen!«

In David stieg Ärger auf. Warum glaubte eigentlich jeder, ihn herumschubsen zu dürfen? Der Deutsche, der sich im *Clémenceau* ungefragt an seinen Tisch setzte, oder das amerikanische Paar, das wegen Ausfall der Verdon-Tour Anspruch auf Erstattung der Fahrkosten erhob. Es reichte. »Und wenn ich sitzen bleibe«, David spreizte seine Beine und ließ die Füße demonstrativ von der Mauer baumeln, »was passiert dann?«

»Kommen Sie«, versuchte es der Security-Mann mit einem Lächeln, »ich mache nur meinen Job.«

»Werfen Sie mich dann hinunter?«

»Was sagen Sie da?«

»Ob Sie mich hinunter ins Meer werfen?«

Das Gesicht des Security-Manns verfinsterte sich kurz, was David nicht entging. Jetzt zwang er sich zu einem Lächeln. »Natürlich nicht, Monsieur.«

»Aber Sie haben einen Moment darüber nachgedacht?«

»Machen Sie keinen Ärger und setzen Sie sich woanders hin.« Der Security-Mann machte einen Schritt auf David zu, um ihn von der Mauer herunterzuziehen, während Wut in David hochkochte. Was fiel diesem Penner ein? Er hatte das unmoralische Angebot von Sergej vergessen. Jetzt erinnerte er sich wieder daran, und es machte etwas mit ihm. Er schaute den Security-Mann durchdringend an und dachte: Wenn du wüsstest. Ein Anruf, und du bist tot!

Der Security-Mann zögerte, ihm war die Veränderung im Gesicht des Mannes auf der Mauer nicht entgangen. Er schien zu allem entschlossen, weshalb die Sache nicht gut für ihn ausgehen könnte. Er hob seine Hände, dass von ihm keine Gefahr ausging, und trollte sich davon.

Nachdem das unbekannte Gefühl von Macht, das David überrollte, sich verflüchtigt hatte, rief er Marlène an, dass es später würde, weil er einen Umweg über Monaco machen musste. Auf Marlènes Handy lief die Mailbox, weil das Besäufnis mit der Freundin begonnen hatte. So hinterließ David eine Nachricht, dass er einen Gast mitbringen würde, einen Biologen, der Marlènes Vorliebe für Kraftausdrücke teilte, weshalb er ihr gefallen würde.

Keine Stunde, nachdem David den Doktor vor dem *Musée Océanographique* abgesetzt hatte, kam dieser wieder heraus. Sophie, seine Ex-Freundin, die jetzt im Museum arbeitete und ein schlechtes Gewissen hatte, würde die Gewebeprobe der Kupferpflanze durch den Sequenzierer jagen, dann hätten sie am nächsten Morgen den DNA-Code.

»Holen wir den DNA-Code hier ab?«, fragte David, während sie zum Parkplatz gingen.

»Den bekommst du aufs Handy. Ich habe Sophie deine Nummer gegeben.«

David blieb stehen. »Dann besitzt deine Ex den DNA-Code?«

»Und wenn schon«, beruhigte der Doktor David, während sie weitergingen. »Jede Pflanzenart hat ihren unverwechselbaren genetischen Code. Mit dem Nachweis spezieller DNA-Sequenzen lassen sich Arten sicher bestimmen.«

»Dass meine Pflanze die Kupferpflanze ist?«

»Dass deine Pflanze tatsächlich die Kupferpflanze ist, die ich vor zwölf Jahren im Park des Marquis de Orlan beschrieben habe.«

David nickte zögernd, und der Doktor begriff, dass ihn die Antwort nicht zufriedenstellte, weshalb er einen Arm um ihn legte. »Keine Sorge, mein Freund, noch können wir Pflanzen nicht im 3D-Drucker erzeugen. Wenn du Pflanzen kopieren willst, geht das immer noch auf die altmodische, romantische Art. Wenn du weißt, was ich meine.«

Auch wenn die beiden Freundinnen es nie zugegeben hätten, waren sie froh, als die Männer kamen. Irgendwann hatten sie begonnen, sich zu langweilen, da half auch der *Château Gigaro* nicht, von dem zwei leere Flaschen auf der Terrasse standen. Normalerweise dauerte die Verabschiedung nicht lange. Sobald David auftauchte, um Marlène abzuholen, gab es eine tränenreiche Umarmung der Freundinnen mit der Versicherung, sich bald wiederzusehen. Dann begleitete David die schwankende Marlène zum Panda, suchte einen Sender mit Techno und drehte den Regler bis zum Anschlag. Auch wenn David Techno hasste, war der Krach leichter zu ertragen als die Vorwürfe, die sich in Marlènes Herz angesammelt hatten angesichts des Erfolges der ehemaligen Kommilitonin, deren Vernissagen in ihrer Galerie in Cannes exklusive Events waren.

Diesmal schlug Charlotte von Bülow, die sich keinerlei Mühe gab, ihre Abneigung David gegenüber zu verbergen, weshalb er nie ins Haus gebeten wurde, vor, ob die Männer nicht auf ein Glas reinkommen wollten. Es lag an dem Doktor, dass Charlotte die Einladung aussprach. Unübersehbar waren der Doktor und die Galeristin ein *Match*, wie es sich David von der DNA-Probe aus Monaco erhoffte, wobei man sich keinen größeren Kontrast vorstellen konnte als zwischen dem tapsigen Biologen und der dünnen Galeristin. Es blieb nicht bei dem einen Glas, weshalb Charlotte vorschlug, einen Imbiss zuzubereiten als Grundlage für weitere Gläser. Ob der Doktor so nett wäre, ihr zur Hand zu gehen? Wenig später drang aus der Küche Charlottes schrilles Lachen, die eigentlich nie lachte, vor allem nicht schrill. Während des Essens auf der Terrasse von Charlottes Villa, die ein Stararchitekt entworfen hatte, ging der Doktor mit den Reichen ins Gericht und ihrer »imperialen Lebensweise«, offenbar sein Lieblingsthema. Obwohl Charlotte sich in allen Anklagepunkten schuldig fühlen musste, gab sie dem Doktor zu verstehen, dass sie ihn interessant fand. David sollte es recht sein, dass sich hier was anbahnte. Er hatte noch viel vor mit dem Doktor und war sofort bereit, den Doktor in der *Résidence au Soleil* übernachten zu lassen, nachdem Charlotte vorschlug, der Doktor könnte bei ihr schlafen, aber erschrocken über ihre Tollkühnheit diesen Vorschlag rasch wieder zurückzog.

So quetschten sich die drei in den Panda, wo der Doktor selbstverständlich den Beifahrersitz beanspruchte, während Marlène ohne Murren auf der Rückbank Platz nahm und, als David in alter Gewohnheit einen Sender mit Techno suchte, ihn zurechtwies, sie mit dem Krach zu verschonen, um kein Wort von dem zu verpassen, was der Doktor zu erzählen hatte. Zu Hause angekommen, zeigte David dem Doktor das Gästezimmer, eine Abstellkammer mit Luftmatratze, die David aufblies, während er sich bei Bernard für die bescheidene Unterkunft entschuldigte. Der Doktor erklärte, er sei in Prévoux Schlimmeres gewohnt, außerdem würde er noch ein paar Runden im Pool drehen, wobei Marlène ihm Gesellschaft leistete. So zogen die beiden plaudernd ihre Bahnen, und als David später, es wurde langsam wieder hell, nachschaute, wo Marlène blieb, denn ihre Seite des Ehebettes war leer, saßen die zwei in Decken gehüllt in Liegestühlen auf der Terrasse und leerten eine Flasche aus dem Weinkeller der Hausbesitzer, der eigentlich tabu war.

Trotz des vielen Weins, den der Doktor getrunken hatte, war er am nächsten Morgen als Erster auf den Beinen und zog schnaufend seine Bahnen im Pool. David sammelte die leeren Flaschen ein, als sein Handy klingelte. Eine *WhatsApp* von Sophie aus Monaco mit einem Barcode. David zeigte dem Doktor die Nachricht, der sich aus dem Pool stemmte und im Gästezimmer verschwand. Eingewickelt in ein Badetuch kam er zurück mit seinem Rucksack, zog das Collegeheft hervor und blätterte zu der Seite, wo er Notizen über die Kupferpflanze gemacht hatte, während David ihn gespannt beobachtete. Jetzt würde sich entscheiden, ob er weiter auf den Spuren von Van Goghs Ohr wandeln oder in die Liga der Reichen aufsteigen würde. Panda oder Jaguar. Aber der Doktor ließ sich Zeit und fragte David, ob er ihm einen Kaffee holen könnte.

»Natürlich, gern!« David rannte in die Küche, stellte eine Tasse unter die Kaffeemaschine und drückte den Knopf, nachdem er die ausgepresste Kaffeekapsel durch eine volle ersetzt hatte. Aber die Maschine signalisierte, dass der Wassertank aufgefüllt werden musste. Als das erledigt war, meldete sich der Kapselbehälter, der geleert werden wollte. David erledigte alles mit vor Aufregung zitternden Händen. Er stand so kurz davor, ein Einhorn war in sein Leben getreten. Jetzt durfte er keine falsche Bewegung machen, um das Einhorn nicht zu verscheuchen.

»Und?« David knallte dem Doktor die Tasse auf die Terrasse, sodass sie überschwappte. »Wie sieht's aus?«

»Immer mit der Ruhe, mein Freund. Bevor wir die Codes vergleichen, musst du eine App auf dein Handy laden, mit der wir Sophies Barcode in Buchstaben umwandeln. Wie meinen Code.« Der Doktor hielt das aufgeschlagene Collegeheft hoch, in das er mit seiner schwungvollen Handschrift eine lange Reihe Buchstaben eingetragen hatte.

David lud die App herunter und las den Barcode aus Monaco ein. »Und jetzt?«

»Jetzt liest du mir deinen Code vor, und ich vergleiche ihn mit meinem.«

David begann, die lange Reihe vorzulesen, wobei er mit dem Zeigefinger unter den Buchstaben entlangfuhr wie ein Kind, das Lesen lernt. Der Doktor wiederum setzte unter seinen Code mit dem Bleistift Punkte, um sicherzustellen, dass er keinen Buchstaben in der langen Reihe übersah.

Als David den letzten Buchstaben vorgelesen hatte, schaute er den Doktor erwartungsvoll an. »Haben wir ein Match?«

Der Doktor ließ das Collegeheft sinken und warf David einen prüfenden Blick zu. »Was hast du vor?«

David hatte die Frage erwartet, vermutlich hatte der Doktor sie noch nicht gestellt, weil er froh war, Prévoux zu verlassen und ins Leben zurückzukehren.

»Ich war vor zwei Wochen im Canyon du Verdon«, begann David, nachdem er sich auch einen Kaffee geholt hatte, denn er würde weit ausholen. »Ich verdiene meinen Lebensunterhalt mit Touren für Touristen. Van Gogh in Saint-Rémy, Picasso in Antibes und die beliebteste Tour: Saint-Tropez, auf den Spuren von Brigitte …«

»Und der Canyon?«, unterbrach der Doktor.

»Ich wandere gern, weshalb ich oft im Canyon du Verdon war. Irgendwann fragten mich Teilnehmer einer Tour, ob ich Tipps für den Canyon hätte. So entstand die Idee zu einer neuen Tour: Sentier Martel, auf den Spuren der Erstbegeher. Zehn Leute hatten meine Tour gebucht, der Wetterbericht war gut. Aber als wir uns auf dem Parkplatz von La Maline trafen, gab es eine Unwetterwarnung. Also sagte ich die Tour ab und beschloss, alleine zu gehen.«

»Trotz Wettersturz? Ich bin im Canyon schon bei Sonnenschein an meine Grenzen geraten.« Der Doktor klopfte auf seinen Bauch, der sich unter dem Badetuch wölbte.

»Auch wenn es albern klingt, ich wollte dem Wetterbericht zeigen, dass er mich mal kann. Verstehst du, was ich meine?«

Der Doktor nickte. »Und ob, mein Freund, und ob. Was meinst du, wie ich es vier Jahre in Prévoux ausgehalten habe? Ich habe den Bergen jeden Morgen den Mittelfinger gezeigt.« Der Doktor ließ die Hand mit dem ausgestreckten Mittelfinger sinken und machte eine Geste, David sollte weitererzählen. »Du bist in den Canyon eingestiegen, was geschah dann?«

»Das Unwetter kam erst, als es zu spät war umzukehren. Wenn du den Canyon kennst, weißt du, dass es bis zu den Tunneln keinen Schutz gibt.«

»Und die liegen am Ende der Tour«, bestätigte der Doktor.

»Weshalb ich losgerannt bin, um so schnell wie möglich den ersten Tunnel zu erreichen. Unterhalb der Échelles Imbert trieb ein Körper mit Schwimmweste im Verdon. Am Steinschlaghelm blinkte ein Licht. Um es kurz zu machen, ich watete in den Fluss und es gelang mir, den Körper ans Ufer zu ziehen. Ein Mann mit einer Platzwunde am Kopf. War gegen die Felsen geknallt. Hatte viel Blut verloren und war nicht bei Bewusstsein. Aber er lebte noch. Ich bekam ihn wieder wach, er war ansprechbar.«

»Wie hast du ihn die Treppen hinaufbekommen?«, fragte der Doktor mit der Neugier des Wissenschaftlers. »Getragen?«

»Dafür war der Mann zu schwer. Ich habe ihn beschimpft: Hurensohn! Schwesternficker! Schwanzlutscher!«

Die beiden Männer lachten.

»Jedenfalls«, fuhr David fort, »schafften wir es auf diese Weise die Échelles Imbert hinauf zum ersten Tunnel.«

»Ihr wart in Sicherheit.«

»Fast, noch war es ein weiter Weg, und ich hatte Angst, dass der Mann kollabiert. Aber er erholte sich und bestand darauf, seinen Range Rover, der an der Point Sublime parkte, selbst zu fahren. Ich wollte ihn zur Kontrolle in die Ambulanz nach Moustiers bringen, was er ablehnte.«

»Der wollte sich nicht in deinen Panda quetschen.«

Die beiden Männer lachten.

»Ich fuhr den Range Rover, während der Mann mit meinem Handy ein Telefonat auf Russisch führte. In La Maline wurde er von einem Helikopter abgeholt. Ein paar Tage später rief er mich an und lud mich zum Essen ein, um sich zu bedanken. Im Massif des Maures. So kam ich in den Park des Marquis de Orlan.«

»Und die Kupferpflanze?«

»Hat Sergej mir zum Abschied geschenkt.«

Der Doktor schüttelte ungläubig den Kopf. »Dieser Russe hat Villa und Park des Marquis de Orlan gekauft und fliegt im Helikopter durch die Gegend. Und dafür, dass du ihm das Leben rettest, speist er dich mit einer Pflanze ab?«

David überlegte, dem Doktor die ganze Geschichte zu erzählen. Vor allem die Sache mit dem Auftragsmord, um ihn zu beeindrucken, denn ihm war nicht entgangen, dass der Doktor nicht nur bei Charlotte von Bülow einen starken Eindruck hinterlassen hatte. Aber er entschied sich anders, vergewisserte sich, dass der Nachbar nicht am Zaun stand und so tat, als würde er die Hecke schneiden, um sie zu belauschen. David rückte seinen Stuhl näher an den Doktor heran und senkte seine Stimme: »Zuerst dachte ich, was für ein Geizkragen. Du solltest seine Gemäldesammlung sehen: Cézanne, Renoir, Van Gogh, der schwimmt im Geld.«

»Vielleicht war der Russe sauer«, gab der Doktor zu bedenken, »weil du ihn einen Schwanzlutscher genannt hast.«

Die beiden Männer lachten.

»Vielleicht«, fuhr David fort. »Und Sergej wollte mich mit der Kupferpflanze demütigen. Aber dann begriff ich die Chance, die sich mir bot.« Noch ein Blick zum Zaun, noch näher ran an den Doktor. »Villen, Weingüter, Jachten, was kommt noch, wenn du alles hast? Womit kannst du die anderen Megareichen beeindrucken? Kunst, klar, aber irgendwann ist der letzte Basquiat verkauft. Was dann? Krypto-Kunst? Ich verstehe nicht, warum Leute für Abermillionen den Quellcode einer Grafik kaufen? Und vor allem, ist das nachhaltig?«

Der Doktor schüttelte den Kopf.

»Nachhaltigkeit«, fuhr David fort, »ist der neue Luxus. Es geht um Distinktionsgewinn. Wie unterscheide ich mich von den anderen Reichen? Jetzt kommt die Kupferpflanze ins Spiel. Wenn sie die Letzte ihrer Art ist, bringt sie mehr Distinktionsgewinn als alle Jachten, die in Saint-Tropez am Quai schaukeln. Weil sie einzigartig ist. Es gibt nur dieses Exemplar auf der Welt. Die Kupferpflanze ist ausgestorben. Und ausgestorben heißt ausgestorben. Sie kommt nie wieder. Verstehst du, was ich vorhabe?«

Wieder schüttelte der Doktor den Kopf. »Ehrlich gesagt, nein.«

»Ich verkaufe die Kupferpflanze zu einem absurd hohen Preis, sagen wir 24 Millionen US-Dollar.«

»Warum sollte jemand so viel Geld für eine Pflanze ohne jeden Nutzen ausgeben?«

»Wegen der Story. Die Megareichen stecken in einem Dilemma, es gibt immer mehr von ihnen. Im letzten Jahr gab es 2.775 Milliardäre. Wie wollen die sich unterscheiden? Also werden die Jachten immer größer, oder ab ins Weltall. 2.775 Milliardäre. Wie kann man seinen Reichtum demonstrieren, wenn sich so viele alles kaufen können?« David machte eine Geste, als würde er ein Bild aufhängen. »450 Millionen US-Dollar für *Salvator Mundi*. Unfassbar viel Geld für ein Gemälde, aber jeder halbwegs gebildete Mensch kann das nachvollziehen. Mein Gott, ein da Vinci! Wirkliche Macht, furchterregende Macht gewinnt man mit etwas anderem: Wenn man eine hohe Summe für etwas Unscheinbares ausgibt. Eine Jacht, ein Weingut, die Villa des Marquis de Orlan. Große Summen auszugeben für Dinge, die jeder gerne hätte, damit kann man niemanden beeindrucken. Aber wenn du eine absurd hohe Summe für eine Pflanze im Plastiktopf ausgibst. Eine Pflanze, die keine Blüten trägt, keine halluzinogenen Stoffe produziert, nicht mal schön anzuschauen ist, wenn du dafür so viel bezahlst wie für einen Van Gogh, bist du wirklich reich.«

David machte eine Pause, er hatte noch nie so eine lange Rede gehalten. Er hatte seine Rede in der letzten Nacht, als Marlène und der Doktor ihre Poolparty feierten, im Kopf formuliert. Wie man Interessenten die Sache schmackhaft machen könnte. Da es auf der materiellen Ebene keinen Gegenwert gab bei diesem Investment, war die Story wichtig. Dass es der Doktor war, an dem David seinen Pitch ausprobierte, ergab sich zufällig. Ein erster Test, ob diese verrückte Idee nicht einfach nur eine verrückte Idee war.

»Verstehst du das Konzept?«, setzte David wieder an. »Der Käufer der Kupferpflanze bekommt für viel Geld ganz wenig. So etwas kann sich nur leisten, wer wirklich reich ist. Der ultimative Distinktionsgewinn und eine grandiose Geschäftsidee, vorausgesetzt, die DNA-Codes sind identisch.«

7

Brogharia cuprea – Die Einladung, die an einen exklusiven Kreis versandt wurde, zierte die kolorierte Zeichnung einer Pflanze wie aus einem alten Biologiebuch. Es gab keine weiteren Informationen, nur, dass Charlotte von Bülow, Inhaberin der *Boulangerie*, einer renommierten Galerie in Cannes, zur Vernissage einlud. Dazu Datum, Uhrzeit und der Hinweis, dass die Einladung persönlich sei und, da es sich um eine Performance handelte, pünktliches Erscheinen angeraten sei.

Die unter Kunstkennern weltbekannte *Boulangerie* unweit des Palais des Congrès, wo jedes Jahr im Mai die Filmfestspiele stattfanden, kam zu ihrem Namen, weil sich in dem Haus früher eine Bäckerei mit Backstube befand. Mit sicherem Gespür hatte Charlotte diese Location gewählt, um mit spektakulären Vernissagen den Glamour der Stars in die nüchternen Räume zu holen, wo es noch nach den Baguettes roch, die früher hier über die Theke gingen. Für David der perfekte Ort, potenten Käufern sein »Einhorn« zu präsentieren. In einer spektakulären Kunstperformance. Allerdings war Charlotte extrem wählerisch, wen sie in der *Boulangerie* ausstellte. Marlène mit ihren Lavendelfeldern in Öl gehörte nicht dazu, auch wenn Charlotte ihre beste Freundin war. Eine Vernissage mit Marlènes Gemälden in der *Boulangerie* hätte sie mit einem Schlag von den Wochenmärkten der Côte d'Azur in die erste Liga internationaler Künstler katapultiert. So steckte Charlotte in einem Dilemma: Einerseits wollte sie ihre beste Freundin nicht verlieren, andererseits nicht den Ruf der *Boulangerie* aufs Spiel setzen, indem sie dekorativen Provence-Kitsch ausstellte. Weshalb Charlotte nicht lange zögerte, als David sie auf der Suche nach einer passenden Location für den Verkauf seiner Kupferpflanze ansprach. Die Sache versprach einen ungewöhnlichen Kunst-Event, außerdem wäre die Frage, warum Charlotte ihre beste Freundin nicht ausstellte, vom Tisch. Entscheidend aber, dass Charlotte von Bülow für David ihre Galerie öffnete, war, dass Doktor Bernard die Performance leiten sollte. Was bedeutete, dass die beiden sich öfters sehen würden. Wenn auch Charlotte und der Doktor starkes Interesse aneinander hatten und durchsetzungsfähige Persönlichkeiten waren, waren sie in Liebesdingen schüchtern. Und da Charlotte sich für unattraktiv hielt und der Doktor ebenfalls, herrschte nach dem vielversprechenden Beginn in Charlottes Haus in Grasse zwischen den beiden Funkstille. So brauchte David weder Charlotte noch den Doktor lange zu überreden, an der Vernissage teilzunehmen, da sich bei den Vorbereitungstreffen in der *Boulangerie* Gelegenheiten ergaben, sich ihre Zuneigung zu gestehen.

Anders als sonst, wenn die Gäste vor der *Boulangerie* Champagner trinkend im Abendlicht plauderten, kontrollierte schwarz gekleidete Security die Einladung und forderte die Besucher auf, sich auszuweisen. Nun mussten alle Jacketts und Handtaschen in Plastikschalen legen, die durch einen Scanner rollten. Danach tastete das Sicherheitspersonal die Gäste nach Waffen ab. Was nicht allen gefiel, wie einer Baronin aus dem Geschlecht der Grimaldis, die sich weigerte, diese »Gestapo-Methoden« über sich ergehen zu lassen, bis der Baronin freundlich aber unmissverständlich klargemacht wurde, dann könnte sie an der Performance nicht teilnehmen. Worauf die Baronin, die solche Behandlung nicht gewohnt war, zu ihrem Rolls-Royce stolzierte und den Fahrer anwies, sie zurück zu ihrem Schloss auf Cap Ferrat zu fahren. Natürlich entging den Wartenden vor der *Boulangerie* nicht der Abgang der Baronin, weshalb sich so mancher fragte, ob man ihr nicht gleichtun sollte, statt geduldig zu warten, dass Männer und Frauen in Schwarz ihnen mit weißen Handschuhen in den Schritt fassten, ob sie dort eine Waffe versteckt hätten. Anderseits spürten alle, dass der Aufwand, der hier betrieben wurde, und die Kompromisslosigkeit, mit der die Sicherheitsmaßnahmen exekutiert wurden, einen besonderen Abend versprachen. Weshalb der Abgang der Baronin keinen solidarisierenden Effekt hatte, sondern alle den Anweisungen des Sicherheitspersonals Folge leisteten. So wuchs die Spannung, hatten alle in der *Boulangerie* spektakuläre Vernissagen erlebt, und sie wurde noch größer, als die Gäste, nachdem sie die Sicherheitskontrollen durchlaufen hatten, aufgefordert wurden, ihre Schuhe auszuziehen, um sie auf einen Haufen zu werfen, wo bereits Dutzende *Gucci*-Slipper, *Prada*-Flip-Flops und High Heels von *Dolce & Gabbana* lagen. Diese Maßnahme wurde nicht begründet, auch wurde nicht erklärt, wie am Ende des Abends die Gäste ihre Schuhe in dem Haufen wiederfinden sollten. Aber niemand beschwerte sich, weil alle davon ausgingen, die renommierte Galeristin würde sich diese Zumutungen nur herausnehmen, weil sie etwas ganz Besonderes zu bieten hätte. Einen unvergesslichen Abend.

Wie groß war die Verwunderung, als die Besucher die leere Galerie betraten, in der ein Saugroboter einen hölzernen Schemel in der Mitte umkreiste. Hätte man die Reinigungsarbeiten, fragten sich die Besucher, von dem Saugroboter an die Wand gedrängt, nicht vorher beenden können? Oder war das bereits die Performance? Da niemand sich als Banause zeigen wollte, akzeptierte man lächelnd die schlechte Behandlung. Auch, dass nicht wie sonst der Champagner in Strömen floss, sondern die Besucher sich an einem Wasserkran bedienen sollten mit aus Biomehl gebackenen Bechern, die nach der Benutzung verzehrt werden konnten, weil auf das übliche Fingerfood verzichtet wurde. Mittlerweile wurde es 20 Uhr, und mit dem Glockenschlag schloss das Personal die Türen der *Boulangerie*. Nun geschah lange nichts, und wie das ist in solchen Situationen, begannen die Ersten, die Stille und Ungewissheit nicht aushielten, zu kichern. Aber das Kichern verstummte bald, und es machte sich ein angespanntes Schweigen breit, das unterbrochen wurde vom Klopfen der Zuspätgekommenen gegen das Schaufenster. Darunter der Präsident des Filmfestivals, auf das niemand reagierte, weshalb er sich schulterzuckend davontrollte. Nun fuhr draußen eine gepanzerte Limousine vor, wie sie bei Geldtransporten eingesetzt wird. Die Security umringte den Wagen und bildete Spalier für einen Mann, der aus dem Fond stieg und mit seinem Tropenhelm, dem Safarianzug und Stiefeln mit Gamaschen aussah wie ein Afrikaforscher aus dem 19. Jahrhundert: Doktor Bernard. Er trug eine Box aus Sicherheitsglas mit einer Pflanze darin. Die Tür der *Boulangerie* wurde geöffnet, die Bodyguards drängten das Publikum zurück und forderten es auf, Abstand zu halten zu der Glasbox mit der Pflanze, die der Mann im Tropenhelm auf den hölzernen Schemel in der Mitte des Raumes stellte, den der Saugroboter umkreist hatte. Nachdem vier Männer mit Maschinenpistolen die vier Ecken des Raumes besetzt hatten, wurden die Türen der *Boulangerie* wieder geschlossen.

Es verging ein Moment erwartungsvoller Stille, dann lüftete der Doktor seinen Tropenhelm, stellte sich vor, erzählte von seinem wissenschaftlichen Werdegang, erwähnte Veröffentlichungen und Berufungen und kam zu seinem Forschungsschwerpunkt: dem Artensterben. Nun holte der Doktor, der Englisch mit charmantem französischen Akzent sprach, zu einem Vortrag über Alfred Russel Wallace aus, über seine, für die Evolutionstheorie entscheidende Entdeckung des Tiefseegrabens zwischen Bali und Lombok. Dass, obwohl die beiden indonesischen Inseln in Sichtweite liegen, sich Pflanzen und Tierwelt fundamental unterscheiden, weshalb man von der Vorstellung, dass Gott am sechsten Tag die Tiere erschuf, die sich auf der ganzen Welt verbreiteten, verabschieden müsse. Nicht unerwähnt ließ der Doktor, sensibilisiert durch eigenes Ungemach, welches Unrecht die damalige Forschergemeinschaft Wallace angetan hatte, dass, obwohl er unabhängig und zeitgleich mit Charles Darwin seine Thesen der *Royal Society* in London schickte, Darwin als Erfinder der Evolutionstheorie gilt. So kam der Doktor zum Ursprung der Arten, die man über Jahrtausende als Gottes Schöpfung angesehen hatte, bis Wallace und Darwin der Menschheit klarmachten, dass sie nichts weiter sei als die »dritte Schimpansenart«.

Hier bekam der Doktor die ersten Lacher, wie David, der zwischen den Gästen stand, zufrieden registrierte und Marlène Zeichen machte. Worauf Marlène sich zu David herüberbeugte und ins Ohr flüsterte: »Der Doc hat diese Snobs bei den Eiern.«

Der Doktor war über seinen Vortrag ins Schwitzen geraten, weshalb er die erstbeste Person in seiner Nähe bat, ihm einen Becher Wasser zu reichen, was die Frau im Camouflageoverall von *Versace* zur Überraschung aller hier tat. Es war die Erbin eines kalifornischen Pharmaunternehmers, die sich noch nie im Leben selbst ein Glas Wasser geholt hatte, erst recht nicht für jemand anderen. Der Doktor nahm einen Schluck, drückte der Pharmaerbin den halb vollen Becher in die Hand, damit sie ihn festhielt und sprach weiter über die Artenvielfalt, die durch die menschliche Zivilisation bedroht sei. Nun nannte er Zahlen, die das Publikum aufstöhnen ließen. Dass es in der langen Geschichte des Planeten fünf Artensterben gegeben hatte, also sehr selten. »Wir erleben gerade das sechste Artensterben. Wobei sich dieses, unser Artensterben, um das 45.000-fache beschleunigt hat. Um das 45.000-fache!«, wandte sich der Doktor an die Pharmaerbin mit dem Becher aus gebackenem Biomehl in der Hand, die zu zittern begann.

»Aber ich will Ihnen nicht den Abend verderben«, erklärte der Doktor zur Erleichterung des gespannt lauschenden Publikums. »Es ist nicht alles verloren. Wir müssen aktiv werden.« Der Doktor ließ seinen Blick durch den Raum schweifen, wo jeder, den dieser Bannstrahl traf, sich seiner Umweltsünden bewusst wurde und beschloss, noch in dieser Nacht sein verschwenderisches Leben zu ändern.

»Es liegt an uns«, fuhr der Doktor fort, »diesen Planeten zu retten. Warten wir nicht darauf, dass der liebe Gott eine neue Arche Noah schickt oder die Silicon-Valley-Visionäre uns auf den Mars beamen.«

Der Doktor wartete, bis das erleichterte Lachen verebbt war, griff nach dem Becher in der Hand der Pharmaerbin, trank ihn aus und begann, den Becher vor den Augen des erstaunten Publikums aufzuessen, um endlich zu der Glasbox auf dem hölzernen Schemel mit der kleinen Pflanze zu kommen.

»*Brogharia cuprea*«, flüsterte der Doktor an die Pflanze gewandt, als habe er Angst, sie zu erschrecken, um sich wieder seinem gebannt lauschenden Publikum zuzuwenden. »Wenn Sie das *Musée Océanographique* in Monaco besuchen, was ich wärmstens empfehlen kann, werden Sie dort ein Gemälde entdecken. Es hängt im Salle Grimaldi und zeigt den von der Malaria gezeichneten Alfred Russel Wallace in seinem Arbeitszimmer auf Halmahera, einer Insel im Archipel der Molukken. Wenn Sie das Gemälde näher betrachten, entdecken Sie im Hintergrund auf der Fensterbank einen Topf mit einer kleinen rötlich schimmernden Pflanze. *Brogharia cuprea*, die Kupferpflanze. Leider starb die Kupferpflanze in den 1920ern aus.«

Der Doktor machte eine Pause, und es war zu spüren, dass seine Zuhörer begannen, die Pflanze in der Glasbox mit anderen Augen zu sehen. Nicht länger als Kunstwerk, was die Inszenierung in der Galerie nahelegte, sondern wie ein ausgestopftes Tier in einem naturkundlichen Museum, denn alle gingen davon aus, dass es sich bei der Pflanze, die Anfang des 20. Jahrhunderts ausgestorben war, um eine Replik handelte.

»Sie denken sicher«, griff der Doktor den Gedanken auf, »es handelt sich bei diesem Objekt«, er zeigte auf die Glasbox, »um eine Reproduktion der Kupferpflanze aus dem Arbeitszimmer von Alfred Russel Wallace. Ich muss Sie enttäuschen, Mesdames et Messieurs, diese Pflanze ist echt. *Brogharia cuprea* lebt.«

Der Doktor wartete, bis sich das erstaunte Seufzen gelegt hatte.

»So werden wir an diesem denkwürdigen Abend Zeuge einer Wiederauferstehung. Sie lebt, *Brogharia cuprea* lebt. Warum auch immer, ein Exemplar hat überlebt. Wir haben die Aufzeichnungen von Alfred Russel Wallace, der die Kupferpflanze bestimmt hat, mit diesem Exemplar verglichen. Kein Zweifel, es handelt sich um die vor 100 Jahren ausgestorbene *Brogharia cuprea*.«

Wieder machte der Doktor eine bedeutungsvolle Pause, damit die Gäste die Pflanze im neuen Licht sahen, als kostbares, einzigartiges, lebendiges Unikat. Denn mit Unikaten kannten sich alle hier aus. Unikate waren das, wonach das Publikum suchte, weshalb die Besitzerin eines Pariser Modeimperiums sich vorwagte, um das Glas zu berühren, das die Kupferpflanze schützte. Aber das Klacken von vier Maschinenpistolen, die durchgeladen wurden, ließ sie zurückschrecken.

Nachdem der Doktor seinen Vortrag beendet hatte, senkte sich nachdenkliches Schweigen über das elegante Publikum. Man konnte sehen, wie es in den Köpfen arbeitete und Paare sich Blicke zuwarfen, was von dieser Sache zu halten sei. Wie alle darauf warteten, dass einer der Anwesenden es wagte, mit einer ersten Reaktion dem Abend den entscheidenden Spin zu geben. Ob der Doktor im Tropenanzug ein verrückter Künstler war oder die Tür zu einer neuen, nachhaltigen Welt öffnete? Unter den Besuchern der *Boulangerie* waren internationale Sammler, die mit sicherem Blick den Wert eines Kunstwerks einzuschätzen vermochten. Aber das hier war etwas Neues, weshalb sich die üblichen Verdächtigen zurückhielten, darauf wartend, dass jemand, der die Stille nicht aushielt, sich lächerlich machte, indem er sich enthusiastisch über die Ausführungen des Doktors äußerte, während die Möglichkeit bestand, dass die Performance ein dadaistischer Spaß war.

Es war die dritte Ehefrau des Besitzers des *Château Gigaro*, die das Eis brach. Das Unterwäschemodel wandte sich an Charlotte von Bülow mit der Frage, ob man die Kupferpflanze kaufen könnte.

Nun wurde es noch stiller, und in diese Stille fielen die Worte der Galeristin wie Münzen in ein Becken aus Stahl: »Ja, die Kupferpflanze steht zum Verkauf. Wobei ich vermute, dass der Erwerb der Pflanze die finanziellen Möglichkeiten Ihres Mannes übersteigt.«

Gaston Gigaro führte das Weingut in sechster Generation, hatte Missernten, Hagelschlag und Schädlingsbefall erlebt, weshalb er sich nicht leicht aus der Ruhe bringen ließ. So zeigte allein sein Gesicht, das die Farbe des Rosés annahm, den er anbaute, dass ihn die öffentliche Demütigung in Anwesenheit seiner deutlich jüngeren Frau traf.

Unterdessen fuhr draußen wieder die gepanzerte Limousine vor. Der Doktor setzte seinen Tropenhelm auf und trug die Glasbox mit der Kupferpflanze zu der wartenden Limousine, eskortiert von den Männern mit Maschinenpistolen. Der Doktor stieg mit der Kupferpflanze in den Fond, und die Limousine fuhr davon, begleitet von vier Motorrädern, während aus der ehe-

maligen Backstube der *Boulangerie* der Saugroboter auftauchte, auf die Gäste zuhielt und ihnen klarmachte, dass
die Veranstaltung zu Ende war.

Die Kellner des *Les Pêcheurs* auf der Croisette mit über-
wältigendem Blick auf den nächtlichen Hafen von Cannes
hatten gerade die Vorspeise serviert, als Charlotte von
Bülows Handy klingelte. Es war der Besitzer des *Château Gigaro*, wie alle mithören konnten, weil Charlotte
ihr Handy laut gestellt hatte.

»Ich möchte die Kupferpflanze erwerben«, erklärte
Gaston Gigaro. »Was ist der Preis?«

»24 Millionen US-Dollar«, erwiderte Charlotte.

Es wurde einen Moment still im Handy der Galeristin,
und man hörte, wie es in dem Winzer arbeitete.

»Voilà!«, seufzte Monsieur Gigaro und schickte ein
künstliches Lachen hinterher. »Ich bin auf der Suche nach
einem Geschenk für Ségolène zu unserem ersten Hochzeitstag.« Noch ein künstliches Lachen. »Schicken Sie
eine Kaufbestätigung mit Expertise über die Echtheit der
Pflanze an mein Büro. Damit mir niemand zuvorkommt,
habe ich den Betrag in diesem Moment an Ihre Galerie
überwiesen. Vielleicht möchten Sie die Kupferpflanze
persönlich vorbeibringen, Charlotte, und bei der Gelegenheit unseren neuen Rosé probieren?«

Es war klar, dass in der nächsten Sekunde die Runde
vor Begeisterung in die Luft fliegen würde, aber Charlotte machte Zeichen, noch zu warten. Sie checkte auf
ihrem Handy ihr Geschäftskonto und hob das Handy
in die Höhe, damit David, Marlène und der Doktor das
Display sehen konnten. Gerade waren dort 24 Millionen US-Dollar eingegangen. Für einen Moment wurde

es noch stiller, so still, dass man das Schmelzen der Eiswürfel im Sektkühler hören konnte. Aber nun kannte die Freude kein Halten. Der Doktor ließ seinen Tropenhelm wie eine Frisbeescheibe durch das Restaurant segeln, nahm Charlotte in seine Arme und wirbelte sie durch das Lokal, sodass ihr rotes Kleid sich aufbauschte und man ihre weißen Beine sehen konnte, an die noch nie Sonnenlicht gekommen war, weil Charlotte Strände hasste. Damit nicht genug. Der Doktor presste Charlotte an sich, und nachdem die beiden seit ihrem ersten Treffen in Grasse voneinander geträumt, aber es bis auf zufällige Berührungen nicht gewagt hatten, Zärtlichkeiten auszutauschen, fielen sie übereinander her, dass der Maître, der schon so manchen Hollywoodstar, dem die *Goldene Palme* zu Kopf gestiegen war, abgekühlt hatte, dem Doktor einen beherzten Stoß versetzte, worauf dieser mit lautem Platschen in das Becken mit den Fruits de Mer fiel, für die das *Les Pêcheurs* berühmt war. Während David und Marlène den Doktor aus dem Becken befreiten, besänftigte Charlotte den Maître, der Abend ginge auf sie. Wobei der Abend noch lange nicht zu Ende war. Nachdem man auf der Croisette einen Imbisswagen geplündert hatte, zogen die vier weiter, um in der Bar des *Carlton* ihren Coup zu feiern. Woraus nichts wurde, weil der Barmann erklärte, die Bar würde schließen. Wobei Charlotte, die hier oft abgestürzt war, sich nicht erinnern konnte, dass die berühmte Bar jemals geschlossen hatte. Vermutlich hatte das *Les Pêcheurs* einen Warnruf abgesetzt. Kein Grund, sich die Laune verderben zu lassen. Nach kurzem Kriegsrat bestellten die vier eine weiße Stretchlimo, um in die *Résidence au Soleil* zu fahren, wo man tun und lassen konnte, was man wollte. Die Fahrt dauerte eine gute Stunde, weshalb die vier sich ausgiebig an der Bordbar bedienten, dass sie, nachdem die Limo sie vor der *Résidence* auskippte, Mühe hatten, sich auf den Beinen zu halten. Charlotte und der Doktor krochen auf allen vieren ins Schlafzimmer, das sie selbstverständlich für sich beanspruchten, wo der Sex bereits beim Vorspiel implodierte, weil die beiden aufeinander einschliefen. Das Gegenteil zu David und Marlène. Aufgeputscht von dem Gefühl, nach all den Demütigungen ihrer prekären Existenz reich zu sein, wirklich reich, fielen die beiden auf der Terrasse so hemmungslos übereinander her, dass die Wildschweine, die seit Wochen an einem Tunnel unter dem Zaun der *Résidence* arbeiteten, um zu der Tonne mit den Bioabfällen zu gelangen, sich erschrocken zurückzogen.

8

Immer, wenn sie am Ende des Wochenmarktes auf der Place des Lices die Staffeleien abgebaut, Marlènes Gemälde in Folie verpackt und mit Gurten auf einer Sackkarre befestigt hatten, dazu die beiden Klappstühle, auf denen sie sich vergeblich den »Arsch breit gesessen« hatten, wie Marlène schimpfte, musste das Paar auf dem Weg zu den Müllcontainern auf dem Hügel über Saint-Tropez, wo der Panda parkte, am Haus Nummer 12 in der Avenue des Jasmins vorbei, wo sie einen Stopp einlegten, um wieder zu Atem zu kommen. Zwar schob David die schwere Karre den Hügel hinauf, aber auch Marlène war außer Atem, weil sie den ganzen Weg ihrer Enttäuschung Luft machte, dass sie kein einziges Bild verkauft hatte und trotzdem die teure Standgebühr entrichten musste. Dann versuchte David, Marlène zu trösten, dass die Welt noch nicht bereit wäre für ihre Kunst. »Was war mit Van Gogh? Seine beste Schaffensphase hatte Van Gogh kurz vor seinem Tod in Auvers-sur-Oise, wohin sein Bruder Theo ihn geholt hatte. Van Gogh unternahm einen Selbstmordversuch in den Feldern, der missglückte, nachdem er aber wieder auf den Beinen war, geriet er in einen manischen Schaffensrausch, bis er sich eine Kugel in den Bauch schoss. Vermutlich, um seinem Bruder nicht länger zur Last zu fallen, der eine Familie zu ernähren hatte. Vielleicht wollte Van Gogh auch durch seinen Freitod die Preise für seine Bilder in die Höhe treiben, um seinen Bruder zu unterstützten, in dessen Armen er seiner Schussverletzung erlag.«

Leider ging dieser gut gemeinte Trost nach hinten los. Bevor David sich in weiteren Spekulationen über Van Goghs Selbstmord ergehen konnte, fuhr Marlène ihn an: »So stellst du dir das also vor. Ich bringe mich um, damit du meine Bilder für viel Geld verkaufen kannst und eine Familie gründest. Wo du dich immer davor gedrückt hast, Vater zu werden. Okay, wo ist die Pistole? Besorg mir eine Pistole, das ist das Mindeste. Und leg mich um. Wobei du nicht Manns genug bist, mich zu töten. Keine Sorge, das erledige ich selbst.«

Während Marlène jedem ihrer Sätze Nachdruck verlieh, indem sie auf David mit ihrer gefakten *Prada*-Handtasche eindrosch, kämpften die beiden sich die Avenue des Jasmins hinauf, um vor dem Haus Nummer 12 erschöpft auf die niedrige Mauer des verwilderten Anwesens zu sinken. Für einen Moment schwiegen die Kanonen. Es war alles Tausende Male gesagt und hatte zu nichts geführt. Marlène zückte ein Päckchen *Gauloises*, steckte sich eine an und hielt nach kurzem Überlegen David die Packung hin, ohne ihn anzuschauen. David zögerte, er hatte mal wieder mit dem Rauchen aufgehört, aber entschied sich für die Friedenspfeife.

So rauchten sie schweigend, bis Marlène, dem Rauch ihrer Zigarette nachschauend, fragte: »Du hältst mich für verrückt?«

»Um Gottes willen, nein«, beschwichtigte David. »Ich wollte nur deutlich machen, welche Prüfungen das Leben manchen Menschen auferlegt. Vor allem Menschen, die ihrer Zeit voraus sind. Menschen wie du.«

Marlène warf David einen Blick zu, ob er das ernst meinte.

David hielt dem Blick stand, während er fortfuhr: »Erfolg ist wie ein Lottogewinn. Außerordentlich unwahrscheinlich und vollkommen zufällig. Große Künstler dagegen, wirklich große Künstler werden vom Schicksal auf alle erdenkliche Weise geprüft, ob sie es ernst meinen mit ihrer Kunst. Weshalb ich kein Problem hätte, bis ans Ende meiner Tage die Karre mit deinen unverkäuflichen Werken«, er zeigte mit seiner herunterbrennenden Zigarette auf die Sackkarre, »den Berg hinaufzuschieben. Die Geschichte wird dir recht geben.«

Marlène, die aufmerksam zugehört hatte, nickte zustimmend mit dem Kopf. Nun brach es aus ihr heraus: »Ehrlich gesagt, hätte ich lieber den Lottogewinn. Dann würden wir dieses Haus kaufen.« Sie zeigte über ihre Schulter auf das Haus, das sich hinter dem verwilderten Vorgarten in den blauen Saint-Tropez-Himmel reckte.

Das Haus Avenue des Jasmins 12 wurde schon lange zum Verkauf angeboten, was verwunderte, denn es bedurfte nur ein wenig Fantasie und geschickter Handwerker, das vom Rost zerfressene Gartentor zu ersetzen und die eingestürzte Mauer wieder aufzurichten, auf der Marlène und David verschnauften. Die wuchernden Hecken zu beschneiden, damit der Feigenbaum im Vorgarten Licht bekam. Den Weg, der zur Freitreppe ins erste Stockwerk führte, neu zu pflastern und die Stufen vom Moos zu befreien, damit der weiße Marmor zur Geltung kam. Reinigen müsste man auch die vergilbte Fassade, nachdem man die hölzernen Fensterläden abgenommen, geschliffen und frisch gestrichen hätte.

Einen neuen Anstrich könnten auch die schmiedeeisernen Brüstungen vor den Fenstern im ersten Stock vertragen, die von der Decke bis zum Boden reichen. Die Fenster, von denen die Farbe blätterte, müssten ersetzt werden. Das für Südfrankreich typische Dach mit geringer Neigung müsste neu eingedeckt werden mit Ziegeln aus Roussillon, deren Rot man unter einer Schicht Vogelscheiße nur erahnen konnte. Erhaltenswert auch der seitlich am Haus angebrachte Kamin, der sich nach oben verschlankte und ein Stück weit über das Dach erhob, damit der Mistral den Rauch nicht ins Haus blies. Das Erdgeschoss, in dem sich torartige Türen befanden, könnte man zum Vorgarten öffnen, um dort eine Galerie mit Marlènes Werken einzurichten. So überließ Marlène sich jeden Samstag, wenn sie hier eine Zigarettenpause einlegten, ihrem Traum, wie sie das heruntergekommene Haus zu neuem Leben erwecken würde. Auf der Rückseite des Hauses würde sie das Erdgeschoss zum Garten hin mit einem gläsernen Anbau öffnen, wo sie ihr Atelier einrichten würde. Weshalb kein Platz für einen Pool blieb, aber von dem Haus bis zum *Tahiti Beach* waren es mit dem Fahrrad nur 20 Minuten bergab, wenn man den Anstieg zu den Müllcontainern hinter sich gebracht hatte. Im Vorgarten zur Avenue des Jasmins würde Marlène einen kleinen Teich anlegen lassen mit einem Brunnen, den sie selbst gestalten würde: Sie als nackte Göttin, aus deren Brüsten Wasser sprudelte. Aber wie das so ist mit Träumen, man versucht, sie zu realisieren oder gibt sie irgendwann auf. David neigte zur zweiten Variante, worauf Marlène so heftig in Tränen ausbrach, dass, wenn sie keine Kinder bekommen würde, sie wenigstens ein eigenes Haus gestalten wollte, sodass David irgendwann resignierte und die Telefonnummer wählte, die auf dem Maklerschild im Vorgarten stand.

Vier Millionen Euro verlangte die Erbengemeinschaft für das Haus Avenue des Jasmins 12. Während es David die Sprache verschlug, weil diese Summe jenseits ihrer Möglichkeiten lag, fand die Maklerin, dass es sich dabei um ein Sonderangebot handelte, weil Sanierungsaufwand bestand und die Wohnung unterm Dach von einer alten Dame bewohnt wurde, die ein lebenslanges Wohnrecht besaß, mit der man sich einigen müsste, was mit weiteren Kosten verbunden wäre. Während sich damit die Sache für David erledigt hatte, arbeitete es in Marlène, die wie die Maklerin fand, dass vier Millionen für ein Herrenhaus in Saint-Tropez ein Schnäppchen wären und es an Davids Erfolglosigkeit lag, dass sie sich diesen Traum nicht erfüllen konnten. Welche Überraschung, als David 24 Stunden nach dem Coup in Cannes, die alle brauchten, ihren Rausch auszuschlafen, Marlène im Panda in die Avenue des Jasmins chauffierte, wo vor dem Haus Nummer 12 bereits die Maklerin wartete, die das Paar durch die leer stehenden Räume führte, und sich Marlènes Vermutung bestätigte, dass sich hinter der heruntergekommenen Fassade ein Schmuckkästchen verbarg.

Im Gegensatz zur Maklerin, die von frei stehenden Badewannen schwärmte, von wo sie den Sonnenaufgang über dem Golf von Saint-Tropez betrachten könnten, und Duschen, aus denen wahlweise *Volvic* oder *Vittel* sprudelte, würde Marlène den schlichten Charakter des Hauses erhalten und die Sünden der Vorbesitzer tilgen, wie das Fertigparkett im Erdgeschoss, unter dem sich schöner alter Terrazzoboden verbarg. Auch würde Marlène,

anders, als die Maklerin vorschlug, die Wände nicht rausreißen lassen, um aus der Wohnung im ersten Stock einen
einzigen großen Raum zu machen mit einer Kochinsel
als Zentrum, sondern die alte provenzalische Küche mit
den lavendelfarbenen Kacheln erhalten. Zu dieser »neuen
Schlichtheit«, so Marlène, würden außerordentlich gut
ihre Gemälde passen, mit denen sie das Haus dekorie-
ren würde. So kamen die drei auf ihrer Tour ins Stockwerk unterm Dach, das nicht zu besichtigen war, weil
die Bewohnerin sich weigerte, Kaufinteressenten in ihre
Wohnung zu lassen. Aber sicher, so die Maklerin, sei die
alte Frau bereit, das Feld zu räumen, sollte das Paar ein
entsprechendes Angebot machen.

»Und«, fragte die Maklerin, als sie wieder auf der
Straße standen, »wollen Sie es sich überlegen?«

»Wozu lange überlegen«, erwiderte Marlène, »wir nehmen das Haus, oder, Liebling?«

David, den Marlène noch nie »Liebling« genannt hatte,
nickte, erst zögernd, dann immer entschlossener. »Wir
nehmen das Haus, allerdings für dreieinhalb Millionen.
Wegen der alten Frau unterm Dach, die wir abfinden müssen.«

Die Maklerin versprach, mit den Besitzern zu reden
und sich umgehend zu melden, verabschiedete sich und
ging zu ihrer Vespa, die am Straßenrand parkte, kam aber
noch mal zurück. »In Saint-Tropez ist es üblich, die Kauf-
summe bei Vertragsabschluss bar zu bezahlen.«

David erklärte, das sei kein Problem, und Marlène
fragte, ob die Maklerin ihnen freundlicherweise die Hausschlüssel überlassen würde, dann könnten sie planen, und
die Maklerin, deren Büro in Port Grimaud lag, müsste
sich nicht für jedes Treffen mit der Vespa durch den Ver-

kehr quälen. Die Maklerin überlegte einen Moment, dann gab sie sich einen Ruck und überreichte Marlène, deren enthusiastische Art ihr gefiel, die Hausschlüssel.

Während die Vespa die Avenue des Jasmins Richtung Place des Lices hinunterrollte, stürmten die beiden die Freitreppe hinauf. Marlène schloss die Tür auf und wollte ins Haus, aber David hob sie hoch und trug sie über die Schwelle. Nach einem innigen Kuss machte Marlène sich los, riss alle Fenster auf, die seit Jahren verrammelt waren, und ließ die Sonne herein, während David sie mit dem Handy filmte, bis Marlène auf David zukam mit einem Lächeln wie vor vielen Jahren, als sie ihn auf der Fähre von Piräus nach Mykonos angesprochen hatte. Marlène nahm David das Handy aus der Hand, legte es auf die Anrichte aus Marmorimitat, die sie als Erstes rausreißen würde, und schob David ihre Zunge in den Mund, der sie hochhob und auf die Anrichte setzte. Aber es kam zu keiner weiteren sexuellen Explosion, die die Schweine vertrieben hatte. Während David begann, Marlène aus ihrem Kleid zu schälen, nahm sie ihre Zunge aus seinem Mund und flüsterte: »Da ist jemand in unserem Garten!«

Die beiden ließen voneinander ab und schauten durch die staubigen Fenster, auf denen die Nachmittagssonne Geschichten erzählte, hinaus in den verwilderten Garten zu einer gusseisernen Bank, auf der eine Frau in einem roten Kleid mit weißen Haaren saß, die ihr altes, immer noch schönes Gesicht in der Sonne badete.

9

Madame Morisseau unterrichtete bis zu ihrer Pensionierung französische Literatur am *Lycée du Golfe de Saint-Tropez*. Mit ihrem verstorbenen Mann, Richter am Handelsgericht von Toulon, erwarb sie das Haus in der Avenue des Jasmins zu einem Zeitpunkt, als Saint-Tropez ein verschlafenes Fischernest war, das im Sommer von einer Horde Hippies heimgesucht wurde, weshalb hier Häuser billig zu haben waren. Nach dem Tod ihres Mannes verkaufte Madame Morisseau das Haus bei lebenslangem Wohnrecht in der Dachwohnung, um sich das Leben in Saint-Tropez leisten zu können, für das ihr Lehrerinnengehalt nicht mehr reichte. Ihre Tochter lebte in Rouen, und es gab immer wieder Versuche, Maman dort hinzulocken. Aber nach ein paar Wochen im Nieselregen des Nordens zog es die alte Dame zurück an die Côte d'Azur, wo sie jeden Morgen sommers wie winters im Meer schwamm.

Mit diesen Informationen, die die Maklerin David und Marlène bei Vertragsabschluss wenige Tage nach Besichtigung des Hauses Avenue des Jasmins 12 zukommen ließ – man einigte sich mit den Besitzern auf einen Kaufpreis von 3,75 Millionen Euro – machte das Paar der alten Dame seine Aufwartung, wozu sie eine Tarte Tropézienne, die David gebacken hatte, und einen Strauß Lavendel, den Marlène pflückte, mitbrachten, während Madame

Morisseau die neuen Hausbesitzer mit Jasmintee empfing. Nachdem man die üblichen Höflichkeiten ausgetauscht hatte, kam das Paar zum Anliegen seines Besuches: Man habe große Pläne mit dem frisch erworbenen Haus, die mit monatelangem Lärm und Dreck verbunden wären, was man der alten Dame nicht zumuten wollte. Die beiden warfen sich einen Blick zu, wer die Katze aus dem Sack lassen sollte. Es war Marlène, die sich ein Herz fasste von Frau zu Frau: unter welchen Bedingungen Madame Morisseau sich vorstellen könnte auszuziehen.

Die zeitlos schöne Lehrerin rührte lächelnd in ihrem Jasmintee und erklärte, dass sie oft darüber nachgedacht hätte fortzuziehen. »Saint-Tropez hat sich verändert. Früher stieg ich aufs Vélo, rollte in den Hafen, lehnte mein Rad an eine Laterne ohne abzuschließen und trank einen Pastis. Dann noch einen und noch einen, weil ich überall Freunde traf. So verging der Abend. An solch einem Abend haben mich ein paar langhaarige Typen in ihrem Auto an den *Tahiti Beach* mitgenommen, um bei Sonnenaufgang einen Joint zu rauchen. Später habe ich erfahren, dass es die *Rolling Stones* waren. Als ich am nächsten Morgen zurück zu meinem Fahrrad kam, stand es immer noch an dem Laternenmast im Hafen. Heute wäre das undenkbar. Hier leben nur noch Fremde. Die wenigen Menschen, die ich von früher kenne, flüchten vor den unerschwinglichen Preisen oder sterben. Dann die Versorgung in Saint-Tropez. Wo früher Baguettes gebacken wurden, ist heute *Chanel*. Nichts gegen *Chanel*. Dieses Kostüm«, Madame Morisseau stand auf und drehte sich, »ist von *Chanel*.«

»Und steht Ihnen außerordentlich gut, Madame«, schmeichelte Marlène.

»Danke, Chérie, aber wer kauft jeden Tag ein *Chanel*-Kostüm? Außer diese schlecht erzogenen Russen ihren Freundinnen mit den künstlichen Brüsten, die in der Luft stehen, wenn sie am Strand liegen. Ich habe die Brüste der Bardot gesehen. Mon dieu, das waren Brüste!« So redete Madame Morisseau sich in Rage über ihr altes Saint-Tropez, das es nicht mehr gab. Während David und Marlène sich Blicke zuwarfen, die alte Dame nicht zu unterbrechen, die weiter Argumente lieferte, warum es an der Zeit sei, ihr lebenslanges Wohnrecht zu veräußern und zu ihrer Tochter nach Rouen zu ziehen, die nicht müde wurde, sie zu überreden, bei ihr zu wohnen. Wobei, die alte Dame zeigte ihre blitzweißen Zähne, das nicht uneigennützig geschah. Dann könnte die Oma auf die Enkel aufpassen. Wobei sie das gerne tun würde und es genieße, wenn die Zwillinge im Sommer bei ihr die Ferien verbrachten. Außerdem bestehe bei ihrem Alter die Gefahr, dass jedes Familientreffen das letzte sein könnte. »Möchten Sie noch Tee?«

Marlène hielt der alten Dame ihre Tasse hin und gab sich einen Ruck. »Wenn ich Ihnen zuhöre, Madame, höre ich eine Menge Gründe, dass es an der Zeit wäre, diese Wohnung aufzugeben und fortzuziehen. Zumal es kein Vergnügen sein kann, dieses Ungetüm«, Marlène zeigte auf den Einkaufstrolley, der in einer Ecke stand, »den Berg hinaufzuziehen.«

Madame Morisseau lachte. »So spare ich das Fitness-studio. Keine Sorge, der liebe Gott hat mich mit einem gesunden Körper ausgestattet. Ich war nie krank und bin«, nun errötete die alte Dame, »sexuell noch aktiv. Manchmal lasse ich mir einen jungen Mann kommen. Aber ich will Sie nicht langweilen.«

Wieder warfen sich David und Marlène einen Blick zu, und diesmal übernahm David. »Wir wollen nicht länger um den heißen Brei herumreden, Madame. Wir würden gerne das Haus für uns alleine nutzen, was Sie vielleicht verstehen können.«

»Und ob ich das verstehe«, machte Madame Morisseau den beiden Hoffnung. »Ein eigenes Haus ist ein eigenes Haus. Da möchte man nicht in den Garten gehen, und der Platz an der Sonne ist bereits besetzt.«

Wieder ein Blickwechsel, das lief alles in die richtige Richtung.

»Außerdem sollen Sie nicht schlechter gestellt sein, Madame«, fuhr David fort, der sich bei der Maklerin erkundigt hatte, was ein angemessenes Angebot für das lebenslange Wohnrecht von Madame Morisseau wäre. »Wir wären bereit, Sie mit 500.000 Euro abzufinden, wenn Sie sich entschließen könnten, aus Ihrer Wohnung auszuziehen.«

»Mon dieu!« Die alte Dame schlug die Hände vors Gesicht. »Das ist zu viel! Viel zu viel für 50 Quadratmeter unterm Dach! Sie sollten sich nicht übernehmen, junger Mann. Ich kenne dieses Haus. Da kommen Überraschungen auf Sie zu, wenn Sie mit der Renovierung beginnen. Böse Überraschungen.«

»Wir zahlen gerne weniger«, erklärte Marlène lachend, die es übernahm, den letzten Schritt zu gehen. »Sie nennen einen Betrag, Madame, und morgen unterschreiben wir den Vertrag.«

»Wie gesagt«, erwiderte die alte Dame, »ich könnte sofort zu meiner Tochter nach Rouen ziehen, dazu brauche ich nicht Ihr Geld. Aber es geht nicht, so leid es mir tut. Ich kann hier nicht weg.«

»Und warum nicht?«, entfuhr es David nach einem Blickwechsel mit Marlène, den das Gefühl beschlich, dass die alte Lehrerin mit ihnen ein Spiel spielte.

»Wegen Bonaparte.«

»Bonaparte?«, wiederholten David und Marlène gleichzeitig.

»Ja, Bonaparte. Kommen Sie, ich zeige es Ihnen.«

Sich ungläubige Blicke zuwerfend, folgten David und Marlène der alten Dame, die erstaunlich leichtfüßig die vielen Treppen hinabstieg, in den verwilderten Garten auf der Rückseite des Hauses.

»Tut mir leid«, entschuldigte sich Madame Morisseau, »dass es hier so aussieht! Ich bin zu alt, den Rasen zu mähen, das Unkraut zu zupfen und die Hecken zu schneiden.«

David und Marlène folgten der alten Dame durch kniehohes Gras zu einer Stelle, wo die Sonne einen hellen Fleck auf einen Findling warf, in den ein Name eingraviert war – *Bonaparte*.

»Verstehen Sie jetzt, warum ich nicht wegkann?«

»Weil Ihr Mann hier beerdigt ist, Madame?«, fragte Marlène teilnahmsvoll.

Die alte Dame schüttelte den Kopf. »Hubert liegt in Avignon, wo er herkommt. Das ist das Grab von meinem Petit Chéri.« Sie beugte sich vor, wischte Efeu, das den Grabstein verdeckte, beiseite und gab den Blick frei auf ein Amulett, auf dem ein rotblonder Zwergspitz David und Marlène unternehmungslustig anschaute, als würde er darauf warten, dass man mit ihm die Avenue des Jasmins hinunterspazierte.

In den nächsten Tagen durchlief der rotblonde Zwergspitz der Madame Morisseau, obwohl seit zehn Jahren tot, eine erstaunliche Wiederauferstehung im Leben von David und Marlène, die juristischen Rat einholten, ob die Tierbestattung im Garten des Hauses Avenue des Jasmins 12, der jetzt ihr Garten war, erlaubt wäre. Der Anwalt holte zu einem langen Vortrag aus, dass es in Frankreich traditionell eine hohe Wertschätzung gegenüber Hunden gäbe, was sich darin niederschlagen würde, dass es überall im Land *Cimetières animalier* gäbe. Tierfriedhöfe, den ältesten und größten in Paris, wo seit Hunderten von Jahren die geliebten Vierbeiner bestattet würden und besonders verdienstvolle Hunde, die sich bei Militär oder Polizei ausgezeichnet hätten, entsprechend gewürdigt würden. Um endlich zum Fall des Paares zu kommen, ob man Haustiere im eigenen Garten bestatten dürfe? »Grundsätzlich schreibt der Gesetzgeber vor, dass alle verendeten Haustiere bei Tierkörperbeseitigungsanstalten abgegeben werden müssen. Mit dieser Vorschrift soll sichergestellt werden, dass Gesundheit sowie Umwelt nicht durch giftige Substanzen gefährdet werden, die bei der Verwesung von Tierkörpern entstehen können.« Der Anwalt machte eine Pause, während David und Marlène erleichtert durchatmeten, weil die Bestattung des »Petit Chéri« gegen geltendes Gesetz verstieß. »Aber es gibt Ausnahmen«, setzte der Anwalt seinen Vortrag fort. »Tiere, die nicht an einer meldepflichtigen Krankheit gestorben sind, dürfen auch auf einem geeigneten eigenen Grundstück bestattet werden.«

»Dazu gehört ein Garten?«, erkundigte sich David.

Der Maître nickte. »Allerdings gibt es Regelungen, wie im Falle des Besitzerwechsels eines Grundstücks, auf dem ein Tier bestattet wurde, vorzugehen ist.«

»Genau«, platzte es aus Marlène heraus, die während

der Ausführungen des Maître unruhig mit dem rechten Fuß wippte. »Wie wir dieses Drecksviech im Müllcontainer entsorgen, bevor es unser Grundwasser vergiftet. Soll die Alte«, Marlène, einmal in Fahrt, ignorierte den erhobenen Zeigefinger des Maître, der mit seinen Ausführungen fortfahren wollte, »soll die Alte die paar Knochen einpacken und mit nach Orléans nehmen!«

»Rouen«, warf David ein, dem der Ausbruch seiner Frau peinlich war, »die Tochter von Madame Morisseau lebt in Rouen.«

»Soll die Alte die paar Knochen in dieses scheiß Rouen mitnehmen, wenn sie auszieht. Weil es keinen Grund mehr für sie gibt, weiter in der Avenue des Jasmins zu wohnen.«

Der Maître, der solch emotionale Ausbrüche von Mandanten gewohnt war, erklärte verständnisvoll lächelnd, er habe diese Möglichkeit in Betracht gezogen und geprüft. Leider kollidiere der Plan des Paares, besagten Bonaparte umzubetten, mit einem Paragrafen des *Code Civil*. Wieder machte der Maître, der nach Stundenhonorar bezahlt wurde, eine Pause.

»Und was regelt dieser Paragraf?«, schaltete sich David ein, der sich fühlte wie in einem Taxi, wo Geld durch den Taxameter rasselte, während sie keinen Meter vorankamen.

»Störung der Totenruhe«, fuhr der Maître fort.

»Aber die Schlampe«, ereiferte sich Marlène – in den Tagen nach dem Tee bei Madame Morisseau konnte man die Verschlechterung des nachbarschaftlichen Verhältnisses an den Namen ablesen, die das Paar ihrer Mitbewohnerin gab, wobei es sich zunächst um Tiernamen handelte: Kuh, Ziege, Krähe. Nachdem ein weiteres Vermittlungsgespräch gescheitert war, wurde Schlampe der Favorit. Einen ähnlichen Abstieg musste auch Bonaparte hinnehmen: Köter und Kläffer waren noch die harmlosen Namen, wobei Bonaparte ein freundlicher Zeitgenosse war, der nie bellte. Kackteil war die nächste unfaire Zuschreibung, denn Bonaparte lief weite Wege, um sich zu erleichtern und wäre nie auf die Idee gekommen, sich in den Rinnstein der Avenue des Jasmins zu hocken. Das war nicht sein Stil. Drecksviech war eine weitere Beleidigung, die sich jeder Realität entzog, weil Madame Morisseau Teile ihrer Pension aufgewendet hatte, um Bonaparte im teuersten Hundesalon von Saint-Tropez baden und frisieren zu lassen. »Aber die Schlampe«, Marlène weiter, »hätte das Drecksviech gar nicht im Garten verbuddeln dürfen, weil das nicht ihr Garten ist. Also, wie können wir gegen das Gesetz verstoßen, wenn die Alte das Gesetz bereits gebrochen hat?«

»Bei allem Verständnis für Ihren Unmut, Madame«, versuchte der Anwalt, die Wogen zu glätten, »damals befand sich der Garten nicht in Ihrem Besitz.«

»Und was machen wir jetzt?«, fragte David.

»Warum warten Sie nicht, bis sich die Sache von selbst erledigt?«, erwiderte der Maître mit einem Lächeln.

»Sie meinen, bis die Alte ins Gras beißt?«, platzte es aus Marlène heraus.

Der Maître nickte. »Madame Morisseau ist 80 Jahre alt, so lange kann das nicht mehr dauern. Sie hat ein lebenslanges Wohnrecht, was bedeutet, dass nach Madames Ableben die Wohnung unentgeltlich an Sie fällt.«

»Ich wäre da nicht so optimistisch«, widersprach Marlène. »Die Alte schwimmt jeden Morgen im Meer, einmal *Tahiti Beach* und zurück. Bei jedem Wetter. Und sie war als Lehrerin beim Staat angestellt. Die bekommen vorn und hinten alles reingeschoben, die wird steinalt.«

Der Maître erhob sich mit bedauerndem Lächeln, vielleicht könnte man der Dame anbieten, die Kosten für den Umzug zur Tochter nach Rouen zu übernehmen, dazu eine Einmalzahlung für den Verzicht auf ihr lebenslanges Wohnrecht und die vertragliche Verpflichtung, das Grab von Bonaparte zu erhalten und zu pflegen. Ein Angebot, das Madame Morisseau beim nächsten Treffen, zu dem weder frisch gepflückter Lavendel noch selbst gebackener Kuchen mitgebracht wurde, freundlich ablehnte, weil sie es nicht übers Herz brachte, ihren »Petit Chéri« alleinzulassen. Dabei drängte die Zeit. Mithilfe der Maklerin hatten David und Marlène Kontakt zu einem Architekten aufgenommen, der den Umbau des Hauses leiten würde. Die Saison in Saint-Tropez ging zu Ende, was bedeutete, dass das Bauamt bereit wäre, die linke Fahrspur der Avenue des Jasmins zu sperren, damit dort ein Baukran aufgebaut würde, der den alten Dachstuhl des Hauses abnehmen und einen neuen aufsetzen würde. Wegen des Krans vor dem Haus könnte man dort nicht die Baumaterialien lagern, sondern müsste das im Garten tun, was aber nicht ging, solange sich dort das Grab von Bonaparte befand. So verzögerte sich der Beginn der Bauarbeiten, während sich die Euphorie, die nach Davids Coup in der *Boulangerie* das Leben der beiden erfüllte, abkühlte. Und Marlène, die sich in den ersten Wochen nach Erwerb des Hauses noch vor dem Frühstück an David abarbeitete, ihrem Ärger freien Lauf ließ, dass sie endlich Hausbesitzer waren, aber weiter in der *Résidence au Soleil* zur Miete wohnten. So eskalierte der Streit, der in Marlènes Vorwurf gipfelte, David sei halt ein Loser, wie könnte man ein Haus kaufen mit einem toten Drecksviech im Garten. Es sei Marlène gewesen, verteidigte sich David, der es nicht schnell genug hatte gehen können. Er hätte den Vorschlag der Maklerin, über das Angebot eine Nacht zu schlafen, angenommen. Aber nein, Marlène konnte nicht warten. Marlène ließ das nicht auf sich sitzen, auch wenn es zutraf. So waren die beiden kurz davor, sich an die Gurgel zu gehen, bis der Nachbar seinen Laubsauger über den Zaun der *Résidence au Soleil* hielt, um für Ruhe zu sorgen.

Erschöpft sanken die beiden Streithähne am Rand des Pools nieder, während David an Sergej denken musste, den er manchmal aus der Ferne sah, wenn er am späten Vormittag mit Natascha auf der Terrasse des *Sénéquier* ein Sektfrühstück einnahm. Warum beauftragte er nicht Sergej, Madame Morisseau aus dem Verkehr zu ziehen, damit sie das Grab von Bonaparte abräumen konnten, um endlich mit den Bauarbeiten zu beginnen. Warum rief David nicht Sergej an, und ein paar Tage später würde Madame Morisseau tot am *Tahiti Beach* angespült. Oder man würde Madame vom Schaufenster des *Chanel*-Stores kratzen, weil die Bremsen ihres Fahrrads versagten. Madame könnte die Außentreppe von Numéro 12 herabstürzen und sich das Genick brechen. Möglicherweise war etwas Unbekömmliches im Jasmintee, was Madame Morisseau den Garaus machte. Warum nicht Kontakt zu dem Toy Boy aufnehmen, der Madame zu Tode fickte. Einfach ein Missgeschick, ein Unfall, es müsste keine Kugel sein, die Sergejs Killer Madame Morisseau in den Kopf jagten. Aber dafür den Joker ziehen? Die Bremsen von Madames Vélo könnte David selbst lösen, und was die Sache mit dem plötzlichen Reichtum anging, würden weitere Probleme auftauchen, wo sie jetzt in der Liga von Sergej spielten. Denn es lag nicht nur an dessen kriminellem Charakter, wie David sich schlaflos hin und her wälzend überlegte, dass er sich mit Männern mit Maschinenpistolen umgab. Sie hatten eine gefährliche Welt betreten. Da konnte es nicht schaden, den Joker nicht schon zu Beginn des Spiels zu ziehen. Warum Madame Morisseau nicht ein bisschen drohen, fragte sich David, damit sie nicht länger in der *Résidence au Soleil* wohnen mussten, wo man niemanden empfangen konnte, wie Marlène nicht müde wurde zu beklagen, die davon träumte, ihr Haus in der Avenue des Jasmins nach dem Umbau mit einer Ausstellung ihrer Gemälde, für die sie im Erdgeschoss eine Galerie einrichten würde, einzuweihen. Und David unter Druck setzte, sich was einfallen zu lassen, damit sie weiterhin beim Bummel durch Saint-Tropez so tat, als wäre er der begehrenswerteste Mann der Welt. So nutzte David den Umstand, dass er Madame Morisseau zufällig auf der Place des Lices traf, sie auf einen Pastis ins *Sénéquier* einzuladen. Madames altes Stammlokal, das sie sich nicht mehr leisten konnte.

David entschuldigte sich, dass der Eindruck entstanden sei, sie wollten Madame aus dem Haus vertreiben, wovon keine Rede sein könnte. Einen alten Baum sollte man nicht verpflanzen. Und dass die Treue, mit der Madame an dem kleinen Bonaparte hing, sie außerordentlich rührte. Vor allem Marlène, die das Schicksal des »Petit Chéri« an ihre Kinderlosigkeit erinnerte, was ihre Gefühlsausbrüche erklärte. So passte David es mit all seinen Erklärungen und Entschuldigungen ab, bis zur Mittagszeit Sergej seinen lippenstiftfarbenen Jaguar vor dem *Sénéquier* parkte, obwohl dort absolutes Halteverbot galt, und der Politesse einen Schein zusteckte. Was Madame Morisseau nicht entging, die sich empörte, wie die Polizei von Saint-Tropez vor diesem Gangster kapitulierte. Ludovic Cruchot hätte den Jaguar abgeschleppt. Noch mehr wunderte sich Madame, dass Sergej David zuwinkte, nachdem der ein paar Tische weiter mit Natascha Platz genommen und David entdeckt hatte.

»Sie kennen diesen Mann?«, fragte Madame Morisseau mit kaum zu überhörendem Vorwurf.

David nickte verlegen lächelnd, als würde er sich für diese Bekanntschaft schämen. »Ich habe Sergej bei einem Unwetter im Canyon du Verdon das Leben gerettet, als er bewusstlos im Fluss trieb. Seitdem betrachtet er mich als seinen Freund. Sergej hat mir den Tipp mit dem Haus in der Avenue des Jasmins gegeben«, log David, »das zum Verkauf stand. Sergej meint, sollten wir uns bei dem Problem mit Ihrem lebenslangen Wohnrecht, von dem er aus irgendeinem Grund weiß, nicht einigen, soll ich mit ihm reden. Wobei ich mich frage«, David lächelte arglos, »was Sergej diese Sache angeht? Das regeln wir untereinander wie gute Nachbarn, Madame, oder?«

Madame Morisseau, die mit ihrem gebräunten Gesicht für Anti-Aging-Produkte hätte werben können, war blass geworden. Sie bedankte sich für den Pastis, ging zu ihrem Fahrrad, das unabgeschlossen an einer Laterne lehnte, stieg auf und verschwand zwischen den Touristen, sich immer wieder umschauend, ob ihr jemand folgte.

Am nächsten Tag bat Maître Colbert David und Marlène in seine Kanzlei und erklärte, Madame Morisseau habe sich bereit erklärt, aus der Dachgeschosswohnung Avenue des Jasmins 12 auszuziehen, unter der Bedingung, dass David und Marlène sie mit 500.000 Euro abfinden

und die Kosten für die Umbettung der sterblichen Überreste des kleinen Bonaparte von Saint-Tropez nach Rouen
übernehmen würden.

10

Marlène hatte Charlotte von Bülow an der Düsseldorfer Kunstakademie kennengelernt, wo sie die Meisterklasse eines cholerischen Professors besuchten, der seine Mittelmäßigkeit auf seine Studenten projizierte. Vor allem die schöne Marlène, die er gerne flachgelegt hätte, die ihm aber die kalte Schulter zeigte, weshalb der Professor nicht müde wurde, ihr einzureden, sie sei eine schlechte Künstlerin. Charlotte von Bülow hatte Glück, dass sie mit ihrer androgynen Figur nicht ins Beuteschema des Professors passte, weshalb er sie in Ruhe ließ. Und während Marlène versuchte, die Anerkennung des Professors zu gewinnen, wobei sie sich immer weniger zutraute, begriff Charlotte, dass ihre Stärke nicht in der Produktion von Kunst lag, sondern in deren Vermarktung. Noch während des Studiums kuratierte sie Ausstellungen in Off-Räumen, ein Londoner Galerist erkannte Charlottes Talent und übertrug ihr die Leitung der Dependance in Saint-Paul-de-Vence. Hier begnügte sich Charlotte nicht damit, für reiche Sammler den letzten noch verkäuflichen Picasso oder Matisse aufzutreiben. Charlotte zeigte Video- und Performance-Kunst, bis ihr Förderer sie feuerte, weil Charlotte mit ihren Vernissagen zwar die Kritiker begeisterte, aber kein Geld verdiente. Charlotte ließ sich nicht entmutigen, mietete in Cannes eine leer stehende Bäckerei und machte mit dem weiter, was sie in Saint-Paul begonnen hatte. Und weil eine neue Generation von Reichen begriff, dass nicht länger die Klassische Moderne, sondern zeitgenössische Kunst der ultimative Distinktionsgewinn war, erwarb Charlotte sich mit der *Boulangerie* nicht nur einen exzellenten Ruf, sondern verdiente viel Geld und hatte bald ausgesorgt. Was nicht bedeutete, dass Charlotte irgendetwas umsonst tat. Auch nicht den Freundschaftsdienst, David die *Boulangerie* für die Show mit der Kupferpflanze zur Verfügung zu stellen. Für sich selbst verlangte Charlotte kein Honorar, denn der Abend war ein großer Erfolg. Dass die unscheinbare Pflanze keine Stunde nach Ende der Performance für 24 Millionen US-Dollar verkauft wurde, sprach sich schnell herum. Wichtige Sammler begannen zu zweifeln, ob sie einen Fehler gemacht hatten, beim Ankauf der Kupferpflanze einem Greenhorn wie dem Vigneron Gigaro den Vortritt zu lassen. Um bei nächster Gelegenheit weniger zögerlicher zu sein, damit ihnen ihre Frauen nicht in den Ohren lagen, warum sie vor einem Unterwäschemodel den Schwanz eingezogen hatten. Weshalb Charlotte nach 24 Stunden, die auch sie brauchte, ihren Rausch nach der Sause durch Cannes auszuschlafen, entschied, die Performance ginge, wie die Reparationszahlungen an das *Les Pêcheurs,* aufs Haus. Aber der Doktor, der mit seiner Show 24 Millionen US-Dollar generiert hatte und mit seiner Reputation für die Echtheit der Kupferpflanze bürgte, sei angemessen zu beteiligen. Doktor Bernard, der in finanziellen Dingen unbedarft war, erklärte, der unvergessliche Abend in der *Boulangerie* mit anschließender Party sei Lohn genug. Aber Charlotte riet ihm, nicht zu bescheiden zu sein, und übernahm die Honorarverhandlungen mit David, der einen Anteil von zehn Prozent an den 24 Millionen anbot. Der Doktor war damit mehr als zufrieden, aber Charlotte ließ nicht locker, bis man sich auf 20 Prozent einigte. Damit nicht genug, einmal in Fahrt, brachte Charlotte das *H-Wort* ins Spiel, die Hochzeit. Aber der Doktor wollte davon nichts hören, auch wenn ihn Charlottes Antrag rührte. Aufgeschreckt durch den Hype um die Kupferpflanze in seinem Exil in den Wolken, würde er seinen wissenschaftlichen Ruf wiederherstellen und forschen wie früher. Weshalb er seinen Anteil am Verkauf der Kupferpflanze, den Charlotte aushandelte, in ein Forschungslabor investieren wollte, das er in der *École Élémentaire* von Prévoux einrichten würde.

Während der Doktor auf das Eintreffen von Rechnern, Sequenzierern und anderen Spezialgeräten wartete, überredete er Charlotte, ihn auf eine Reise zu den Molukken zu begleiten. Dort würde er auf den Spuren von Wallace wandeln, um Erkenntnisse über den Ursprung der Arten zu gewinnen, weil er, wie er Charlotte anvertraute, darüber nachdachte, den Prozess des Artensterbens umzukehren.

David und Marlène brachten die Verliebten im Range Rover, den David gegen den Panda getauscht hatte, zum Airport von Nizza, von wo es über Paris nach Jakarta ging. Hier schiffte das Paar sich auf einem Dampfer ein, um nach sieben Tagen Überfahrt Halmahera zu erreichen, wo man das Haus bezog, in dem vor 120 Jahren Wallace gewohnt hatte. Und während Charlotte sich mit den Schnitzereien der Totenhäuser beschäftigte, wo die Menschen im Einklang mit ihren Ahnen lebten, zeichnete, bestimmte und katalogisierte der Doktor Pflanzen, um spät in der Nacht zu Charlotte ins Bett zu kriechen, wo die beiden mit ihren Lustschreien das Dorf um den Schlaf brachten.

David und Marlène erlebten ihre Orgasmen in Küchenstudios, Möbelläden und Showrooms, wo sie Erstaunliches über die Farbe Grau erfuhren. »Für Sie sind alle Grautöne grau?« Der Vorwurf des Beraters von *Fish & Fish*, die seit 150 Jahren von London aus die Villen der Côte d'Azur dekorierten, war nicht zu überhören. »Dann lassen Sie sich vom Gegenteil überzeugen.« Ein Vorschlag, der bei Marlène und David auf offene Ohren stieß. Sie hielten Farbmuster an die vergilbten Wände ihres Hauses in der Avenue des Jasmins, ließen sich von Innenarchitekten, die die Sternerestaurants der Côte ausstatteten, überzeugen, dass Kupfer das beste Material für die Anrichte wäre, und ein Gasherd aus einem Familienbetrieb im Massif Central die professionellste und zugleich energiesparendste Art zu kochen. Eines langen Studiums bedurfte auch die Auswahl der Espressomaschine, für die David sich viel Zeit nahm, für den die Kapselmaschine in der *Résidence au Soleil* das war, was der Panda für Marlène bedeutete: das Symbol ihrer Erfolglosigkeit.

Es war eine Kaffeemaschine aus einer Veroneser Manufaktur, für die David sich nach langer Suche entschied. Wobei zum exorbitanten Preis die Einführung in die Handhabung der *Mulino Uno* durch einen extra aus Verona angereisten Barista gehörte, der das teure Stück in der Avenue des Jasmins aufbaute und David zeigte, wie man Caffè mit bester Crema erzielte. Dabei kam es nicht nur auf die Temperatur der Maschine an, die, anders als der Kapselautomat in der *Résidence au Soleil*, der immer konnte, 60 Minuten vor dem Brühvorgang aufgewärmt werden musste. Sondern auf das Zusammenspiel von Wasser und Kaffee, der sorgfältig gemahlen werden musste, von Hand in einer Mühle, die nicht im Preis inbegriffen war, und zwar abwechselnd im Uhrzeigersinn und in der Gegenrichtung. Ein weiterer wichtiger Parameter für einen perfekten Kaffeegenuss war die Auswahl des Kaffees, wobei der Barista aus Verona einen kolumbianischen *Arabica* empfahl, der sich dadurch auszeichnete, dass seine Bohnen ausschließlich von Frauen gepflückt wurden, die ihre Männer bei Lkw-Unfällen auf den gefährlichen Passstraßen der Anden verloren hatten. Dieses ungewöhnliche Auswahlkriterium, so der Barista, sei kein Zugeständnis an den identitären Zeitgeist, wobei die *Manifattura Grassi* sich selbstverständlich ethischen Prinzipien der Produktion verpflichtet fühlte, sondern deshalb entscheidend, weil die kolumbianischen Witwen durch ihr Schicksal dem Kaffee gegenüber achtsamer wären. Wichtig auch die Auswahl der Espressotassen. Hier empfahl der Barista Tassen einer Töpferei aus dem Veneto, die unter keinen Umständen mit der Milchaufschaumdüse vorgewärmt werden durften, denn das verkürzte die Lebensdauer der basischen Innenbeschichtung, die mit dem Kaffee nicht nur eine innige Beziehung eingehen würden, sondern auch die Vorfreude von David steigerte. »Das Vorspiel«, wie der Barista mit vielsagendem Grinsen erklärte.

Da Marlène mit der Planung ihrer Galerie im Erdgeschoss beschäftigt war und der Ausgestaltung des Brunnens im Vorgarten, schaute David den Handwerkern auf die Finger, die es, anders als der Barista aus Verona, mit ihrer Arbeit nicht genau nahmen. Weshalb Fenster nicht schlossen, Steckdosen an Stellen gesetzt wurden, wo sie nur für Liliputaner oder Riesen erreichbar waren, Türen so angeschlagen wurden, dass sie beim Öffnen einander blockierten, und das Dach mit den falschen Ziegeln gedeckt wurde, weil das Rot des Daches nicht mit dem Grau von *Fish & Fish* harmonierte, mit dem die Fensterläden lackiert wurden. Ausgetauscht werden musste auch der Boden aus kalifornischem Redwood, den Marlène für ihre Galerie ausgesucht hatte, weil der rötliche Holzton mit den Gemälden konkurrierte, die Marlène zu Testzwecken an die frisch verputzten Wände hielt. Ein Fehlgriff auch die bodentiefen Schaufenster, in denen sich abends die Scheinwerfer vorbeifahrender Autos spiegelten, weshalb sich Marlène für eine Sonderanfertigung aus nicht reflektierendem Museumsglas entschied, mit dem im Louvre die Mona Lisa geschützt wurde, welches in dieser Größenordnung nur von einem Betrieb in den Cevennen hergestellt wurde und mit einem Spezialtransporter nach Saint-Tropez gebracht werden musste. Abends saßen die beiden mit einem Glas Wein inmitten all der Dinge, die der Tag gebracht hatte, wie Kinder an Weihnachten und packten aus: intelligente Türklinken, die kontaktlos öffneten und schlossen, Sonnenschirme, bespannt mit dem Tuch ägyptischer Feluken, ein Schuhabstreifer in Form eines Tigers aus dem Nachlass eines indischen Maharadschas. So verwandelte sich das Geisterhaus Avenue des Jasmins 12 in eine strahlende Villa, die die Blicke der Vorbeigehenden auf sich zog. Fehlte nur noch der Brunnen im Vorgarten, eine »Symbiose aus Natur und Nachhaltigkeit«, wie Marlène den Brunnenbauern erklärte, »getoppt durch eine Inszenierung selbstbewusster Weiblichkeit.« Was bedeutete, so Marlène zu den Maurern, dass das Wasser aus den Brüsten der Brunnenfigur strömte. Der Brunnen war inzwischen ausgeschachtet, betoniert und mit Natursteinen eingefasst worden, der Wasseranschluss verlegt. Es fehlte nur noch die lebenspendende Göttin, für die Marlène Modell sitzen würde.

Über Charlotte hatte Marlène Kontakt zu einem kanadischen Künstler aufgenommen, der hyperrealistische Figuren herstellte. Dazu wurde das nackte Model mit Vaseline eingecremt und mit Kunstharz übergossen. Sobald die künstliche Haut ausgehärtet war, wurde sie in zwei Hälften geteilt, abgenommen, wieder zusammengefügt und mit Polyester ausgegossen. So würde ein originalgetreuer Abguss von Marlène entstehen, von Hand bemalt mit allen Details wie Wimpern und Sommersprossen, sodass, sollte man am Haus Avenue des Jasmins 12 vorbeiflanieren, der Eindruck entstehen würde, Marlène sonnte sich im Vorgarten.

David fuhr Marlène zum Studio des kanadischen Künstlers in Aix-en-Provence, wo ihm an der Tür erklärt wurde, man würde ihn anrufen, wenn es an der Zeit sei, Marlène wieder abzuholen. David warf Marlène einen fragenden Blick zu, davon ausgehend, dass sie dem Künstler klarmachen würde, ihr Mann sei bei der delikaten Sitzung anwesend. Aber Marlène gab David einen flüchtigen Kuss und verschwand mit dem Künstler im Atelier. Was dort genau geschah in den sechs langen Stunden, in denen die nackte Marlène mit Vaseline eingecremt und mit Kunstharz übergossen wurde, sollte David nie erfahren. Aber als er Wochen später die fertige Skulptur sah, die die Brunnenbauer im Vorgarten aufstellten, kamen David Zweifel. Dabei hatte der kanadische Künstler hervorragende Arbeit geleistet. Anders als Marlènes Gemälde, die in der Galerie im Erdgeschoss des Hauses mit einem Aufwand präsentiert werden sollten, der im grotesken Missverhältnis zu ihrer Qualität stand, war die Brunnenfigur ein echtes Kunstwerk. Auch hatte der kanadische Künstler Marlène überreden können, darauf zu verzichten, dass das Brunnenwasser aus ihren Brüsten strömte. So sprudelte das Wasser aus Fontänen und warf im Zusammenspiel mit der Sonne anmutige Lichtreflexe auf Marlène, die sich im Laufe des Tages veränderten, was den Eindruck verstärkte, es handelte sich um eine lebendige Frau.

Mittlerweile war es Frühling geworden. Der Baukran vorm Haus verschwand, nachdem der Kamin aufgesetzt worden war und man Bauschutt und Dixi-Klo aus dem Garten entfernt hatte. Die ersten Touristenbusse schoben sich die Avenue des Jasmins hinauf zu den Parkplätzen. Das Leben kehrte zurück nach Saint-Tropez und mit ihm die Menschen, die David und Marlène zur Einweihung ihres Hauses einladen wollten. Natürlich Charlotte und den Doktor, die von den Molukken zurückgekehrt waren. Die Besitzer der *Résidence au Soleil*, um sie neidisch zu machen. Brandon, den kanadischen Künstler, den Stilberater von *Fish & Fish*, Lieferanten, Architekten und Bauunternehmer. Da sie mit diesen Menschen Haus, Galerie und Garten nicht gefüllt bekämen, kontaktierte David die Maklerin, ob sie bei der Gästeliste mit ihren Klienten behilflich sein könnte. Wie Sergej, dem David zeigen würde, dass er es mit der Kupferpflanze zu Reichtum und Ansehen gebracht hatte.

Da Marlène mit der Hängung ihrer Bilder beschäftigt war, fuhr David zu der Maklerin nach Port Grimaud, die ihm die Kontaktdaten wichtiger Klienten nennen würde, aber nur persönlich, weil aus Datenschutzgründen die Weitergabe untersagt war. Da Mittagszeit war, lud die Maklerin David auf eine Portion Fish and Chips ein, wie sie es schon als Kind liebte, wenn sie mit ihrer Mutter in den alten Hafen von Marseille ging, wo sie aufgewachsen war. Über einer Autowerkstatt, die ihrem Vater gehörte. Der sich allerdings nicht groß um seine Tochter kümmerte, wie die Maklerin lachend erzählte, weil er entweder »unter alten Autos oder auf jungen Frauen lag.«

Das Lachen der Maklerin war ansteckend und animierte David, auch von seiner proletarischen Herkunft zu erzählen, die er in seiner neuen Welt verschwieg. So warfen die beiden sich, auf einer Mauer im Hafen von Port Grimaud sitzend, Anekdoten zu wie Bälle, über Schulhofprügeleien, Väter, die sie aus Kneipen schleppen mussten, und Mütter, die sie mit dem Briefträger erwischten. Und während sich die beiden Davids Bier teilten, begriffen sie, dass David kein arroganter Arsch war und die Maklerin keine *Gucci*-Tussi. Der Abschied war so herzlich, dass die Maklerin vergaß, David die Gästeliste zu geben. Die kam später als E-Mail: »Coole Mittagspause, sollten wir bei Gelegenheit wiederholen. Hier die Liste. Scheiß auf den Datenschutz! Juliette«

Auch Marlène verbrachte ihre Mittagspause nicht allein. Weil sie sich nicht entscheiden konnte, wie sie ihre Bilder präsentieren sollte, fragte sie Brandon, den kanadischen Künstler, der gekommen war, die Brunnenfigur zu begutachten. Da bei Brandon ein Termin abgesagt worden war, ließ er sich erweichen und schritt Marlènes Gemälde ab, die an die weißen Wände gelehnt auf dem frisch verlegten Boden aus australischem Ahorn standen, der das Redwood ersetzte. Nachdem Brandon Marlènes Gemälde begutachtet hatte, blieb er vor ihr stehen und schaute sie lange an.

»Sag schon«, drängte Marlène, »du findest meine Bilder furchtbar. Zu konventionell, zu dekorativ.«

Brandon schaute Marlène weiter ernst an, und man sah, wie es in ihm arbeitete. »Weißt du«, brach er sein Schweigen, »dass ich mir das auch jahrelang anhören durfte? Vor allem zu ›dekorativ‹, als ob Schönheit verdächtig wäre.«

Nun begann Brandon, die Bilder zu tauschen, ihre Reihenfolge zu verändern und einen Rhythmus zu erzeugen, während Marlène verwundert zuschaute, dass der international erfolgreiche Künstler sich diese Mühe machte. Wobei sie jetzt, wo ihre Bilder nicht mehr im bunten Chaos der Wochenmärkte verschwanden, sondern der Gnadenlosigkeit der weißen Wände ausgeliefert waren, begriff, wie mittelmäßig sie waren.

Ein paar Tage später bestaunte ein elegantes Publikum den Brunnen im Vorgarten, flanierte unter Lampions, die David im Garten aufgehängt hatte, und betrachtete Marlènes Gemälde in der Galerie, deren Schaufenster weit offenstanden, um den Frühling hereinzulassen. Unter den Gästen Charlotte und Doktor Bernard, Gaston Gigaro mit seinem Unterwäschemodel. Der Chef des *Les Pêcheurs* musste leider absagen, dafür schickte er durch einen Kurier eine wagenradgroße Tarte Tropézienne. Während David die Tarte im Garten anschnitt und an die Gäste verteilte, führte Marlène Interessenten durch ihre Galerie. Aber die Leute hielten sich mit Ankäufen zurück, weil ähnlich wie bei der Show mit der Kupferpflanze niemand sicher war, was er von den konventionell gemalten Landschaften halten sollte. Auch wenn sie technisch perfekt waren und sich von dem Kitsch unterschieden, der auf Wochenmärkten verkauft wurde. So klebte ein einziger roter Punkt neben einem Gemälde, weil es verkauft war. Wobei Marlène den roten Punkt dort angebracht hatte, weil sie in der *Boulangerie* beobachtet hatte, dass Charlotte den Käufern so die Entscheidung erleichterte. Das änderte sich, als Sergej im Laufe des Abends mit Natascha auftauchte, die mit einem Schlag alle Frauen, so attraktiv sie waren und so teuer gekleidet, zu Aschenputteln machte. Sergej ließ sich von David herumführen, sparte nicht mit Anerkennung für die geschmackvolle Renovierung und lobte ihn für den Coup mit der Kupferpflanze, von dem er gehört hatte. Dann bestand er darauf, sich Marlènes Bilder anzuschauen, was David zu verhindern versuchte, weil ihm Marlènes Malerei peinlich war. Aber Sergej ließ sich nicht aufhalten und schritt Arm in Arm mit Natascha die Gemälde ab, blieb vor einem der Bilder stehen – Lavendelfelder mit dem schneebedeckten Mount Ventoux – besprach sich auf Russisch mit Natascha und erklärte, er würde das Bild kaufen, ohne einen Blick in die Preisliste zu werfen. Da Natascha Geburtstag hatte, würde er das Bild gerne mitnehmen und half Marlène, es in Folie zu verpacken. David begleitete Sergej und Natascha zu dem Jaguar Cabrio, wo das Bild auf der Rückbank verstaut wurde, und fragte sich, während das Paar winkend die Avenue des Jasmins hinunter Richtung Place des Lices rollte, ob Sergej das Bild in den erstbesten Müllcontainer werfen würde. Wie auch immer, dass Sergej Romanow, der an der Côte d'Azur als Sammler einen hervorragenden Ruf genoss, eines von Marlènes Bildern gekauft hatte, löste einen Run aus. Die Wände der Galerie leerten sich, bis am Ende des Abends ein Bild übrig blieb, das die Maklerin kaufte und zu einem späteren Termin abholen würde, weil sie es nicht auf ihrer Vespa transportieren konnte. So saßen Marlène und David, nachdem die letzten Gäste gegangen waren, auf dem Boden der leeren Galerie, an eine der weißen Wände gelehnt, Schulter an Schulter und ließen das Jahr Revue passieren, das ihnen wie ein Traum vorkam.

»Ich liebe dich!«, flüsterte Marlène, während sie aufstand, ihren Slip unterm Kleid hervorzog und auf David stieg. »Ich liebe dich!«

»Ich liebe dich auch!«, flüsterte David. »Ich liebe dich auch!« Und die beiden liebten sich, sich nicht darum scherend, ob einer der Spaziergänger, die auf der Avenue des Jasmins ihre Hunde ausführten, sie beobachtete.

11

Der nächste Morgen war ein Dienstag. Während David mit der Fernbedienung spielte, mit der er das Kopfteil des Kingsize-Bettes verstellen konnte, erinnerte er Marlène daran, die testete, aus welcher Distanz sich die Türen des begehbaren Kleiderschranks durch das Präsentieren ihrer Handflächen öffnen ließen, dass sie eigentlich die Sackkarre mit ihren Bildern packen müssten, um auf der Place des Lices den Stand aufzubauen. Wenn sie das erledigt hätten, so David weiter das Kopfteil hoch und runterfahrend, würde er in den Hafen gehen, um auf dem Parkplatz die Teilnehmer seiner Brigitte-Bardot-Tour zu begrüßen.

David stand auf und trat vor Marlène: »Ich heiße David und zeige euch heute das echte Saint-Tropez. Als Erstes geht es zur Garage Aubour, wo eine wichtige Szene aus dem Film *Und immer lockt das Weib* gedreht wurde, der den Mythos Brigitte Bardot begründete: Die junge Bardot spielt ein Waisenmädchen, das bei einem kinderlosen Ehepaar in Saint-Tropez aufwächst. Männer verlieben sich in sie, während sie nur Augen für Antoine Tardieu hat. Der sieht sie jedoch nur als Zeitvertreib, und so kommt es, dass sie bald einen schlechten Ruf hat. Ihre Pflegeeltern möchten sie wieder ins Heim stecken, als ein anderer Mann ins Spiel kommt, der Bruder von Antoine …«

Während David die Story erzählte, spielte Marlène die naive Bardot.

»Der Film war ein riesiger Erfolg, selbst in den USA, wo er wegen freizügiger Nacktheit gekürzt wurde.« Auch hier begleitete Marlène Davids Erzählung mit entsprechenden Posen. »Heute wundert man sich über den männlichen Blick, mit dem die junge Bardot zum reinen Objekt degradiert wurde.«

Marlène begann, sich wie die Bardot auf dem Filmplakat zu räkeln. Und während David weiter seine Kritik am männlichen Blick formulierte, zog sie ihn an sich, und sie liebten sich. Später nahmen sie ein Sektfrühstück im *Sénéquier* ein, dann fuhren sie für ein leichtes Mittagessen an den *Tahiti Beach*, um dort auf Liegen liegend eine Siesta zu halten, während gute Geister ihre Sonnenschirme mit der wandernden Sonne drehten, damit sie immer im Schatten lagen. Später dinierten sie im *La Ponche* mit Blick auf die Zitadelle, um den Tag in ihrem Garten mit einem *Château Gigaro* ausklingen zu lassen. Das ging so eine Zeit, bis Marlène eines morgens in der Küche erklärte, als David die von den Witwen in den Anden ums Leben gekommener Lastwagenfahrer gepflückten Kaffeebohnen mahlte – 60 Sekunden im Uhrzeigersinn, 60 Sekunden in der Gegenrichtung – ob er so nett wäre, ihr den Kaffee nicht ans Bett zu bringen, sondern in ihr Atelier.

Als David den Kaffee in der basisch beschichteten Tasse ins Atelier brachte, steckte Marlène einen Keilrahmen zusammen und tackerte Leinwand fest, die sie weiß grundierte. Dabei fragte sie David, ob sie den Range Rover haben könnte, um zur Abbaye Notre-Dame de Sénanque zu fahren, wo der Lavendel in voller Blüte stand.

Verwundert erwiderte David, warum Marlène sich die Malerei noch antun würde, wo sie reich seien. Worauf Marlène ungläubig lachte, und David entschied, dieser Laune nachzugeben und Marlène im Range Rover in den Luberon fuhr, die während der gesamten Fahrt sich selbst lobte, dass sie trotz der mitleidigen Blicke der Touristen nie aufgegeben hatte. Dass sie alle Bilder am ersten Abend verkauft hatte, wäre ein Zeichen, dass ihr Durchbruch bevorstand, weshalb sie nachlegen müsste. So suchte Marlène einen geeigneten Platz, baute ihre Staffelei auf, zeichnete mit Kohle die Grundlinien, mischte Farben und begann zu malen. Eine Zeit lang schaute David zu, aber weil er das alles kannte, wurde ihm bald langweilig, weshalb er sich in die offene Heckklappe des Range Rovers setzte und auf seinem Handy surfte. Zuerst checkte er die Portale der führenden Immobilien-Agenturen der Côte d'Azur, ob der Wert seines Hauses gestiegen war. Dann gab er »Sergej Romanow« bei *Google* ein. Aber es gab kaum Bilder oder Einträge über den Russen. Obwohl Sergej reich und mächtig war, war er in den sozialen Netzwerken nicht aktiv. Anders Juliette, die Maklerin, die fleißig postete, Villen und Apartments, die sie zum Verkauf anbot, aber auch Fotos auf *Facebook* von einem Ausflug in die Calanques, wo sie sich auf einem Segelboot sonnte. David vergewisserte sich, dass Marlène an der Staffelei ihm den Rücken zudrehte, vergrößerte mit Daumen und Zeigefinger das Bikinifoto von Juliette und überlegte, ob es nicht an der Zeit sei, in Port Grimaud Fish and Chips zu essen.

Während David die Zeit totschlug, ging es Marlène wie Van Gogh in Auvers-sur-Oise: Der Verkauf all ihrer Bilder anlässlich der Eröffnung der Galerie in der Avenue des Jasmins versetzte sie in einen Schaffensrausch. Sie wechselte den blauen Overall, den sie beim Malen trug, kaum und ging damit zum Einkaufen in Saint-Tropez, um ohne großes Umziehen rasch zurückzukehren an die Staffelei. Wobei sie ein schlechtes Gewissen hatte, weil David, der gehofft hatte, sie würden jetzt ein Luxusleben führen zwischen *Sénéquier* und *Tahiti Beach*, sich zu langweilen begann.

Marlène sprach darüber mit Charlotte, als diese braun gebrannt und Jahre jünger mit dem Doktor aus Halmahera zurückkehrte. Charlotte regte deshalb bei einem Treffen der beiden Paare in Grasse an, dass David dem Doktor bei der Einrichtung seines Labors in Prévoux helfen solle. Was David dankbar annahm, der sich tatsächlich langweilte, wenn er den Kaffee aus der *Molino Uno* trank, nachdem er diese eine Stunde vorgeheizt und die Bohnen gemahlen hatte – 60 Sekunden im Uhrzeigersinn, 60 Sekunden in der Gegenrichtung – und begriff, dass es tatsächlich nur Kaffee war, was da in die basisch beschichtete Tasse aus dem Veneto tropfte. Vollmundiger, kräftiger, nussiger Kaffee. Nicht weniger, aber auch nicht mehr. Da war David froh, wenn er zum Flughafen nach Nizza fuhr, beim Zoll technisches Gerät abholte und hinauf nach Prévoux transportierte, wo der Doktor im ehemaligen Schulhaus sein Labor einrichtete. Aber als das eingestürzte Dach repariert war, die Rechner installiert waren und alle Programme liefen, versank der Doktor in seinen Forschungen, die für Außenstehende langweilig erschienen. Weshalb David irgendwann keine Lust mehr hatte, dem Doktor dabei zuzuschauen, wie er auf Bildschirme starrte. Vor lauter Langeweile arbeitete David eine neue Tour aus – *Über den Dächern von Nizza* – die er nie durchführen würde. Er brauchte das Geld nicht mehr. Während seiner Recherche stieß David auf eine Brigitte-Bardot-Tour, zu der er sich, Marlène stand wieder im Lavendel, aus lauter Langeweile anmeldete.

Es war wie eine Zeitreise: Treffpunkt war der Parkplatz im Port Noveau, von dort ging es zu der Autowerkstatt, wo eine Szene aus *Und immer lockt das Weib* gedreht wurde. Weiter an den Luxusjachten im alten Hafen entlang ins *Sénéquier*. Über den Fischmarkt zum *La Ponche*, wo es der Tourguide schaffte, dass die Teilnehmer einen Blick in das Zimmer werfen durften, wo Brigitte Bardot und Gunter Sachs ihre Hochzeitsnacht verbracht hatten. Nächster Stopp das Grab von Roger Vadim auf dem Cimetière marin, dann hinauf zur Zitadelle, wo einer der Teilnehmer erklärte, im letzten Jahr hätte der Tourguide, ein Deutscher, sie um die spektakuläre Aussicht gebracht, angeblich, weil die Zitadelle wegen Bauarbeiten geschlossen war. In Wahrheit, weil er zu faul war, hier hinaufzusteigen. Krönender Abschluss der Tour das *Musée de la Gendarmerie et du Cinéma*. Hier hatte es der Tourguide so eingerichtet, dass ein Luis-de-Funès-Double, das sich für Geld mit Touristen fotografieren ließ, auftauchte. Zum Abschied empfahl der Tourguide, während er ein sattes Trinkgeld kassierte, den Besuch des Wochenmarktes auf der Place des Lices, warnte aber vor dem Stand einer deutschen Malerin, die Provence-Kitsch zu überhöhten Preisen anbot. Als David später den Tourguide in der ersten Reihe des *Clémenceau* entdeckte, setzte er sich zu ihm. Während David die Getränkekarte studierte, fragte er den Tourguide, wie er es geschafft hätte, den Rezeptionisten des *La Ponche* dazu zu bringen, das Hochzeitszimmer für seine Tour zu öffnen. Der Tourguide erklärte lächelnd, er hätte die richtigen Beziehungen. Worauf David erwiderte, dass Chambre Numero 1 sei auf Jahre ausgebucht, weshalb es nicht zu besichtigen wäre.

Der Tourguide ließ sein *iPad*, auf dem er Notizen machte, sinken. »Worauf wollen Sie hinaus?«

»Dass wir nicht das authentische Zimmer gesehen haben«, erwiderte David, »sondern ein anderes Zimmer, das gerade nicht belegt ist.«

»Ist das nicht egal?«, versuchte der Tourguide sich rauszureden. Aber David ließ ihn nicht vom Haken. »Sie bieten auf Ihrer Website Saint-Tropez ›jenseits der Klischees‹ an.«

»Und?«

»Warum bleiben Sie nicht bei der Wahrheit? Diese Geschichte, dass Brigitte Bardot am Grab von Roger Vadim zusammengebrochen sei, ist frei erfunden.«

»Waren Sie bei der Beerdigung dabei?«

»Nein, aber ich habe mit dem Pater gesprochen, der die Beerdigung geleitet hat, an der alle fünf Ehefrauen von Roger Vadim teilgenommen haben«, trumpfte David auf.

Der Tourguide winkte dem Kellner wegen der Rechnung, während er David fragte: »Wenn Sie so viel wissen, warum führen Sie keine Touristen durch Saint-Tropez?«

Der Mann stand auf und ging, während David ihm nachschaute und überlegte, wie er die Zeit zwischen dem späten Frühstück, das er sich bestellt hatte, und dem Lunch im *Sénéquier* überbrücken sollte. Da war er froh, als er eine *WhatsApp* von Marlène bekam, dass die Maklerin ihr Bild abholen wollte. Da sie keine Zeit hätte, ob David das übernehmen könnte? David rief Juliette an, ob es nicht das Einfachste wäre, er würde das Bild in Port

Grimaud vorbeibringen, dann könnten sie bei der Gelegenheit im Hafen Fish and Chips essen.

Juliette hatte entschieden, Marlènes Bild an einer Wand über ihrem Schreibtisch aufzuhängen, und bat David, ihr zu helfen. David erklärte, er sei in handwerklichen Dingen nicht besonders geschickt, könnte aber versuchen, zwei Löcher zu bohren. Das würde sie selbst übernehmen, erwiderte Juliette, David sollte die Leiter halten. Routiniert schob Juliette einen Bohrer in die Bohrmaschine, stieg auf die Leiter und begann, Löcher in die Wand zu bohren. Weil Juliette klein war und die Leiter niedrig, musste sie sich mächtig strecken, sodass David beim Halten der Leiter ihre schlanken Beine betrachten konnte, die sich anmutig in Richtung eines schwarzen Stringtangas streckten. Als das Bild hing, lud Juliette David auf eine Portion Fish and Chips in den Hafen ein, wo die beiden viel lachten und sich darüber näherkamen. So ging das eine Weile hin und her, wobei klar war, auf was das hinauslief, beide aber, um Einvernehmlichkeit bemüht, bis zum Schluss, als Juliette David vor ihrem Büro verabschiedete, offenließen, um mit einem freundschaftlichen Wangenkuss zu scheiden. Der Abschiedskuss dauerte länger, er fand seine Fortsetzung in Juliettes Büro, wo die beiden übereinander herfielen, bis ein Paar klingelte, das sich an einem der Kanäle von Port Grimaud ein Haus anschauen wollte.

Aufgewühlt fuhr David nach Hause. Zerrissen von dem überwältigenden Gefühl, dass diese schöne junge Frau ihn begehrte, und dem schlechten Gewissen, Marlène betrogen zu haben. Auch wenn es das erste Mal war, dass er seine Frau betrogen hatte. Aber, so beruhigte sich

David, es würde ein Ausrutscher bleiben. Außerdem ging die Sache von Juliette aus, sie hatte ihn verführt. Kein Grund, die Ehe mit Marlène zu riskieren, der er bei einer Scheidung ihren Anteil am Haus in der Avenue des Jasmins auszuzahlen hätte, weshalb er dort ausziehen müsste, um wieder schlecht angezogene Rentner durch Saint-Tropez zu führen. Außerdem liebte er Juliette nicht. Klar, sie war jung und schön und sie war neu. Aber mit Juliette könnte sich David nicht über Cézanne unterhalten oder den Klimawandel. Andererseits, so Davids Überlegungen, während er durch die warme Nacht fuhr, die durch die offenen Fenster des Range Rovers hereinwehte, hatte er sich diese Affäre nicht verdient, sollte es eine Affäre werden. Und gehörte es nicht zu seinem neuen Leben wie die Schranktüren, die sich durch Handauflegen öffneten, dass er eine Geliebte hatte? Vorausgesetzt, Juliette würde diese Sache nicht als einmaligen Ausrutscher sehen, wobei die Heftigkeit, mit der sie sich geliebt hatten, eine andere Sprache sprach. Außerdem, beruhigte David sein schlechtes Gewissen, lief da nicht was zwischen Marlène und dem kanadischen Künstler, der ständig vorbeikam, um die Figur im Vorgarten zu checken? So beschloss David, als er mit dem Range Rover in die Avenue des Jasmins einbog und sich eine Story überlegte, warum es so lange gedauert hatte, Marlènes Bild auszuliefern, die Sache laufen zu lassen.

David brauchte seine Lügengeschichte – wegen eines Softwareproblems hätte er mit dem Range Rover nur 20 Stundenkilometer fahren können – nicht erzählen, denn Marlène signalisierte ihm, sie nicht zu stören. Sie stand im farbverschmierten Overall im Atelier und malte mit raumgreifenden Bewegungen. David ging unter die

Dusche und wusch Juliette ab, die ihm in der Zwischenzeit ein Foto des aufgehängten Bildes geschickt hatte, das halb von ihrem Schreibtisch verdeckt wurde. War es eine ungeschickte Aufnahme, fragte sich David, das Foto betrachtend, oder war es eine Anspielung auf das, was sich auf dem Schreibtisch vor wenigen Stunden abgespielt hatte? David wünschte sich, dass es diese zweite Möglichkeit wäre, während er spürte, dass das Foto von Juliettes Schreibtisch ihn anturnte. So erzählte er Marlène später im Garten, wo die beiden den Tag ausklingen ließen, seine Story mit dem Softwareproblem, weshalb er einen Vorwand hatte, am nächsten Tag Juliette anzurufen, er sei in einer Werkstatt in der Nähe, ob sie Lust und Zeit für einen Kaffee hätte, solange er auf sein Auto warten müsste. Juliette hatte Zeit. Und während David zu ihr fuhr, besänftigte er sein schlechtes Gewissen, dass es nur eine Affäre war, nichts weiter. Und Affären die Eigenschaft besaßen, früher oder später vorbei zu sein. Und hatte Marlène nicht auch eine Affäre, wenn nicht mit dem kanadischen Künstler, dann mit der Malerei, der sie sich hingab, dass für David keine Zeit mehr blieb. Warum also, fragte sich David, als er an Juliettes Büro klingelte, diese Sache nicht nehmen wie lange Ferien, die irgendwann zu Ende gehen würden? Und nicht immer so strenge moralische Ansprüche anzulegen wie bei Sergej, als er den Van Gogh ausgeschlagen hatte.

Juliette wiederum, während sie im Bad ihres Büros ihr Make-up kontrollierte, rief sich all die Männer in Erinnerung, die bei ihr angeklopft hatten, vermögende Kunden, die der Meinung waren, dass sie ein Anrecht auf Juliette hätten angesichts ihrer exorbitanten Maklercourtage. So hatte Juliette manches Mal »ins Klo gegriffen«, wie sie ihrer kettenrauchenden Mutter anvertraute, als diese sie fragte, warum sie mit Anfang 30 noch nicht Mann und Kinder hätte. Auch Juliette stellte sich diese Frage mit zunehmendem Alter, denn wenn sie sich wie ein Fisch in der Welt des Bling-Bling bewegte und reichen Leuten, die nicht wussten, wohin mit ihrem Geld, half, es aus dem Fenster zu werfen, war sie im Grunde ihres Herzens immer noch das Mädchen aus Marseilles 3. Arrondissement, das vom Aufstieg in die Welt der Reichen und Schönen geträumt hatte, aber jetzt, wo ihr der Aufstieg gelungen war, spürte, dass sie diese hohle Welt nicht satt machte. Weshalb sie von einer Familie mit vielen Kindern träumte, einer Familie wie der, in der sie aufgewachsen war. Wo es ständig Streit gab und Ohrfeigen verteilt wurden, man aber zusammenhielt. Kurioserweise stand Juliettes Familiengründung ihre Schönheit im Weg. Die Männer, mit denen Juliette als Maklerin zu tun hatte, waren in dynastischen Ehen gebunden, sodass keiner von ihnen auf die Idee gekommen wäre, seine Frau zu verlassen, um mit Juliette eine Familie zu gründen. Bei David schien der Fall anders zu liegen, und weil er nicht müde wurde, ihr sein Leid zu klagen, wie schlecht Marlène ihn behandelte, obwohl sie ihm ihren Reichtum verdankte, machte Juliette sich Hoffnung, dass David der Richtige wäre, Kinder in die Welt zu setzen und gemeinsam großzuziehen. Und da David, wenn die Sprache auf Kinder kam, bedauerte, nicht Vater geworden zu sein, beschloss Juliette auf dem Weg vom Bad zur Tür ihres Büros, vor der David wartete, die Pille abzusetzen.

12

Der Empfang war exklusiv, 100 handverlesene Gäste. Aber weil David und Marlène bereit waren, für das Galadinner im Wal-Saal des *Musée Océanographique* 25.000 Euro zu zahlen, kamen sie in den Genuss der Keynotes wichtiger Wissenschaftler über den Zustand der Weltmeere. Es gab Bouil la baisse mit Fischersatz aus Tofu, worauf Doktor Bernard als letzter Redner Bezug nahm. Der Doktor war kaum wiederzuerkennen, weil er abgenommen hatte. Auch hatte Charlotte ihr »Bärchen«, wie sie den Doktor nannte, überreden können, den Räuber-Hotzenplotz-Bart zu stutzen. So sah der Doktor in Smoking und Fliege wie ein Wissenschaftler aus einem Hollywoodfilm aus. Wer jetzt dachte, der Doktor hätte »Gras gefressen«, wie Marlène David zuraunte, täuschte sich. Der Doktor ging die Gäste frontal an, dass ihre Jachten, mit denen sie angereist waren, 1000 Liter Diesel verbrauchten für den kurzen Trip von Saint-Tropez nach Monaco.

»Wir tun immer noch so, Mesdames et Messieurs, als wäre das Artensterben Science-Fiction. Ein Ereignis in ferner Zukunft, das uns nichts angeht, weil wir längst tot sind. Stattdessen denken einige von uns«, der Blick des Doktors fixierte einen Multimilliardär, »wir siedeln demnächst auf dem Mars. Tut mir leid, aber *das* ist Science-Fiction.«

Der Angesprochene lächelte, sich seiner Macht bewusst.

Aber der Doktor ließ den Milliardär nicht davonkommen. »Was mir nicht einleuchtet: Warum denken wir über die Besiedlung eines öden Planeten nach, statt die Vielfalt auf der Erde zu erhalten? Wo wollen Sie Ihre Jacht auf dem Mars ankern lassen, in einer Pfütze aus Ihrem Urin?«

Ein paar Gäste begannen zu kichern, aber da der Angesprochene rot anlief, weil er es nicht gewohnt war, in der Öffentlichkeit gemaßregelt zu werden, verstummten sie schnell.

»Wie bereitet man eine Bouillabaisse zu, Charles?« Der Doktor wandte sich an den Chef des *Les Pêcheurs*, der auch zu den Gästen gehörte.

Der Angesprochene stand auf und räusperte sich: »Für vier Personen nehmen wir 800 Gramm gemischten Fisch, 200 Gramm Garnelen mit Schale, 300 Gramm Miesmuscheln ...«

»Bleiben wir bei den 800 Gramm gemischtem Fisch«, unterbrach der Doktor. »Welche Sorten nehmt ihr für die Bouillabaisse im *Les Pêcheurs*?«

»Damit die Bouillabaisse ihren typischen Geschmack erhält, verwenden wir verschiedene Fischsorten aus dem Mittelmeer: Dorade, Seeteufel, Rotbarbe, Meeraal, Knurrhahn, Wolfsbarsch, Petersfisch.«

»Und kein Tofu?«

»Kein Tofu«, bestätigte der Restaurantbesitzer mit ungläubigem Kopfschütteln. »Wir gehen morgens in den Hafen und schauen, was die Fischer nachts gefangen haben.«

»Dorade, Seeteufel, Rotbarbe, Meeraal, Knurrhahn, Wolfsbarsch, Petersfisch?«, wiederholte der Doktor.

»Immer häufiger müssen wir uns mit zwei, drei Sorten begnügen.«

»Und der Geschmack?«

»Ist nicht mehr so komplex, weshalb wir die Bouillabaisse von der Karte nehmen.«

»Warum?«

»Weil eine Bouillabaisse mit nur ein oder zwei Fischsorten keine Bouillabaisse mehr ist.«

»Passiert das häufiger, Charles?«

»Ja, leider. Wir könnten das durch tiefgefrorene Ware kompensieren, aber das ist nicht der Anspruch unseres Restaurants.«

Der Doktor bedankte sich beim Chef des *Les Pêcheurs* und wandte sich wieder an die Gäste. »Die Bouillabaisse war einmal das Essen einfacher Leute. Eine Handvoll Fischabfälle, dafür reichte es selbst in den ärmsten Familien. Was lernen wir daraus? Fisch war im Überfluss vorhanden. Heutzutage sind die Meere überfischt. Arten verschwinden, jeden Tag Hunderte Arten, ganze Ökosysteme. Dieser Blauwal«, der Doktor zeigte auf das riesige Walskelett, das über den Köpfen der Gesellschaft schwebte, »dieser Blauwal war, was man in der Ökonomie eine *Company-Town* nennt. Ein Unternehmen, das eine ganze Stadt ernährt. Wie *Michelin* in Clermont-Ferrand. Genauso hat dieser Blauwal Hunderte von Meereslebewesen ernährt. Wenn der Blauwal ausstirbt, verschwinden nicht nur diese herrlichen Giganten. Mit jedem Blauwal stirbt eine Stadt. Eine große Stadt. Und wenn eine große Stadt stirbt, stirbt die Region, in der sie liegt, schließlich das ganze Land. Weil alles mit allem zusammenhängt, geht am Ende alles verloren.«

Der Doktor ließ seinen Blick über die ernsten Gesichter an der festlich gedeckten Tafel schweifen.

»Ich stamme aus Nantes, wo die glücklichsten Franzosen leben. Da staunen Sie. Geben viel Geld für Ihre Villen an der Côte d'Azur aus, aber am regnerischen Atlantik …«

Die Gäste begannen zu lachen.

»Sie glauben mir nicht? Sie können es googeln: Die Menschen im Département Loire-Atlantique sind die glücklichsten Franzosen. Aber nicht, dass Sie jetzt alle nach Nantes ziehen und dort die Preise verderben.«

Noch mehr Gelächter.

»Ich erzähle Ihnen das, weil ich Optimist bin«, fuhr der Doktor fort. »Es ist nicht meine Art, mich angesichts all der schlechten Nachrichten, die ich als Wissenschaftler bekomme, ins Bett zu legen und die Decke über den Kopf zu ziehen. Hitzewellen, Starkregen, Artensterben. Hey, ich komme aus Nantes!«

Wieder Gelächter.

»Weshalb ich mit all meinen wunderbaren Kollegen«, der Doktor zeigte auf die Riege seiner Vorredner, »daran arbeite, den Tofu aus der Bouillabaisse herauszuhalten.«

Großes Gelächter. Selbst der Milliardär kam nicht umhin, in das Lachen einzustimmen.

Der Doktor hatte sich in Rage geredet, weshalb er seine Fliege lockerte und das Smoking-Jackett auszog, um allen klarzumachen, es sei an der Zeit, die Ärmel aufzukrempeln.

»Fürst Albert I.«, fuhr der Doktor fort, »der visionäre Gründer dieses Museums, konnte noch aus dem Vollen schöpfen. Wenn Sie ›Artensterben‹ als Suchbegriff in seine Schriften eingeben, gibt es keinen Treffer. Das heißt, im 19. Jahrhundert war Artensterben ein Fremdwort. Heute kommen die Fischer mit leeren Netzen zurück. Was tun?

Unsere Lebensweise radikal ändern, um die verbliebenen Arten daran zu hindern auszusterben? Das ist das eine, es wird das Artensterben verlangsamen, aber nicht stoppen. Was aber, Mesdames et Messieurs, wenn wir den Spieß umdrehen? Wenn wir versuchen, ausgestorbene Arten, deren biologischen Code wir kennen, zu reaktivieren?«

»Wie in *Jurassic Park*?«, rief jemand dazwischen.

»Vielleicht geht's eine Nummer kleiner«, erwiderte der Doktor unter Gelächter. »Wir stehen am Anfang. Um Arten zu rekonstruieren, brauchen wir eine Technologie, die wir noch nicht besitzen, an der wir aber forschen. Deshalb brauchen wir Geld, Ihr Geld. Die Entwicklung eines neuen Medikaments kostet Milliarden und dauert zehn Jahre. Was wir vorhaben, ist viel kostspieliger und wir haben keine Zeit. In zehn Jahren«, der Doktor machte eine Pause und überlegte. »In zehn Jahren, sollten wir unsere imperiale Lebensweise nicht radikal umstellen, werden unsere Kinder hier vor leeren Aquarien stehen, weil wir die Fische aus Hunger aufgegessen haben.«

Der Champagner, der anschließend im Foyer des Museums gereicht wurde, heiterte die Leute ein wenig auf. So kamen die Kellner mit dem Füllen der Gläser kaum nach, weil die Gäste sich noch mal volllaufen lassen wollten, bevor der Champagner verschwinden würde wie die Fische im Meer.

David und Marlène standen verloren herum, sie kannten niemanden außer dem Doktor, der von wichtigen Leuten umringt wurde, während Charlotte, die den Event organisierte, im Hintergrund Anweisungen gab. Jetzt entdeckte Marlène den kanadischen Künstler, der aus der anderen Ecke des Raums herüberwinkte. Marlène ließ das Tuch, das sie um ihre nackten Schultern trug, ein

Stück sinken, erklärte David, sie sei gleich wieder zurück, und schlängelte sich durch die Gäste zu Brandon, der sie in seine Arme nahm. Zu lange, wie David fand, in dem Ärger aufstieg, warum Marlène ihn alleine ließ, wo niemand hier alleine herumstand.

Jetzt kam der Doktor auf David zu und klopfte ihm mit seiner Pranke auf die Schulter, dass er den Champagner verschüttete. »Das hast du davon, Kumpel, reich zu sein. Schlechtes Essen zu absurden Preisen.« Der Doktor lachte, und David konnte nicht umhin einzustimmen.

»Wird Zeit, dass wir uns mal wieder betrinken. Was war das für eine Nacht in Cannes. Komm mich besuchen in Prévoux, ich zeige dir, woran ich arbeite.« Der Doktor wollte weiter, weil der Milliardär ihm zuwinkte, aber David hielt ihn am Arm fest. »Warte, Bernard! Diese Sache mit der Rekonstruktion ausgestorbener Arten, hat das was mit der Kupferpflanze zu tun?«

»Und ob, David, und ob. Erinnerst du dich an die Probe, die ich hier im Museum abgegeben habe? Wir arbeiten an einem Verfahren, wie wir aus dieser Probe weitere Exemplare klonen können.«

»Ich dachte, das geht nur auf romantische Weise.«

»Sex wird überbewertet, mein Freund.« Der Doktor riss sich los und verwickelte den Milliardär in einen Disput, während David wie betäubt dastand. Was Bernard gerade von sich gegeben hatte – »Und ob, David, und ob« – bedeutete, dass der Doktor am Beispiel der Kupferpflanze den Beweis antreten wollte, dass man ausgestorbene Pflanzen, deren DNA man besaß, wieder zum Leben erweckte. Was bedeuten würde, dass aus dem Unikat, für das Gaston Gigaro ein Vermögen bezahlt hatte, ein Massenartikel würde, den man für ein paar Euro im

Gartencenter kaufen könnte. Weshalb der Vigneron sich fragen würde, was sein Unikat noch wert sei, und auf David Regressforderungen zukommen könnten, an deren Ende er schlecht angezogene Rentner auf den Spuren von Brigitte Bardot durch Saint-Tropez führen würde.

Marlène kam zurück, aber nur, um David mitzuteilen, dass Brandon ihr neue Arbeiten zeigen wollte. »Du musst nicht aufbleiben, kann spät werden.«

»Warte, Marlène, was der Doktor von sich gegeben hat …«

»Reden wir morgen drüber. Hab dich lieb!« Marlène drückte David einen Kuss auf die Wange, wie Teenager es tun, wenn der Papa ihnen erlaubt, über Nacht wegzubleiben.

David sollte es recht sein, er würde auf dem Weg zurück nach Saint-Tropez Station bei Juliette machen und in ihren 32. Geburtstag hineinfeiern, für den er sich eine Überraschung ausgedacht hatte.

Nachdem Marlène und Brandon dessen Atelier in Aix erreicht hatten, mixte er zwei Gin Tonic, während Marlène sich so auf dem Sofa drapierte, dass klar war, Brandon könnte mit ihr machen, was er wollte. Wenn David fremdging, warum nicht auch sie, machte Marlène sich Mut. Sie hatte keine Beweise, aber ihr war aufgefallen, dass nach dem anfänglichen zweiten Frühling, den die beiden nach Bezug des Hauses in der Avenue des Jasmins erlebten, bei David das Feuer erlosch. Und während sie froh war, dass er sie in Ruhe ließ und eigene Wege ging, statt beim Malen zu stören, kamen ihr irgendwann Zweifel, ob da was lief zwischen David und der Maklerin, die sich seltsam verhielt, als sie sich zufällig auf der Place des Lices trafen. Welche Enttäuschung, dass Brandon, nachdem sie angestoßen hatten, erklärte, er sei »sexueller Vegetarier«.

»Wie soll das funktionieren«, erwiderte Marlène mit verführerischem Lächeln, »fleischfreier Sex?«

»Nicht auf die traditionelle Art«, erwiderte Brandon, um Marlène klarzumachen, dass er nicht herumzickte, damit sie ihn verführte. Sex, so Brandon, sei für ihn als Künstler kontraindiziert, weil Sex Kräfte abführen würde, die er für seine Arbeit benötigte. Genauso, wie er es albern fände, wenn Künstler Drogen nehmen würden, um sich inspirieren zu lassen. »Drogen machen dumm, Marlène, nicht kreativ. Was du brauchst für gute Kunst, sind ein klarer Kopf und ein gewisser Leidensdruck. Sigmund Freud nannte es das *Mittelelend*.«

»*Mittelelend*«, wiederholte Marlène und verzog den Mund, »klingt nicht gerade sexy.«

»Genau darum geht's. Es darf dir nicht zu gut gehen, dann hast du die besten Ideen.«

»Willst du damit sagen, es geht mir zu gut?«

»Wie kommst du darauf?«

Marlène gab sich einen Ruck. »Sei ehrlich, Brandon, du hältst mich für eine schlechte Künstlerin.«

Brandon überlegte lange, bevor er antwortete: »Du machst schlechte Kunst, Marlène, aber ob du eine schlechte Künstlerin bist, ist noch nicht entschieden.«

»Was soll ich ändern?«

»Hör auf, tote Männer zu kopieren. Und hör auf, zum 100.000. Mal Lavendelfelder zu malen. Du bist eine tolle Malerin, Marlène, du beherrschst dein Handwerk. Malen, richtig gut malen, ist schwer. Ist wie Klavierspielen. Klimpern kann jeder, aber um einer Etüde von Chopin all die Töne zu entlocken, braucht es Talent und vor allem Übung. Jahrelange Übung. Diesen Mühen stellen sich heute die wenigsten, weshalb sie die Malerei für tot erklären. Dabei sind sie der Fuchs, dem die Trauben zu hoch hängen. Tote Malerei ist tot, Marlène, aber nicht die Malerei. Also hör auf, die Giganten, auf deren Schultern du stehst, zu kopieren. Finde deine eigenen Sujets.«

»Und was soll das sein?«

»Was weiß ich?« Brandon zeigte mit seinem Gin Tonic auf Marlène, die immer noch in verführerischer Pose auf dem Sofa saß. »Da ist eine Frau, die sich anbietet, und ein Mann, der sich verweigert. Ein spannendes Motiv. Du kannst so was malen, du besitzt die Technik und beobachtest gut. Also hör auf, dich damit zu beschäftigen, wie sich das Licht über dem Mont Ventoux verändert. Schau lieber zu, wie sich Beziehungen verändern. Ein Paar an einem Tisch in einem Café, beide starren in ihre Handys.«

»Haben wir schon auf 1000 Fotos gesehen.«

»Richtig, aber wenn du solche Situationen malst, bekommen sie eine andere ... Wie soll ich es ausdrücken? Eine andere Bedeutung. Es hängt mit dem Medium zusammen.«

»Mit Malerei assoziieren wir klassische Szenen?«

Brandon nickte. »*Das Frühstück im Grünen, Tanz in der Mulin de Galette* ...«

»Das 19. Jahrhundert.«

»Genau. Wenn du dieses klassische Stilmittel, das an Manet und Renoir erinnert, auf Motive des 21. Jahrhunderts überträgst, entsteht etwas Neues. Ein gemaltes Paar, das in seine Handys starrt, ist emblematischer als ein Foto. Du dokumentierst etwas, das über den Augenblick hinausgeht.«

Nun entstand langes Schweigen, und man konnte hören, wie Brandons Überlegungen durch Marlènes Gehirnwindungen wanderten. Es war das erste Mal, dass sich jemand ernsthaft mit ihr als Künstlerin auseinandersetzte. Nicht wie ihr Professor an der Akademie, der sie runtermachte, um sie flachzulegen. Nicht wie Charlotte, die ihr nach dem Mund redete, um sie nicht als Freundin zu verlieren. Nicht wie David, der die Meinung vertrat, jetzt, wo sie reich waren, könnte sie mit der Malerei aufhören.

Marlène atmete tief durch. »Okay, Brandon, hab verstanden. Aber sollen wir nicht doch vögeln, bevor ich eine ernsthafte Künstlerin werde?«

Brandon war einen Moment versucht nachzugeben, aber nun schüttelte er entschlossen den Kopf. »Du fährst nach Hause, nimmst dein Handy und machst dich auf die Suche nach Paaren. Du wertest die Fotos aus und beginnst zu malen. Nicht draußen. Scheiß auf das Licht! Das Licht bringt dich auf dumme Gedanken. Schließ dich in deinem Atelier ein und lass dich vom *Mittelelend* inspirieren!«

Es sei eine Überraschung, erklärte David, als er am Morgen nach einer langen Nacht Juliette aufforderte, Jeans und Laufschuhe anzuziehen. Daunenjacke und Rucksack hatte er sich von Marlène ausgeliehen. Auf der Fahrt von der Küste hinauf in die Provence drängte Juliette David, ihr zu verraten, was er vorhätte. David schwieg eisern, aber als sie in Draguignan an einem Laden hielten, wo David ein Baguette, Wein und Käse einkaufte, begriff Juliette, dass er sie mit einem Picknick überraschen würde. Und als sie in Richtung Canyon du Verdon abbogen, war klar, wohin es ging. David hatte ihr die

Geschichte von dem Unwetter erzählt und wie er Sergej Romanow, den Juliette kannte, das Leben gerettet hatte. Aber auch Juliette hatte eine Überraschung für David, die sie ihm beim Picknick im Canyon offenbaren würde.

Es war Herbst geworden, die Touristen aus aller Welt waren nach Hause geflogen, jetzt hallten die Kommandos der Seilschaften durch die Wände, denen der Fels im Sommer zu heiß war. Juliette und David schnürten auf dem Parkplatz von La Maline ihre Wanderschuhe, und während David noch zögerte, weil ihn die Erinnerung an das Inferno, das sich hier vor einem Jahr abgespielt hatte, die Hände zittern ließ, rannte Juliette bereits den Pfad hinunter, während David vergeblich versuchte, zu Juliette aufzuschließen, die ihn mit allerlei liebenswerten Beschimpfungen neckte, die auf ihren Altersunterschied anspielten. Bis sie sich außer Atem am Ufer des Verdon niederließen, der murmelnd, plätschernd, Blasen spuckend und Kapriolen schlagend vorbeitrieb, dass man sich nicht vorstellen konnte, zu welchem Monster das Flüsschen anschwellen konnte.

Juliette hatte es sich nicht nehmen lassen, den Rucksack mit dem Proviant zu tragen, aus dem sie das Baguette, den Käse und den Rosé auspackte, von dem sie zu Davids Verwunderung nichts trank. Keinen noch so kleinen Schluck, um auf ihren Geburtstag anzustoßen. Dabei trank Juliette immer ein Glas Wein zum Essen, wie sich das für eine Französin gehörte.

»Was ist los?«, fragte David verwundert. »Du hast noch nie ein Glas abgelehnt.«

Juliette lächelte vielsagend. »Kannst du dir den Grund nicht denken?«

»Machst du eine Diät?«

»Im Gegenteil, ich werde zunehmen.«

David machte ein Gesicht, wie Männer es machen, wenn sie begreifen, dass sie trotz all der Ausflüge, die sie in den weiblichen Körper unternommen haben, nichts über ihn wissen.

»Du wirst Vater«, platzte es aus Juliette heraus, die nicht länger an sich halten konnte.

David glaubte, nicht richtig zu hören. Da es in der Ehe mit Marlène eine unausgesprochene Wahrheit war, dass es an ihm lag, warum sie nicht schwanger wurde, hatte er sich keine Gedanken über Verhütung gemacht. »Was sagst du da?«

»Du wirst Vater von einem Petit Chérie, wir werden Eltern.«

»Wir?«

»Dazu gehören immer zwei, Dummkopf. Ist das nicht wunderbar?«

»Ja, wunderbar«, wiederholte David mit Grabesstimme, »ganz wunderbar.«

Juliette begriff, dass David anders reagierte, als sie erwartet hatte. Brauchte er Zeit?

»Vielleicht sollten wir erst mal was essen!« Juliette hielt David das Baguette hin, aber David griff nicht zu, stand auf, wandte sich ab und starrte in den Verdon.

»Was ist denn?« Juliette stand ebenfalls auf und schmiegte sich an den einen Kopf größeren David. »Du hast dir doch Kinder gewünscht.«

»Ja, aber mit meiner Frau. Wie konnte das passieren?«

»*Passieren*?«, wiederholte Juliette ungläubig. »Eine Schwangerschaft ist kein Unfall.«

»Für mich schon«, eiferte sich David. »Ich habe mich darauf verlassen, dass du verhütest.«

»Das ist nicht nur Sache der Frau«, erwiderte Juliette einlenkend, während David seine Hände in den Verdon tauchte und sich Wasser übers Haar laufen ließ.

Er braucht einen klaren Kopf, machte Juliette sich Mut. Alles wird gut. Es wird alles gut!

David kam zurück und schüttelte sich wie ein nasser Hund. »Wann hattest du deine letzte Periode?«

»Vor zwölf Wochen«, antwortete Juliette, während sie sich fragte, warum sie zuließ, dass dieses Gespräch eine Wendung nahm, als wäre sie beim Gynäkologen.

»Vor zwölf Wochen?«, wiederholte David ungläubig. »Und das sagst du mir erst jetzt?«

»Ich wollte sicher sein, damit du nicht enttäuscht bist, wenn es nicht klappt.«

Aber David hörte nicht mehr zu. Er ging zurück zu ihrem Picknickplatz, packte alles zusammen, schulterte seinen Rucksack und rannte die Serpentinen hinauf, die sie gerade herabgestiegen waren.

»Wo willst du hin?« Juliette war ratlos, was sie tun sollte. »Wir feiern meinen Geburtstag …«

Aber David war zwischen den Bäumen verschwunden, sodass Juliette nichts anderes übrigblieb, als ihm zu folgen. Sie hastete hinter David her, der sein Handy wie einen Kompass am ausgestreckten Arm hochhielt, als suche er den Weg, wobei der Weg nicht zu verfehlen war. Bald hatten sie den steilsten Teil der Schlucht überwunden, die Felsen lehnten sich zurück. David hielt weiter sein Handy in die Luft, und Juliette begriff, er suchte ein Netz. Jetzt hatte er es gefunden. Außer Atem blieb David stehen und begann, etwas zu googeln. »Wir haben Glück!« Nachdem David Juliette seit seinem überstürzten Aufbruch am Verdon ignoriert hatte, kam er auf sie zu und umarmte sie. »Schwangerschaftsabbrüche sind in Frankreich bis zur 14. Woche erlaubt.« David ließ die erstarrte Juliette los und rannte weiter den Pfad hinauf. Als er merkte, dass sich Juliette nicht von der Stelle bewegte, hielt er an und rief ihr zu: »Komm! Umso früher du einen Termin hast, umso besser!«

»Termin für was?«, fragte Juliette, als sie David erreichte. Wobei sie die Antwort kannte. Sie war einfach noch nicht bereit zu glauben, was da gerade geschah. Sie wollte David eine Chance geben.

»Ein Termin für die Abtreibung«, erklärte David so kalt, dass Juliette zusammenzuckte, als hätte er auf sie geschossen.

Die Rückfahrt verlief schweigend. David setzte Juliette vor ihrem Büro in Port Grimaud ab und fuhr weiter zu Maître Colbert, um zu fragen, wie er diese ungewollte Vaterschaft abwenden könnte. Es gehe nicht nur darum, seine Ehe mit Marlène zu retten, die, selbst kinderlos, ihm nie verzeihen würde, wenn er mit einer anderen Frau ein Kind zeugte. Außerdem sei das mit Juliette eine Affäre. Über den Sex hinaus gäbe es keine Gemeinsamkeit und erst recht keine Basis für ein Kind. Natürlich habe er daran gedacht, wie es wäre, Vater zu sein. Aber mit Marlène, und nicht unter solchen Umständen, wo seine Vaterschaft darin bestehen würde, Unterhalt zu zahlen.

Maître Colbert, der während Davids Ausbruch verständnisvoll mit dem Kopf genickt hatte, holte zu einem längeren Vortrag aus, um David am Ende wenig Hoffnung zu machen, er könnte sich aus seiner Vaterschaft herausklagen wie aus einem Vertrag. Dass David der Vater des in Juliette heranreifenden Kindes wäre, sei durch einen

Gen-Test leicht nachzuweisen, auf den zu bestehen die Mutter das Recht hätte. Dann sei diese Vaterschaft ein Fakt, und wie immer das Paar …

»Verdammt, Maître«, unterbrach David, »wir sind kein Paar!«

»Wie immer die beiden Menschen, die zu sexuellem Verkehr zusammengekommen sind, die Elternschaft regeln, besteht ein Verwandtschaftsverhältnis ersten Grades zwischen Vater und nichtehelichem Kind mit allen Ansprüchen auf Unterhalt, Unterstützung während Ausbildung und Studium und beim Tod des Vaters auf ein Pflichtteil am Erbe.«

»Moment, Maître, dass ich Sie richtig verstehe«, ereiferte sich David. »Obwohl ich dieses Kind, das mir diese Frau, die ich kaum kenne, böswillig untergeschoben hat, nicht will, soll es später einen Anteil meines Vermögens erben?«

Der Maître nickte. »So ist das Gesetz, jedenfalls in Frankreich. Und da die Mutter französische Staatsbürgerin ist, wird dieser Fall, sollte er vor Gericht kommen, nach französischem Recht entschieden.«

Geschlagen ließ sich David in den Louis-Quatorze-Sessel zurückfallen.

»Möchten Sie ein Glas Wasser, Monsieur?«

David hob abwehrend seine Hand. »Was soll ich tun, Maître?«

Der Anwalt stand auf, trat ans Fenster und schaute eine Zeit lang hinaus auf die Straße. Nun wandte er sich wieder David zu. »Ich sehe zwei Möglichkeiten. Sie lehnen jeden Kontakt zu Mutter und Kind ab, zahlen all die Jahre bis zur Volljährigkeit, und wenn Sie am Ende Ihres hoffentlich langen Lebens das Zeitliche segnen, bekommt Ihr Kind einen

Anteil Ihres Vermögens, der Ihrer Frau, sollte diese noch leben, entgeht. Am Ende zahlen Sie viel Geld für nichts.«

»Und die zweite Möglichkeit?«

»Finanziell unterscheidet sich die zweite Möglichkeit nicht von der ersten. Sie kommen für den Unterhalt Ihres Kindes auf, und es erwirbt ein Anrecht auf Teile Ihres Erbes. Aber, und das wäre mein Vorschlag, Sie bekommen etwas zurück.«

»Und was, bitte?«

»Das Glück, Vater zu sein.« Maître Colbert griff nach einem gerahmten Foto, das auf seinem Schreibtisch stand, und hielt es David hin. »Das ist mein Sohn Félix.«

David nahm das Foto und betrachtete einen schüchtern lächelnden jungen Mann, dessen Ähnlichkeit mit dem Maître unübersehbar war.

»Félix hat gerade sein Studium an der Sorbonne aufgenommen. Zum Glück studiert er nicht so was Langweiliges wie Jura.« Der Maître lachte. »Félix will Arzt werden. Am Wochenende ist er bei uns ausgezogen. Ich habe einen Sprinter gemietet und Félix mit seinen Sachen nach Paris gebracht. Wir haben zwölf Stunden gebraucht. Aber wissen Sie, was? Trotz all der Staus, dem Regen und dem fettigen Fast Food in den Raststätten, ich war glücklich, mit meinem Sohn unterwegs zu sein.«

Während der zugeknöpfte Anwalt sein Herz öffnete, fuhr Juliette zu ihrer Familie nach Marseille, die immer noch neben der Werkstatt wohnte, wo der Vater Autos reparierte, unterstützt von den beiden Brüdern, die Juliette an ihre schmutzigen Overalls drückten. War es der Duft der Kindheit, der Geruch von Öl, Wagenschmiere und Zigaretten, dass Juliette die Tränen vergoss, die sie auf der Rückfahrt vom Canyon zurückgehalten hatte, um David nicht den Triumph zu gönnen, seine Weigerung, die Vaterschaft zu übernehmen, könnte sie brechen.

»Ich habe dich und deine Brüder allein aufgezogen«, erklärte Juliettes Mutter, nachdem diese ihr Leid geklagt hatte. »Dein Vater hatte nie Zeit für euch, der alte Hurenbock.« Juliettes Mutter lachte ihr von unzähligen *Gauloises* geräuchertes Lachen. »Wenn wir Frauen immer nur dann Kinder austragen, wenn die Männer einverstanden sind, wäre die Menschheit ausgestorben.« Sie steckte sich die nächste Zigarette an. »Wir werden das kleine Würmchen schon satt bekommen, mach dir keine Sorgen, Chérie.« Madame Noirot drückte Juliette an ihren beachtlichen Busen, und die ließ sich gefallen, dass sie in diesem Moment wieder zum Kind wurde.

Nachdem Marlène Brandons Atelier verlassen hatte, begann sie noch in der Nacht, die Bilder, die sie seit der Vernissage gemalt hatte, von den Wänden zu nehmen und alle anderen in vielen Jahren gemalten Bilder, die in Regalen verschimmelten. Noch im schwarzen Abendkleid, das sie auf dem Charity-Event in Monaco getragen hatte, holte sie aus der Küche ein Tranchiermesser und fiel über die Bilder her wie Medea über ihre Kinder. Schlitzte die Leinwände auf und steigerte sich in einen zerstörerischen Rausch, der erst endete, als das letzte Lavendelfeld in Fetzen hing. Als der Tag hereinbrach, bedeckten die Trümmer von Marlènes Lebenswerks den Boden des Ateliers. In diesem Moment kam David nach Hause, blieb ungläubig in der Tür stehen und betrachtete Marlène, die inmitten dieses Chaos stand, bedrohlich, mächtig, begehrenswert.

»Hat er dich gefickt?«, war Davids Begrüßung, denn dass der kanadische Künstler Marlène zu diesem Massaker animiert hatte, war offensichtlich.

»Selbst wenn«, erwiderte Marlène, die begonnen hatte, eine neue Leinwand auf einen Rahmen zu tackern, »wüsste ich nicht, was dich das angeht.«

David beugte sich drohend über Marlène, die auf dem Boden kniete und den Keilrahmen bespannte. »Hat er dich gefickt?«

»Hast du getrunken?«, erwiderte Marlène, ohne ihre Arbeit zu unterbrechen.

»Verdammt!« David wurde laut. »Ich habe dich was gefragt!«

»Du störst mich bei der Arbeit.« Marlène stand auf, um den frisch bespannten Rahmen auf eine Staffelei zu stellen, aber David entriss ihr den Rahmen, schleuderte ihn durchs Atelier und hob seine rechte Hand. »Hat er dich gefickt, der tolle Brandon?«

Marlène riss sich los und holte ihr Handy. Klick! Sie drückte den Auslöser und fotografierte David, wie er sie schlagen wollte. Klick, klick, klick!

David war gekommen, um sich mit Marlène auszusprechen, seine Affäre mit Juliette, das Baby, aber sie provozierte ihn. Das hatte nichts mehr mit der gefälligen Frau im Lavendel zu tun. Da explodierte eine Künstlerin. Die Bombe, so konnte David sich das nicht anders erklären, hatte der kanadische Künstler gezündet.

»Du löschst sofort die Fotos!«, herrschte er Marlène an. »Du löschst sofort die Fotos!«

»Du kannst mich mal!« Marlène wurde auch laut. »Warum lässt du mich nicht einfach malen?«

David ließ von Marlène ab und schritt durch das Atelier. »Wer hat das alles hier bezahlt? Du mit deinen Bildern, die niemand kaufen will?«

»Dein Russe hat ein Bild für 8.000 Euro gekauft ...«

»... um es in den Müllcontainer zu werfen«, unterbrach David. »Ich habe es mit eigenen Augen gesehen.«

Treffer. Marlène war angezählt, was David wollte. Das war sein Haus, sein Geld, seine Frau. Okay, sollte Marlène malen, mit irgendwas musste sie sich beschäftigen. Aber sie sollte ihn nicht mit hineinziehen. »Du löschst sofort die Fotos«, drohte David, »sonst ...«

»Sonst, was?«

»Sonst, sonst, sonst ...«, stotterte David, darüber nachdenkend, womit er Marlène drohen konnte.

»Sonst soll ich ausziehen?«, schlug Marlène vor. »Kein Problem, du zahlst mich aus, dann kannst du hier deine Nutte empfangen. Als ob ich nicht wüsste, was da zwischen dir und der Maklerin läuft.« Marlène kehrte zurück an ihre Staffelei und machte da weiter, wo David sie unterbrochen hatte.

David schaute Marlène zu, wie sie die Leinwand grundierte, während sich seine Gedanken überschlugen: »Du zahlst mich aus.« Warum hatte er in einer sentimentalen Geste Marlène ins Grundbuch als Miteigentümerin des Hauses Avenue des Jasmins 12 eintragen lassen? David machte einen Kassensturz: Von den 24 Millionen waren acht Millionen an die Steuer gegangen. Fünf Millionen bekam der Doktor, 500.000 Madame Morisseau. 3,75 Millionen fürs Haus. Maklerin, Notar und Umbau schlugen mit weiteren drei Millionen zu Buche. So viel war von den 24 Millionen nicht mehr übrig. Wenn David Marlène auszahlen müsste, wäre er gezwungen, das Haus zu verkaufen und zurück in die *Résidence au Soleil* zu ziehen mit ihrer flatternden Markise, dem rülpsenden Pool und den Schweinen, die am Zaun rüttelten. Auch wenn Marlène nicht müde geworden war, über ihre prekären Lebensumstände zu jammern und den Luxus in der Avenue des Jasmins genoss, war ihr zuzutrauen, dass ihr Gerede vom Auszug kein Bluff war. Sie hatte ihre Malerei, aber was blieb David, wenn er das Haus verlor? Hätte Juliette ihn gebeten, die Leiter zu halten, wenn er Touristen durch Saint-Tropez führte? Warum bekam er eine Einladung zum Gala-Dinner im *Musée Océanographique*? Warum schickte der Chef des *Les Pêcheurs* eine Tarte Tropézienne? Warum machte sich Sergej Romanow die Mühe, mit Natascha ihrer Party Glamour zu verleihen? Warum lud ihn Gaston Gigaro zur Weinverkostung auf sein Schloss ein? Den Ehebruch würde Marlène ihm vielleicht verzeihen, weil es im Atelier von Brandon sicher nicht nur darum ging, dass der ihr neue Arbeiten zeigte. Aber dass durch Juliettes Schwangerschaft erwiesen war, dass ihre Kinderlosigkeit nicht an David lag, wie Marlène immer unterstellte, würde sie ihm nie verzeihen.

»Okay«, David hob seine Arme, um zu zeigen, dass von ihm keine Gefahr ausging, »ich lass dich in Ruhe malen.« Er verließ das Haus und cruiste ziellos durch die Gegend, bis er sich im Kreisverkehr am Ortsausgang von Saint-Tropez, wo es in alle Richtungen ging und den er drei Mal umrundete, entschied, dem Wegweiser nach Port Grimaud zu folgen.

Juliette war nicht in ihrem Büro. So hatte David Zeit, sich ein Angebot zurechtzulegen, das Juliette, sollte sie keine Vernunft annehmen, nicht ablehnen konnte. Er würde die Kosten für die Abtreibung übernehmen und Juliette ein

Schmerzensgeld zahlen. Da Juliettes Agentur das Franchise einer weltweit operierenden Immobilienfirma mit Sitz in Dubai war, gingen 80 Prozent ihres Umsatzes an die Agentur. Weshalb Juliettes Büro in Port Grimaud lag, nicht, weil es dort, wie sie beim ersten Kontakt den Kunden immer erklärte, am verkehrsgünstigsten gelegen war, sondern sie sich eine bessere Gegend nicht leisten konnte. Und da von zu Hause nichts zu erwarten war, sondern im Gegenteil Juliette eine Insolvenz der Garage Noirot abgewendet hatte, würde sie nicht nein sagen zu Davids Angebot.

Als Juliette eine Stunde später vor dem Büro von ihrer Vespa stieg, empfing David sie mit einem Strauß Rosen, wünschte ihr nachträglich alles Gute zum 32. Geburtstag und lud sie auf eine Portion Fish and Chips ein. Sie setzten sich auf die Mauer im Hafen, wo alles begann. Juliette spürte, wie ihr Herz vor Aufregung schlug. Offenbar hatte David die Nacht gebraucht, um die frohe Botschaft zu verarbeiten und sich auf das gemeinsame Baby zu freuen.

David zeigte mit dem Fritten-Pieker auf Juliettes Bauch, als würde sich da schon was regen: »Ich habe nachgedacht über uns beide.« Ein Lächeln. »Vielmehr über uns drei.«

»Ich habe das Gefühl, es wird ein Mädchen.«

»Mädchen, Junge, für mich macht das keinen Unterschied. Kinder sind Kinder, vor allem die eigenen Kinder. Aber es ist der falsche Zeitpunkt, Juliette.«

Juliette wollte etwas erwidern, aber David ließ sie nicht zu Wort kommen. »Nicht nur der falsche Zeitpunkt, Juliette, ich bin auch der falsche Vater.«

»Nein, nein«, beteuerte Juliette, »ich hatte lange nichts mehr mit anderen Männern.«

»Das wollte ich nicht unterstellen, wie käme ich dazu?«
David lächelte verständnisvoll. »Natürlich bin ich der
Vater, wenn du das sagst. Aber ich bin verheiratet. Marlène würde mich nicht gehen lassen, erst recht nicht, da
sie kinderlos ist. Also gehe ich mit unserer Tochter einmal im Monat in den Zoo und schicke an Weihnachten
Geschenke.«

»Das ist mehr, als mein Vater jemals für mich getan
hat.« Juliette schickte ein Lachen hinterher, das ins Leere
lief.

»Du bist noch jung, Juliette«, insistierte David. »Du
wirst andere Männer kennenlernen. Jüngere Männer,
die ungebunden sind. Unverheiratete Männer, die nicht
nur an den Geburtstagen vorbeikommen, sondern mit
dir eine Familie gründen. Außerdem«, jetzt schaute er
Juliette fest in die Augen, »was weißt du über mich? Ich
bin nicht immer der nette David. ›Mangelnde Impuls-
kontrolle‹ nennt man das, frag Marlène, die kann ein Lied
davon singen. Deshalb«, David atmete tief durch, weil
jetzt das Geld ins Spiel kam, »ist es das Beste, wenn du
das Baby abtreibst. Du musst es nicht umsonst tun, ich
biete dir 100.000 Euro.«

Vor Schreck ließ Juliette die Schale mit den Fish and
Chips fallen. »Was hast du gesagt?«

»Okay, 150.000«, erhöhte David. »Ich fahre dich in
die Klinik, bringe dich nach dem Eingriff nach Hause,
und du bekommst das Geld bar auf die Hand, steuer-
frei.«

Juliette antwortete nicht, und David dachte, sie würde
darüber nachdenken, wie sie mehr herausschlagen könnte.

»150.000 Euro«, flüsterte Juliette, »150.000 Euro! So
viel ist dir unser Baby wert?«

»Du nennst deinen Preis«, lenkte David ein, der dachte, Juliette versuchte zu handeln, »und die Sache ist erledigt.«

»Meinen Preis?«, wiederholte Juliette bestürzt. »Den Preis unseres Babys?«

David wurde ungehalten. Warum mussten Frauen immer so emotional reagieren? Ausgerechnet Juliette, die als Maklerin eine knallharte Verhandlerin war. »Juliette«, setzte David an, an ihre Vernunft appellierend, »das ist nicht *unser Baby*, was du in dir trägst. Da ist nichts weiter als ein Zellhaufen.«

An der Veränderung in Juliettes Gesicht konnte David ablesen, dass er einen Fehler gemacht hatte. Wenn sich in Juliettes schönem Gesicht Enttäuschung widerspiegelte, dass David sich nicht darüber freute, Vater zu werden, verhärteten sich in diesem Moment ihre Züge. »Ich werde diesen *Zellhaufen* beschützen und verteidigen«, sagte Juliette leise, und weil sie sonst ein lautes Organ hatte, wirkte es umso entschlossener. »Dieser *Zellhaufen* wird in meinem Leib wachsen und gedeihen. Niemand wird mich daran hindern, mein Kind zur Welt zu bringen. Und jetzt geh!«

Es war das zweite Mal an diesem Tag, dass eine Frau David fortschickte. Es reichte. Er packte Juliette am Arm und zog sie nahe an sein Gesicht. »Du lässt dieses Kind wegmachen, solange noch Zeit ist! Ich sage das zum letzten Mal!«

»Wenn nicht?«, erwiderte Juliette entschlossen. »Was wirst du dann tun?«

»Juliette«, lenkte David ein, »tut mir leid, wenn ich ausgerastet bin. Es ist nicht so, dass ich mich nicht freue. Aber Marlène hat sich immer ein Kind gewünscht, und jetzt das. Deshalb ist es für alle das Beste, wenn du das

Baby wegmachen lässt. Oder soll ich mit Sergej Romanow reden, der mir wegen des Canyons einen Gefallen schuldet?«

»Was sagst du?« Juliette wich erschrocken vor David zurück. »Du drohst mir mit Sergej Romanow?«

»Was soll ich denn tun?«, rechtfertigte sich David. »Du lässt mir keine andere Wahl.«

»Schick du ruhig deinen Sergej. Ich werde Sergej Romanow dieselbe Antwort geben wie dir. Ich werde mein Kind bekommen!«

Juliette riss sich von David los und schritt hocherhobenen Hauptes die Straße hinunter.

13

Als David nach Hause kam und die Außentreppe hinaufstieg, nahm er aus den Augenwinkeln eine Veränderung wahr. Diese Veränderung betraf das Atelier im Erdgeschoss, wobei es weniger der Umstand war, dass Marlène das Chaos, das sie dort angerichtet hatte, weggeräumt hatte. Es war ein neues Gemälde, das an der Rückwand hing und, obwohl nicht einmal groß, den Raum zu sprengen schien.

Das Gemälde zeigte einen Mann, der mit der Hand ausholt, um eine Frau zu schlagen, deren Hinterkopf man in der Unschärfe nur erahnen konnte. Auch wenn das Gesicht des Mannes in Bewegung war und der kraftvolle Malstil das Gesicht kaum ausgeführt hatte, war David klar, um wen es sich handelte. Was den Impuls auslöste, in das Atelier zu stürmen und das Bild von der Wand zu reißen. Aber noch stärker war ein Gefühl, das David überwältigte, auch wenn er sich dagegen wehrte, dass dieses Bild auf seine wilde Weise großartig war. Einfach großartig. Wirklich großartig, denn es war böse, ironisch, dekorativ und zugleich klassisch. Wirklich große Kunst, was da aus Marlène herausgebrochen war, die sich im Bikini im Garten sonnte, so zart und zerbrechlich, dass man nicht glauben konnte, dass sie die Urheberin dieser Explosion war.

»Cooles Bild!«, lobte David, als er sich zu Marlène setzte.

»Findest du?« Marlène blinzelte in die Sonne.

»Wirklich beeindruckend. Eine ganz neue Marlène.«

Marlène lächelte. »Brandon hat mir die Augen geöffnet, dass ich das Monster in mir töte.«

»Welches Monster«, erwiderte David, »mich?«

Die beiden lachten, und für den Rest das Tages war es wie früher, wenn sie in der *Résidence au Soleil* einen Rosé aufmachten und sich langsam betranken, bis die schnüffelnden Schweine sie in den Schlaf wiegten. Es war wirklich wie früher, nur dass Marlène keine Lust auf Sex hatte, aber nicht Kopfschmerzen vorschob wie sonst. Sie hatte einfach keine Lust. So lag David lange wach, und während sich sein Ständer senkte, stieg ihn ihm ein Verdacht auf: »Brandon hat mir die Augen geöffnet.« Was denn noch?, fragte sich David, während er sich schlaflos hin und her wälzte. Brandon, Brandon, Brandon! Während Marlène in kurzer Zeit eine beeindruckende Serie von Paaren in Auseinandersetzungen malte, setzte sich der kanadische Künstler in Davids Kopf fest wie ein Dämon. Brandon, Brandon, Brandon! Der Kanadier jagte David den Hügel hinauf und zum *Tahiti Beach* hinunter. Brandon verfolgte ihn, wenn er ins Meer ging, dass er auf der Flucht vor Brandon weit hinausschwamm, bis ihn der Rettungsschwimmer auf seinem roten Turm zurückpfiff. Brandon brachte David dazu, so schnell den Hügel hinauf zu joggen, dass sein Herz raste. Und das Tempolimit zu übertreten, obwohl David alle Blitzer in der Umgebung kannte. Brandon, Brandon, Brandon! Dass Marlène sich endlich von dem zerstörerischen Urteil ihres Professors an der Akademie befreit hatte, konnte David sich nicht vorstellen. Brandon, Brandon, Brandon! Es konnte nur der dämonische Kanadier sein, der durch Marlène sprach, als sei sie vom Teufel besessen. Dass es zwischen den beiden eine mächtigere Verbindung gab als Sex, überstieg Davids Fantasie. Und als er es herausfand, wenn er sich die Nächte vor dem Atelier des Kanadiers in Aix um die Ohren schlug, um die beiden auf frischer Tat zu ertappen, aber die beiden nichts anderes taten, als über ihre Arbeit zu reden, steigerte das Davids Eifersucht ins Unermessliche. Eine Affäre wäre irgendwann zu Ende, aber eine künstlerische Seelenverwandtschaft, begriff David, war eine echte Gefahr, Marlène zu verlieren, für die er auf sein Kind verzichten wollte. Und die, da sie sich als Künstlerin von allen Zwängen befreite, wieder begehrenswert erschien, während David spürte, wie er schrumpfte. Weshalb er Marlène bei einem Streit daran erinnerte, dass es *sein* Haus war, in dem sie ihr Coming-out als Künstlerin feierte.

»Wenn du dich besser fühlst«, erwiderte Marlène, »ziehe ich aus. Kein Problem. Ich komme erst mal bei Brandon unter, bis ich was Geeignetes gefunden habe. Einen Schuppen irgendwo. Muss nicht Saint-Tropez sein. Ich brauche das alles nicht, eine Kochinsel, begehbare Kleiderschränke und eine Regenwasserdusche.«

David begriff, das war nicht nur daher gesagt wie früher, wenn Marlène sich zu großem Drama aufschwang und ihn türenschlagend für immer verließ, um 24 Stunden später zurückzukommen. Marlène ging in ihrer Malerei auf, während David die Dämonen jagten. Brandon, Brandon, Brandon! Endlich besaßen sie den ganzen Luxus, keinen rülpsenden Pool mehr, keine flatternde Markise, keinen klappernden Panda. All die Dinge, die Marlène angeführt hatte als Symbole ihrer Erfolglosigkeit. Sie waren reich. Aber Marlène lebte wie eine Asketin für ihre Malerei, während David begriff, dass es eines einzigen falschen Wortes bedurfte, dass Marlène ausziehen würde. Zu Brandon. Weshalb David auf leisen Sohlen durchs Haus schlich, um die *große Künstlerin* nicht bei der Arbeit zu stören, während seine Wut überall zu hören war wie ein tropfender Wasserhahn. Brandon musste weg, aber dafür den Joker ziehen? David war umgeben von Menschen, die ihm zu schaden versuchten wie Juliette. Da war es ratsam, sein Pulver nicht zu früh zu verschießen.

Bei einer seiner Lauschattacken, wenn David nächtelang sein Ohr an ein Abflussrohr von Brandons Atelier hielt, wurde er Zeuge, wie Brandon Marlène sein Herz öffnete: Trotz seines internationalen Erfolgs fühlte sich Brandon als Sohn einer Weißen und eines Afro-Kanadiers nirgendwo zu Hause. Natürlich spielte seine Hautfarbe in den Kunstkreisen, in denen Brandon verkehrte, keine Rolle. Im Gegenteil, hier machte ihn seine Herkunft interessant. Aber wenn er seine Blase verließ, weil sein Bentley stehen blieb und er mit dem Zug weiterfahren musste, konnte es passieren, dass er bei der Fahrkartenkontrolle als »Africain« bezeichnet wurde. Und, als er sich darüber beschwerte, in Toulon aus dem Zug geworfen wurde, wo die Polizei wartete, ihn auf dem Revier zwang, sich nackt auszuziehen und in seinem Darm nachschaute, ob er dort Drogen versteckte. Da half ihm weder seine Mastercard in Platin noch der Turner-Preis. Die Polizisten ließen Brandons Handy mit Fotos seiner Skulpturen kreisen und wurden sauer, warum er sich von dieser »Scheiße« einen *Armani*-Anzug leisten konnte.

Als David darüber grübelte, wie er Brandon aus dem Leben seiner Frau vertreiben könnte, musste er an diese Episode denken, die Brandon Marlène erst erzählte, nachdem sie geschworen hatte, diese Geschichte, die Brandon noch niemandem anvertraut hatte, unter keinen Umständen weiterzuerzählen. Vielleicht ließ sich hier ansetzen, überlegte David, als er morgens das Haus verließ, den Hügel hinauf und zum *Tahiti Beach* hinunter joggte, während in seinem Kopf ein Plan reifte: Was brauchte es Sergej, um Brandon aus Marlènes Leben zu vertreiben? Warum Brandon nicht an seiner verletzlichsten Stelle treffen? Seinem Gefühl, nirgendwo dazuzugehören. Zwietracht säen zwischen Marlène und Brandon. Wenn David Brandon an die demütigende Szene im Bahnhof von Toulon erinnern würde, von wem sollte er diese Geschichte haben, wenn nicht von Marlène. Eine kleine Indiskretion, und es wäre aus mit der Seelenverwandtschaft zweier sensibler Künstlernaturen.

Nicht ahnend, was David ausbrütete, malte Marlène mit einem Furor, als ob sie die Jahre im Lavendel nachholte, wo sie sich versteckt hatte. Das blieb auch Charlotte von Bülow nicht verborgen, die alle möglichen Ausreden erfand, sich nicht die neuen Bilder ihrer besten Freundin anzuschauen, weil das mit Ausflüchten und schlechter Stimmung verbunden wäre. Als aber Brandon Dawson bei einem Treffen in der *Boulangerie*, wo die Vernissage mit Brandons neuen Skulpturen vorbereitet wurde, Charlotte empfahl, sich Marlènes Bilder anzuschauen, wurde sie neugierig. Um sich eine Tür offenzuhalten, dass Marlène sich nicht durch Charlottes Besuch Illusionen hingab, sie könnte in Erwägung ziehen, sie auszustellen, behauptete Charlotte, sie sei in Saint-Tropez mit einem Sammler verabredet, der sich verspätete. So hätte sie eine Stunde Zeit für einen Kaffee.

Gespannt schaute Marlène zu, wie ihre Freundin die zehn neuen Bilder abschritt, die sie wie im Rausch gemalt hatte. Paare, immer wieder Paare. Wobei es nicht nur Männer waren, die Macht ausübten, wenn sie bei einem Gespräch demonstrativ auf ihr Handy starrten. Es gab solch ein Bild, auf dem es umgekehrt war. Ein weiteres Paar: Der Mann isst im Stehen eine Pizza, und die Frau hält ihm ihre geöffnete Hand hin, damit er die Olivenkerne hineinspucken kann. Ein anderer Mann führt seine Freundin mit gespreizter Hand, die er ihr in den Nacken gelegt hat, vor sich her, wobei, was als Zärtlichkeit gedacht ist, die Botschaft impliziert: »Du gehörst mir!« Und natürlich das Bild, auf dem ein Mann mit der Hand ausholt, um eine Frau zu schlagen. Lange blieb Charlotte vor diesem letzten Bild stehen, und Marlène dachte, sie würde sich eine diplomatische Ausrede ausdenken, dass die Bilder nicht schlecht wären, aber nichts für die *Boulangerie*.

»Nicht schlecht«, erklärte Charlotte mit zustimmendem Kopfnicken. »Wirklich nicht schlecht, Lene.« Nun drehte Charlotte sich um, umarmte ihre Freundin in einer untypischen Gefühlsaufwallung und sagte: »Das ist richtig gut, Lene, richtig gut. Ich bin dieses Jahr ausgebucht mit der *Boulangerie* und habe bis ins nächste Jahr geplant. Aber es gibt immer wieder Leerlauf, weil sich was verschiebt wegen Ausfuhrgenehmigungen, oder jemand wird mit seinen Arbeiten nicht fertig. Also, wenn es dir nichts ausmacht zu warten, würde ich deine Bilder in der *Boulangerie* zeigen. Wenn auch nur ein paar Tage.«

David war gerade dabei, zwei Dry-Aged-Steaks auf der Plancha-Platte der Open-Air-Küche im Garten zu grillen, als Marlène ihn mit einer wilden Umarmung zu Boden riss. »Charlotte wird meine Bilder ausstellen! Charlotte stellt mich aus! Charlotte stellt mich in der *Boulangerie* aus! Ist das nicht der Wahnsinn?!«

Es wurde eine ähnlich wilde Nacht wie nach dem Coup mit der Kupferpflanze. Marlène fiel über David her, der alles mit sich geschehen ließ, während es ihm nicht gelang, Freude zu empfinden, dass Marlènes Durchbruch als Künstlerin bevorstand. Denn da war keine Freude, nur Angst, Marlène zu verlieren, für die er bereit war, auf sein Kind zu verzichten. So arbeitete es in David, wie er seine Intrige gegen den Dämon spinnen könnte, der alles ins Rollen gebracht hatte.

Eine Gelegenheit ergab sich, als David und Marlène die Vernissage mit neuen Skulpturen von Brandon in der *Boulangerie* besuchten. Es waren ausnahmslos Schwarze, schwarze Männer und schwarze Frauen in demütigenden Situationen: Sie wurden von weißen Polizisten nach Waffen abgetastet, mit dem Gesicht zu Boden gedrückt, mit Klettband fixiert oder einer Leibesvisitation unterzogen.

Lange blieb David vor der letzten Skulptur stehen, bis Brandon, der ihm noch nie vorgestellt worden war, herüberkam.

»Was geht Ihnen durch den Kopf?«, fragte Brandon, ehrlich interessiert an einem Feedback, das über das übliche *toll, grandios, sensationell* hinausging.

Ohne Brandon anzuschauen, antworte David leise, als ob er mit sich selbst reden würde: »Ich frage mich, wie man auf solche Motive kommt? Auch wenn Sie offensichtlich nicht diese Personen sind, denke ich, kann man solche Momente nur kreieren, wenn man sie selbst erlebt hat.«

Brandon machte David Zeichen weiterzureden.

»Haben Sie nicht selbst solch eine demütigende Leibesvisitation über sich ergehen lassen müssen, wie mir erzählt wurde? Auf der Polizeistation im Bahnhof von Toulon?«

Während Brandon dastand, als wäre er zu einer der hyperrealistischen Figuren erstarrt, die ihn berühmt gemacht hatten, verließ David die Galerie und schlenderte zu seinem Range Rover. Bevor er zurück nach Saint-Tropez fuhr, schickte er Marlène eine *WhatsApp*: »Sicher geht ihr Künstler nach der Vernissage noch feiern, da will ich nicht stören.«

Irgendwann in der Nacht, David war längst eingeschlafen, weckte ihn Marlène, die er im ersten Moment nicht erkannte. Ihr Make-up war verlaufen, der Eyeliner hatte schwarze Runen auf ihre Wangen gezeichnet, das Gesicht in Tränen aufgelöst. »Er hat … er hat … Brandon hat …« Wie bei einem Kind brach es aus Marlène hervor, von Weinkrämpfen unterbrochen, sodass heiße Tränen auf Davids Gesicht tropften, an den sie sich schmiegte. »Er hat mich fortgeschickt … für immer fortgeschickt … Ich hätte ihn verraten … Ich, Brandon verraten … Eher würde ich sterben … Sterben … Ich will sterben!« Marlène zerrte am Dekolleté ihres Abendkleides, sodass ihre linke Brust frei lag. »Stich mir ins Herz! Schlimmer kann es nicht kommen … Toulon … Ich schwöre, nichts verraten zu haben … Aber Brandon war außer sich … Er hat mich verstoßen … Ich soll ihm aus den Augen gehen … Aber warum denn … Ich habe nichts gesagt … Er muss mir glauben … Er muss mir doch glauben.« Marlène brach so herzzerreißend in Tränen aus, dass es ihr die Stimme verschlug.

David nahm Marlène in seine Arme, strich ihr über den Kopf und flüsterte beruhigende Dinge: »Alles wird gut. Alles wird gut. Alles wird gut.« Und als Marlène hervorstieß, es sei vorbei, für immer vorbei, änderte David seine Taktik und erklärte, was auch vorgefallen sei, wenn dieser Brandon Marlène in solch einen Zustand versetzen würde, einen Zustand, der ihm wirklich Sorgen mache, weil er sie in all den Jahren, die sie zusammen wären, nie so erlebt hätte, dann hätte dieser Brandon Marlènes Freundschaft nicht verdient.

Was David bei seiner Intrige nicht bedacht hatte, aber als Beifang gerne mitnahm: Er hatte Brandon loswerden wollen, aber nicht erwartet, dass Marlène in ihrer Verlorenheit Davids Nähe suchte. Der sich von seiner verständnisvollen Seite zeigte und nicht müde wurde, sich immer wieder Marlènes Geschichte anzuhören, dass ein Fremder auf der Vernissage in der *Boulangerie* Brandon mit einer intimen Geschichte konfrontierte, die er ihr, nur ihr anvertraut hatte, und die sie niemandem weitererzählt hatte. Aber Brandon glaubte ihr nicht. David kochte Pasta, öffnete Weinflaschen und schloss sie wieder, wenn sie nicht kalt genug waren, trug Marlènes Liegestuhl mit der wandernden Sonne durch den Garten und hörte zu. Auch wenn es immer dieselbe Geschichte war. Marlène redete und redete, redete sich ihren Kummer von der Seele. David hörte zu und gab Ratschläge, dass Marlène aufhören sollte, sich das Gehirn zu zermartern, ob sie in einem unbedachten Moment Brandons Geheimnis verraten habe. Und ihre Bitterkeit nicht gegen sich zu richten, sondern gegen diesen Mann, der es nicht verdient hätte, ihr Freund zu sein. So lenkte David Marlènes Selbsthass gegen den gottgleichen Brandon, der sie missbraucht hatte als Prothese seines narzisstischen Egos. Ein Vampir, der den Modellen seiner Skulpturen das Leben aussaugte und sie erstarren ließ, während er sich mit Bedeutung aufpumpte.

Es dauerte Wochen, bis David Marlène so weit hatte, sich nicht länger besinnungslos zu betrinken, sondern den Dämon, der von ihr Besitz ergriffen hatte, auszutreiben. Weshalb David Marlène nicht zurückhielt, sich mit Brandon zu treffen, als letztem Versuch, den Verdacht aus der Welt zu schaffen, sie hätte ihn verraten. Da David vom Scheitern des Vorhabens überzeugt war, schlug er vor, Marlène zu Brandons Atelier in Aix zu fahren und im Range Rover auf sie zu warten. David erklärte sich sogar bereit, in einem Rollenspiel Brandon zu sein, damit Marlène ihre Argumente testen konnte. Dabei gab David als Brandon am Ende nach, und die beiden sanken sich unter Tränen in die Arme, verwundert, wie sie ihre Freundschaft infrage hatten stellen können, und erleichtert, wieder zueinandergefunden zu haben. Auf solche Weise vorbereitet, verließ Marlène den Range Rover und ging aufgeregt wie vor dem ersten Date auf das Atelier zu, um Brandon unangemeldet – er hatte Marlène immer weggedrückt, wenn sie ihn anrufen wollte – zu überraschen. Sie kannte die Arbeitszeiten des Meisters, öffnete die Tür und verschwand im Atelier. Normalerweise hätte David zu Zeiten, als die beiden ein Herz und eine Seele waren, das Auto verlassen und am Abflussrohr gelauscht. Aber da er wusste, wie die Sache ausgehen würde, schlenderte er zu einem Kiosk und kaufte sich einen Coffee to go. Als er die Heckklappe des Range Rovers öffnete, um den Kaffee zu trinken, kam Marlène bereits zurück. Nicht mehr vor Vorfreude hüpfend, sondern mit schweren Schritten, riss David den Kaffeebecher aus der Hand und schleuderte ihn fort, dass der Kaffee wie ein schwarzer Schleier durch die Luft wehte.

Die Fahrt verlief schweigend. Marlène war zu wütend, um zu weinen, was David mit Genugtuung registrierte. Sie hatte das Monster getötet. Jetzt durfte er nicht den Fehler begehen, seinen Triumph zu zeigen. Auch nicht, zu verständnisvoll zu sein. Jeder Arm um Marlènes Schulter, jedes: »Kann ich was für dich tun?« hätte ein »Lass mich in Ruhe!« ausgelöst. Marlène wollte in Ruhe gelassen werden, also ließ David sie in Ruhe, ließ den Range Rover ruhig über die Küstenstraße rollen und vermied es, Marlène anzuschauen. Wozu auch? Er wusste, was in ihr vorging. Die Wut, die in Marlène brodelte, erhitzte das Auto wie einen Topf Wasser auf dem Herd. Als sie in der Avenue des Jasmins hielten, flog der Deckel vom Topf. Marlène, die immer noch kein Wort gesprochen hatte, verschwand im Garten und kam mit einem Vorschlaghammer zurück. Der Hammer war so schwer, dass Marlène Pausen machen musste, aber ihr Ziel war klar. In Davids Kopf überschlugen sich die Gedanken: Nachdem er wochenlang auf diesen Moment hingearbeitet hatte, dass Marlène das Monument ihrer falschen Freundschaft zerstörte, tauchte eine Idee auf, wie er aus Marlènes Wut einen noch größeren Gewinn ziehen könnte. So trat David der Hammer schwingenden Marlène in den Weg und bat sie innezuhalten. Dass er einen Schlag gegen die Schulter abbekam, geschenkt. Sprach das nicht für seine Entschlossenheit, Marlène davon abzuhalten, sich vom Zorn hinreißen zu lassen und etwas zu tun, was sie bereuen würde?

»Warum willst du dich selbst zerstören?«, fragte David, mit der atemlosen Marlène um den Vorschlaghammer ringend.

Marlène hielt inne, den Hammer hochhaltend, und stieß schweratmend hervor: »Weil diese Skulptur von Brandon ist!«

»Brandon, Brandon, Brandon!« David zeigte auf das Haus hinter ihnen. »Ist es das Haus der Handwerker, die die Türen eingesetzt, die Fassade gestrichen und das Dach gedeckt haben? Nein, es ist unser Haus, wie du die Frau im Brunnen bist. Du zerstörst nicht Brandon, wenn du diese Skulptur zerstörst, du zerstörst dich selbst. Dann hätte dieser Dreckskerl gewonnen …« Scheiße, den »Dreckskerl« hätte David sich sparen können. Umso sachlicher er blieb, umso überzeugender wäre er. »Du sollst nicht dich zerstören, du musst den Brandon in dir zerstören. Aber das geht nicht mit dem Vorschlaghammer.«

Marlène ließ den Hammer sinken. »Was soll ich tun?«

»Das musst du selbst herausfinden.« David legte einen Arm um Marlène. »Welchen Einfluss hat dieser Drecks … welchen Einfluss hat Brandon auf dich? Wo hat er versucht, einen Fuß in dein Leben zu bekommen?«

»Du meinst meine Malerei?«

David schwieg, ein kritischer Moment. Der entscheidende Impuls musste von Marlène kommen, damit sie ihm später keine Vorwürfe machte.

»Meine Bilder«, seufzte Marlène, »meine neuen Bilder!«

David schwieg, auch wenn es schwerfiel.

»Ich bin düster geworden. Diese streitenden Paare. Wo ist die Leichtigkeit?«

David nickte kaum merklich mit dem Kopf.

»Die Farben, das Licht, die Schönheit?« Marlène schaute David fragend an, aber statt einer Antwort streckte der seine Hand aus, und Marlène reichte ihm den Vorschlaghammer.

»Soll ich dir einen Kaffee machen?«

Marlène nickte.

Während David die von den Witwen in den Anden ums Leben gekommener Lastwagenfahrer gepflückten Bohnen auf der Mühle aus Verona mahlte – 60 Sekunden im Uhrzeigersinn, 60 Sekunden in der Gegenrichtung – nahm Marlène in ihrem Atelier die Bilder, die sie in den letzten Wochen wie im Rausch gemalt hatte, von den Wänden.

Tief in der Nacht hielt der Range Rover an der Plage de Gigaro. Sie luden Marlènes Gemälde aus und trugen sie über den leeren Strand. Marlène richtete die Bilder zu einem Scheiterhaufen auf, während David eine Fackel entzündete, von der Sorte, mit der sie bei Partys ihren Garten illuminierten. Marlène gab David ein Zeichen, den Scheiterhaufen in Brand zu stecken, aber David erklärte, es sei wichtig zur Selbstreinigung, dass Marlène das Feuer entfachte. So nahm Marlène die Fackel und steckte ihr Werk in Brand. Die beiden setzten sich in den Sand und schauten zu, wie die Flammen zuerst die Leinwände fraßen, bevor sie über die Rahmen herfielen. Marlène lehnte ihren Kopf an Davids Schulter, und der legte einen Arm um sie. So schauten sie in die Flammen, die ihre Gesichter erleuchteten und ihre Körper wärmten. Als sie am Morgen zurückkamen in ihr Haus in der Avenue des Jasmins, erreichte David eine *WhatsApp* von Juliette: »Hatte einen Nervenzusammenbruch und musste in die Klinik. Dort habe ich letzte Nacht unser Baby verloren.«

14

Prévoux hatte sich verändert. Am Ortseingang stand jetzt ein Foodtruck, der morgens Kaffee und Croissants anbot und mittags Veggie-Burger, die sich bei den wissenschaftlichen Mitarbeitern, die Doktor Bernard hierhergelockt hatte, großer Beliebtheit erfreuten. Auf eine abschreckende Anzeige – »Wissenschaftler:innen gesucht für Forschungsprojekt. Miese Bezahlung, lausige Unterkunft und kein Ruhm, weil das Projekt vermutlich totaler Schwachsinn ist« – hatten sich Hunderte vor allem junge Wissenschaftler der unterschiedlichsten Fachrichtungen, Biologen, Chemiker, Physiker, Mathematiker und IT-Spezialisten beworben. Drei Dutzend hatte der Doktor eingeladen, und selbst diejenigen, die er wegen fehlender Eignung ablehnte, blieben in Prévoux, zogen in die verlassenen Häuser und begannen, sie zu renovieren. Setzten die alte Mühle wieder in Gang, besorgten einen Esel und ließen diesen den Stein drehen, mit dem sie Mehl mahlten aus dem Getreide, das sie hier oben anbauten, obwohl das auf 1600 Metern Höhe eigentlich unmöglich war. In der ehemaligen Bäckerei wurde wieder Brot gebacken, die *Bar-Tabac* schenkte selbst gebrautes Craftbeer aus, und es gab nach 20 Jahren wieder eine Geburt in Prévoux. Zu Ehren des Doktors, der das verlassene Dorf zu neuem Leben erweckt hatte, wurde das Baby Bernadette genannt. In ihrer freien Zeit, die hier oben recht lang sein konnte, reparierten zwei Ingenieure aus Kalifornien den Sessellift und setzten ihn wieder in Gang. Damit man sich bei der Bergstation nicht verlief, wurden die verblichenen roten Punkte, die Teil des Fernwanderwegs von Nizza nach Wien waren, aufgefrischt von den beiden Kaliforniern, die das *Prévoux Game* & *Fishing Department* gründeten, das außer den Outdoor-Aktivitäten auch für seine Partys berühmt werden sollte. Über all diese Dinge, vor allem die Forschungsergebnisse, informierte die fleißige Social-Media-Abteilung von Prévoux, dass bald Freaks aus aller Welt auftauchten, um bei dem coolen Projekt mitzumachen. Die meisten schickte das Kollektiv, das wichtige Entscheidungen basisdemokratisch traf, wieder weg. Man wollte keine »Hippie-Kommune« gründen, wie der Doktor in einem Interview mit *Science* erklärte, denn bei aller Coolness, so der Doktor, ginge es vor allem darum, an der Rekonstruktion ausgestorbener Arten zu forschen. Wer jetzt erwartete, in der *École Élémentaire*, dem Headquarter des Projekts, würde es aus Kesseln dampfen und in Reagenzgläsern brodeln, der wurde enttäuscht. Hier liefen Tag und Nacht Rechner, die Modelle entwarfen, um sie wieder zu verwerfen und neue Modelle zu entwickeln. Wenn schlechte Stimmung aufkam, weil monatelange Arbeit zu dem Ergebnis führte, dass man in die falsche Richtung gelaufen war, erinnerte der Doktor seine Leute an die Anzeige, der sie gefolgt waren. Der Doc, wie sie ihn nannten, hatte nicht gelogen. Sie hatten sich auf einen schlecht bezahlten Scheißjob mit geringen Erfolgsaussichten eingelassen. Deshalb sollten sie aufhören zu jammern oder gehen. Aber alle blieben, selbst über den Winter, der wegen des Klimawandels milde ausfiel, mit wenig Schnee, aber eisigen Winden, die alle enger zusammenrücken ließen um das Kaminfeuer im Foyer des ehemaligen *Grand Hôtel*, welches das *Prévoux Game* & *Fishing Department* begonnen hatte zu restaurieren. Eine harte Zeit, die man sich mit Karaokeabenden, Dartsturnieren und Vorträgen zu Fragen wie: »Warum fallen Marmeladentoasts immer mit der Marmelade aufs Hemd?« vertrieb. Oder Fotos machte für den digitalen Adventskalender von *Prévoux 3.0*, wie das Projekt mittlerweile hieß, der am 1. Dezember an Freunde und Förderer versandt wurde, auch an David.

David hatte die Antwort des Doktors auf seine Frage beim Galadinner, ob seine Forschungen etwas mit der Kupferpflanze zu tun hätte, »Und ob, David, und ob«, nicht vergessen. Aber als David den Adventskalender auf seinem Handy öffnete, entspannte er sich. Jedes Mal, wenn er ein Törchen öffnete, lachte ihn ein anderer nackter Arsch an. Woraus David schloss, dass es sich bei *Prévoux 3.0* nicht um ernst zu nehmende Forschung handelte. Trotzdem war er sofort bereit, sich davon zu überzeugen, weshalb er zustimmte, als der Doktor ihn und Marlène nach Prévoux einlud.

Der Winter war vorbei, und der Frühling lockte. Marlène, die sich nach der Bilderverbrennung zurückgezogen hatte und TV-Serien guckte, streckte ihr blasses Gesicht in die Sonne und bat David, eine Staffelei in den Vorgarten zu stellen, wo sie den Feigenbaum zu unterschiedlichen Tageszeiten malte wie Cézanne den Montagne Sainte-Victoire. Dabei leistete David ihr Gesellschaft und surfte im Internet. Zuerst schaute er sich die Anzeigen der Immobilienmakler an, um herauszufinden, um wie viel der Wert seines Hauses gestiegen war.

Dann checkte er die *Facebook*-Seite von Juliette, ob hier Gefahr drohte. Ob die Fehlgeburt eine Finte war, um ihn in Sicherheit zu wiegen. Juliette wurde tatsächlich von Tag zu Tag dicker auf den Fotos, die sie postete, aber es war nicht Davids Baby, das in ihrem Bauch heranreifte. Der Vater war ein tätowierter Typ im Zidane-Trikot, der auf einem Video, das in Marseille aufgenommen worden war, auf die Knie ging und Juliette einen Heiratsantrag machte. Sergej war in den sozialen Netzwerken unsichtbar, sodass David sich Sorgen machte, seine Lebensversicherung könnte wegen möglicher Strafverfolgung – es gab den Anfangsverdacht der Geldwäsche bei einem von Sergejs Immobiliengeschäften – Frankreich verlassen, weil ihm der Boden zu heiß wurde. Weshalb David ins Massif des Maures fuhr, von einem Hügel aus mit dem Fernglas Park und Villa beobachtete und erleichtert zuschaute, wie Sergej am Pool Natascha den Rücken eincremte. Fester Bestandteil von Davids Internetrecherche war der Besuch der Website von *Prévoux 3.0*, ob dort bahnbrechende Forschungsergebnisse bekannt gegeben würden. Aber es wurden nur Fotos eines Volleyball-Turniers und des ersten selbsterzeugten Camemberts gepostet. Weshalb David sich keine Sorgen machen musste, der Doktor und sein Team stünden kurz davor, die Kupferpflanze zu klonen. Ein Eindruck, der sich zu bestätigen schien, als David, Marlène und Charlotte an einem satten Frühlingstag im Range Rover die steile Straße nach Prévoux hinaufschnurrten. Die Fahrt endete fünf Kilometer vor dem Ortseingang, wo ein langhaariger Freak den Wagen stoppte und die Fahrzeugpapiere verlangte. Der Freak checkte das Gewicht des Jeeps, rechnete den CO_2-Ausstoß aus und forderte die Gesellschaft auf, den Wagen stehen zu lassen und den Rest des Weges zu Fuß zurückzulegen, als Emissions-Ablass. So erreichten die drei abgekämpft, David schleppte einen Karton mit sechs Flaschen *Château Gigaro*, nach einer Stunde die *École Élémentaire*, wo der Doktor sie überschwänglich an sein Herz drückte.

Der Doktor hatte sein Team vorbereitet, dass der Mann zu Besuch käme, dem sie ihr Projekt verdankten. Mittlerweile verwaltete ein Kuratorium den Zufluss von Geldern aus aller Welt, aber die Initialzündung, so der Doktor, seinen alten Freund an sich drückend, stammte von David. Weshalb sie sich überall als Gäste fühlen durften. Es wurde ein langer Abend, der am Foodtruck begann und im Foyer des *Grand Hôtel* endete, wo die beiden Paare ihre an Anekdoten reiche Freundschaft feierten. Als David und Marlène sich in eines der vom *Game & Fishing Department* renovierten Hotelzimmer zurückgezogen hatten, lagen sie noch lange wach. Auch wenn alles hier armselig war, die zerborstenen Fenster mit Tape geflickt, die Wände mit Tapetenresten aus dem letzten Jahrtausend, die Matratze ein Strohsack, das Türschloss eine Drahtschlaufe, die Beleuchtung eine Kerze, war dieser Ort von einer beneidenswerten Lebendigkeit, wie Marlène schwärmte: Die jungen Leute aus aller Welt. Diese Leidenschaft, dieser Spirit, der Einfallsreichtum, mit dem man das Geisterdorf zu neuem Leben erweckt hatte. Mit welch bescheidenen Mitteln, im Gegensatz zu der Verschwendung, die sie verursacht hatten bei der Renovierung ihres Hauses in der Avenue des Jasmins, mit dem Ergebnis, dass sie sich dort unten lebendig begraben fühlte. Was könnte man hier oben, einmal in Fahrt gekommen, war Marlène nicht zu bremsen, was könnte man mit all dem Geld hier oben bauen. Zum Beispiel ein Waschhaus, damit die Wissenschaftler nicht länger an der einzigen Dusche anstanden, um in den wenigen Sonnenstunden warmes Wasser abzubekommen. Oder einen Spielplatz, damit die kleine Bernadette nicht länger in den Trümmern der verfallenen Häuser herumklettern musste. Zumal die kleine Bernadette, so Marlène, nicht das einzige Kind hier oben bleiben würde, wie sie manch schmachtenden Blicken, die sich hier die Leute zuwarfen, entnehmen konnte. Oder ein Café, damit niemand mehr den in einer Glaskanne aufgewärmten Kaffee vom Foodtruck trinken musste. Und so weiter und so weiter. Nachdem Marlène über ihre Bilderverbrennung verstummt war, löste Prévoux ihre Zunge, und sie fragte David, ob es ihm etwas ausmachen würde, wenn er allein zurück nach Saint-Tropez fahren würde und sie noch ein paar Tage hier oben bliebe, um sich nützlich zu machen. David stimmte zu, um endlich zu schlafen, aber vor allem, weil er Marlène kannte, die nach ein paar Tagen Eisdusche reumütig zurückkehren würde in die Avenue des Jasmins mit beheiztem Badezimmerboden.

Am nächsten Morgen klopfte es kurz nach Sonnenaufgang an der Tür. Das *Game & Fishing Department* holte Marlène zu einer Wanderung ab, die Männer würden später nachkommen. Charlotte wartete bereits vor dem Hotel. Gemächlich ging es mit dem Sessellift hinauf zur Bergstation. Hier folgten die Frauen den beiden Kaliforniern entlang der roten Punkte zu einem malerischen See, der von einem Schneefeld gespeist wurde, aber das *Game & Fishing Department* hatte vorgesorgt: Jeff und

Jim überreichten den Frauen Neoprenanzüge, mit denen sich die Temperatur knapp über dem Gefrierpunkt ertragen ließ. So trieben die Freundinnen im glasklaren Wasser und brachten sich auf den neuesten Stand, nachdem sie sich lange nicht gesehen hatten. Marlène war Charlotte aus dem Weg gegangen, damit diese sie nicht auf die geplante Ausstellung in der *Boulangerie* ansprach. Natürlich hatte sie ihrer Freundin nicht erzählt, dass sie die neuen Bilder verbrannt hatte, weil sie es selbst nicht verstand. Charlotte wiederum war ständig unterwegs auf Auktionen und Ausstellungen, wie der *Biennale* in Venedig, wo sie Brandon getroffen hatte.

Marlène vergaß für einen Moment die Kälte, so elektrisierte sie die Neuigkeit. »Du hast Brandon getroffen?«

»Zufällig«, wich Charlotte aus, die sich ärgerte, dieses leidige Thema angesprochen zu haben, wo sie hier oben ein unbeschwertes Wochenende verbringen wollte. »War die Eröffnungsparty. Da ist immer die Hölle los. 1000 Leute und alle megawichtig.«

»War Brandon wegen der Party in Venedig?«

»Er bespielt den kanadischen Pavillon.«

»Wow! Davon hat Brandon geträumt, aber nie damit gerechnet. Seine Arbeiten gelten als zu dekorativ.«

Marlène wartete auf eine Reaktion, aber Charlotte tat so, als sei das Thema erledigt. »Jetzt erzähl du mal, Lene, gibt's neue Bilder? Ich überlege, hier oben in Prévoux über den Sommer eine Pop-up-Galerie zu eröffnen. Da könnte ich deine Bilder ausstellen, wenn du einverstanden bist.«

Marlène ging nicht auf das Angebot ein, das sie vor Kurzem noch elektrisiert hätte. »Aber Brandon, über was habt ihr geredet?«

»Eigentlich haben wir nur Hallo gesagt. In dem Gedränge auf der Eröffnungsparty verstehst du dein eigenes Wort nicht. Scheiße, ist das kalt!« Charlotte schwamm zurück ans Ufer und legte sich zum Trocknen in die Sonne.

Marlène kam hinterher, setzte sich zu Charlotte und drängte: »Erzähl schon, was hat Brandon gesagt?«

»Was soll Brandon groß gesagt haben? Er war umringt von Kuratoren und Sammlern, da wollte ich nicht stören.«

»Habt ihr auch über mich gesprochen?«

»Du bist eine echte Nervensäge, Lene, weißt du das?« Charlotte atmete tief durch. »Brandon hat gesagt, dass es ein Fehler war, dir die Freundschaft zu kündigen.«

Marlènes Herz hüpfte vor Freude. »Das hat er tatsächlich gesagt, Brandon vermisst mich?«

»Kann ich in seinen Kopf gucken?«

»Und was hat er noch über mich gesagt?«

»Nichts.«

»Nichts?«, wiederholte Marlène enttäuscht, besann sich aber. Dass Brandon über das Ende ihrer Freundschaft nachdachte, war mehr, als sie zu hoffen gewagt hatte. »Wenn du noch mal mit Brandon …« Marlène sprach den Satz nicht zu Ende, aber es war klar, was sie von Charlotte erwartete.

Charlotte richtete sich seufzend auf und schaute Marlène in einer Mischung aus Zuneigung und Sorge an. »Was willst du von Brandon? Brandon ist schwul.«

»Es geht nicht um Sex«, erwiderte Marlène.

»Um was denn sonst?«

»Wir hatten eine Seelenverwandtschaft, eine künstlerische Seelenverwandtschaft.«

Charlotte verdrehte die Augen. »Was ist das denn für ein Jane-Austen-Geschwurbel?«

»Brandon hat mir die Augen geöffnet.«

»Mit was für einem Langweiler du verheiratet bist?« Charlotte lachte, aber Marlène blieb ernst. »Dass ich nie den Mut hatte, mich als Künstlerin zu zeigen.«

»Süße«, Charlotte nahm Marlène in den Arm, »ich kenne Brandon, seit er an der Côte die Pools der Reichen sauber gemacht hat, weil niemand seine Skulpturen kaufen wollte. Auch meinen Pool. Er hat mir seine Skulpturen gezeigt und mich gebeten, eine auf meine Terrasse zu stellen, damit sie von Sammlern gesehen wird. So begann Brandons Karriere. Aber meinst du, er hat es mir gedankt? Irgendwann hat er seine Figur zurückverlangt, um sie zu verkaufen. Auf die Idee, mir die Skulptur zu schenken, weil ich ihm die Tür zur Kunstwelt geöffnet habe, ist Brandon nicht gekommen.«

Die Freundinnen schwiegen, während sie Arm in Arm in der Sonne saßen und nachdachten. Charlotte, welche Künstler sie in die *Prévoux-Pop-up-Galerie* einladen würde, und Marlène, wie lange eine Zugfahrt nach Venedig dauerte. Ja, es war »Jane-Austen-Geschwurbel«, weshalb es angemessen wäre, nicht mit dem Flugzeug, sondern auf altmodische Weise mit dem Zug zu Brandon zu reisen, um die Vorfreude zu verlängern.

Nach einem späten Frühstück am Foodtruck, wo der Doktor zwei Burger verdrückte und David eine Kopfschmerztablette, führte Bernard ihn durch sein Forschungslabor. Seit David geholfen hatte, das Dach der Schule zu decken und die Rechner zu installieren, war viel passiert. Der Doktor überließ es seinen Mitarbeitern zu erklären, woran sie forschten. Bald schwirrte David der Kopf, nicht nur wegen des vielen Rosés, den er am Vorabend getrunken hatte, sondern weil er, obwohl er nichts von dem verstand, was hier vor sich ging, begriff, dass die Wissenschaftler auf dem besten Weg waren, ihren großmäuligen Anspruch zu erfüllen, in die Schöpfung einzugreifen. Oder wie der Doktor scherzhaft formulierte: »Am achten Tag erweckte Gott die ausgestorbenen Arten zum Leben.«

»Und die Kupferpflanze?«, fragte David am Ende der Führung.

Der Doktor legte seine Pranke auf Davids schmale Schultern. »Die Kupferpflanze ist nicht ausgestorben.«

»Was?«

»Ist das nicht sensationell!«, begeisterte sich der Doktor, als würde er nicht verstehen, dass diese Nachricht David den Boden unter den Füßen wegzog.

»Nicht ausgestorben? Die Kupferpflanze ist nicht ausgestorben?«, wiederholte David fassungslos.

»Die Kupferpflanze hat überlebt. Ist das nicht der Hammer?« Der Doktor wartete nicht Davids Reaktion ab, wobei keine Reaktion gekommen wäre. David fühlte sich außerstande zu antworten, weil es ihm die Sprache verschlagen hatte.

»Ich arbeite an einer Story für *Science*.« Der Doktor ging weiter durch sein Labor, davon ausgehend, dass David ihm folgte, dem nichts anderes übrig blieb, um zu erfahren, was genau »der Hammer« war. »Deshalb habe ich meine Aufzeichnungen aus dem Park des Marquis de Orlan ...«

»Wir hatten ein Match!«, unterbrach David.

»Klar, ein Match«, bestätigte der Doktor. »Wir konnten das auch nicht glauben, also haben wir das Material immer wieder durch den Sequenzierer gejagt. Hier, wo wir seit Neuestem auch so ein Gerät haben.« Der Doktor blieb vor einem grauen Kasten stehen. »Zur Sicherheit im *Musée Océanographique* und in meinem alten Institut in Lyon. Immer dasselbe Ergebnis.«

»Ein Match?«, fragte David matt.

»Überall gab es zwischen der DNA, die ich vor zwölf Jahren im Park des Marquis de Orlan aufgezeichnet habe, und deiner Kupferpflanze ein Match.«

»Und wo ist das Problem?«

»Die Kollegen in Lyon haben den DNA-Code unserer Kupferpflanze durch ihre Datenbank gejagt, wo die DNAs Tausender Pflanzen gespeichert sind. Und hatten ein weiteres Match. Ich zeig's dir.« Der Doktor trat an einen der Laptops, die herumstanden, loggte sich ein und rief ein Bild auf. »Die Kupferpflanze war nicht nur auf Halmahera endemisch, wo sie tatsächlich ausgestorben ist. Sie wächst immer noch auf anderen Inseln des Archipels.«

David beugte sich vor und betrachtete das Foto einer kleinen Pflanze mit rötlichen Blättern.

»Auf anderen abgelegenen Inseln der Molukken heißt sie Rostpflanze, wegen ihrer rötlichen Färbung. Aber vor allem wegen ihres hohen Eisenanteils«, erklärte der Doktor. »Und weil die Rostpflanze nach Eisen schmeckt, hat kein noch so hungriges Tier Lust, sie zu fressen.«

»Weshalb die Rostpflanze nicht ausgestorben ist?«, fragte David mit belegter Stimme.

»Weshalb die Rostpflanze nicht ausgestorben ist«, bestätigte der Doktor. »Ist das nicht der Hammer?«

»Ein echter Hammer«, wiederholte David, während

er durchrechnete, was diese Nachricht für ihn bedeutete: Sobald der Artikel des Doktors in *Science* erschien, würde es nicht lange dauern, bis Gaston Gigaro, der zu den Förderern von *Prévoux 3.0* gehörte, davon erfuhr. Dann würden die Anwälte des Winzers an die Tür des Hauses in der Avenue des Jasmins klopfen und David Regressforderungen unterbreiten: Rückzahlung der 24 Millionen US-Dollar, zuzüglich Ausgaben wie Anwaltshonorare und Gerichtskosten. Das Paar müsste aus seinem Haus ausziehen, Marlène würde in der Küche der *École Élémentaire* Kartoffeln schälen und David schlecht angezogenen Rentnern etwas über Van Goghs Ohr erzählen.

»Komm!« Der Doktor riss David von dem Stuhl hoch, auf den er gesunken war. »Es gibt noch viel zu sehen. Außerdem warten unsere Frauen mit einem Picknick.«

Wenig später schnurrte der Sessellift Richtung Gipfelstation. Während der Doktor schwärmte, dass die ausgestorbene Kupferpflanze eine höchst lebendige Doppelgängerin hätte, was sich als Glücksfall für die Wissenschaft herausstellen würde, weil sie über die Abgleichungen der Matches einen Algorithmus entwickeln könnten, der ihnen in nicht allzu ferner Zukunft das Klonen ausgestorbener Arten erlaubte, spürte David, dass in ihm gegenüber dem Fettsack, der zwei Drittel der Sitzbank einnahm, tiefer Groll hochkochte.

»Sie haben mich vor vier Jahren wie einen Hund vom Hof gejagt«, der Doktor zeigte auf Prévoux, das unter ihnen wegsackte. »Dabei habe ich nur das Offensichtliche ausgesprochen. Zwei Tage später musste ich mein Labor in Lyon räumen, dabei habe ich nur die Wahrheit gesagt …«

Kannst du nicht einfach deine Fresse halten!, dachte David, der kurz davor war, sich zu übergeben.

Aber der Doktor war nicht zu stoppen. »Wenn meine Geschichte in *Science* erscheint, bin ich zurück im Spiel. Dann trudeln die Rufe der weltweit wichtigsten Unis ein. Aber weißt du was, Kumpel, die können mich mal mit ihren holzvertäfelten Dekanaten und Ordinarien, denen Efeu aus den Ohren wächst. Wenn meine Geschichte erscheint, lasse ich alle hier oben in Prévoux antanzen. Sie werden die letzten Kilometer zu Fuß gehen, dann lasse ich sie den ganzen Tag warten, um ihnen zu sagen, dass sie mich am Arsch lecken können.«

Der Sessellift erreichte die Bergstation, wo Jeff und Jim warteten, um den Motor abzustellen, damit der Doktor und David aussteigen konnten. David schaffte es gerade noch zu einer Wiese, wo er sich im hohen Bogen übergab.

»War eines der Gläser letzte Nacht schlecht?«, scherzte der Doktor, während er David stützte.

»Geht schon«, erwiderte David, »ich komme klar …«

»Sollen wir auf die Wanderung verzichten und hier auf die Frauen warten?« Dieser Vorschlag des Doktors entsprang nicht nur Mitgefühl für David, sondern Eigeninteresse, denn nachdem Bernard auf Halmahera 20 Kilo abgenommen hatte, hatte er sich sein altes Gewicht am Foodtruck wieder angefuttert.

»Moment …« David hielt sich an dem Doktor fest, während er einen Plan fasste: Er würde dem Doktor, der im Begriff war, seine Existenz zu vernichten, auf dem Bergpfad folgen und auf eine Gelegenheit warten, ihn in den Abgrund zu stürzen. Diesen aufgeblasenen Pfau, der wegen seines wissenschaftlichen Ehrgeizes alle ins Unglück stürzte. Wem verdankte der Doktor seine Karriere? David hatte ihn in Prévoux aufgestöbert, als er wie eine Ratte im eingestürzten Schulhaus hauste. David hatte den Doktor aus seinem Loch gelockt und zurück in die Zivilisation gebracht. Wer hatte dem Doktor durch den Verkauf der Kupferpflanze das Geld für die Gründung seines Labors besorgt? Was maßte sich dieser Fettsack an, fragte sich David, während er hinter dem schwankenden Arsch des Doktors über den schmaler werdenden Bergpfad trottete. Was allem die Krone aufsetzte, der Doktor schien in seinem krankhaften Ehrgeiz nicht zu begreifen, dass er sich selbst schaden würde, wenn er seinen Anteil am Verkauf der Kupferpflanze zurückzahlen müsste. Oder es kratzte ihn nicht. Vermutlich würde Charlotte ihre Kreditkarte zücken und alles bezahlen wie das Chaos im *Les Pêcheurs*. Ein Investment, denn der Doktor würde mit seiner Klon-Technologie, die auf die Kupferpflanze zurückging, reich werden. Richtig reich, wie der Milliardär, weshalb der ihm bei der Spendengala auf die Schulter geklopft hatte. Mit welcher Leistung? Dass er Charlotte von Bülow vögelte? Charlotte war blind vor Liebe, weshalb sie nicht merkte, dass der Doktor sie ausnutzte. Woher kamen all die Kontakte? Warum lachte der Milliardär über die schlechten Witze des Doktors? Warum ließ sich die Pharmaerbin in der *Boulangerie* zum Wasserholen schicken? Warum durfte der Doktor im Wal-Saal des *Ozeanographischen Museums* Reden schwingen? Wie der mit seinen Leuten umging. Wer ließ sich freiwillig dazu herab, seinen nackten Arsch auf einer Weihnachtskarte zu zeigen? Aber alle machten mit, weil der große Guru es erwartete. Denn wie ein durchgeknallter Sektenguru führte sich der Doktor hier oben auf. Interpretierte die Regeln, wie es ihm gerade passte. David musste seinen Range Rover mit Plug-in-Hybrid-Antrieb fünf Kilometer vor dem Ortseingang stehen lassen, während der Foodtruck stinkenden Diesel ins Biosphären-Reservat pustete. Warum? Weil Doktor Bernard Burger essen wollte. »Was für ein Arschloch!«, stieß David zwischen den Zähnen hervor, während er das Gelände sondierte. »Was für ein Arschloch!«

Der breite Pfad hatte sich zunächst über einen grasigen Rücken mit geringer Steigung in Richtung eines schroffen Bergkamms gezogen. Jetzt wurde der Pfad schmaler, und der Doktor wies David an aufzupassen, weil es auf der rechten Seite Hunderte Meter hinunterging. Aber David war noch nicht so weit, sein Vorhaben auszuführen. Es war nicht nur letztes Zögern, diesen Schritt zu gehen, wobei er sich längst entschlossen hatte. Die Stelle schien ihm nicht geeignet, das Gelände fiel zwar steil ab, aber nicht senkrecht. Mit ein wenig Glück würde sich der stürzende Doktor an einer der Latschen verfangen, die ihre Äste in den Wind reckten. Aber ein Stück weiter brach der Hang auf der rechten Seite des Pfades ins Bodenlose ab, weshalb dort ein Drahtseil in den Felsen verankert war, an dem man sich festhalten konnte, um die gefährliche Stelle sicher zu passieren. David würde, bevor der vorausgehende Doktor das Drahtseil erreicht hätte, einen Schwächeanfall vortäuschen. Dann würde der Doktor zurückkommen, um David zu helfen, der Bernard einen kräftigen Stoß versetzen würde, dass dieser im hohen Bogen in den Abgrund flog. Dann würde David um Hilfe rufend zum See laufen, wo er die Typen vom *Game* & *Fishing Department* bitten würde, nach dem Doktor zu suchen, für den – zerschmettert am Fuß der Hunderte Meter hohen Felswand – jede Hilfe zu spät käme.

»Was hast du?« Der Doktor hatte die heikle Passage erreicht, hielt sich an dem Drahtseil fest und wandte sich um.

»Ich weiß nicht?« Schwer atmend fasste sich David ans Herz. »Die Höhe … die dünne Luft …«

»Ich komme!« Bernard ließ das Drahtseil los und kam auf dem schmalen Pfad zurück, während David sich bereit machte, den Doktor in den Abgrund zu stürzen.

»Hier seid ihr!«

Der Doktor hatte David fast erreicht, der sich auf seinen Angriff vorbereitete. Die beiden Männer hielten in ihren Bewegungen inne und schauten sich um.

Marlène stand an der schmalsten Stelle des Pfades, jetzt tauchte Charlotte hinter ihr auf. Die Frauen kamen näher, wobei sie es nicht für nötig hielten, sich am Drahtseil festzuhalten.

»Hab ich doch gesagt«, erklärte Marlène amüsiert, »dass unsere Männer sich hier nicht rübertrauen.«

»Komm zu Mama«, Charlotte streckte ihre rechte Hand aus, »und mach die Augen zu!«

Dankbar ergriff der Doktor die Hand seiner Liebsten und folgte ihr über den Abgrund, während David die Hand ausschlug, die Marlène ihm entgegenstreckte.

Das *Game & Fishing Department* hatte am Seeufer Decken ausgebreitet, auf denen die Gesellschaft sich niederließ für ein Picknick. Scherze flogen hin und her, nur David war nicht nach Lachen zumute. Er kämpfte gegen den Impuls an, den Doktor mit dem Kopf so lange in den See zu tauchen, bis keine Blasen mehr aufstiegen.

15

Ventimiglia, Bordighera, Sanremo – Marlène stand am offenen Fenster des *Espresso Ligure*, ließ ihr Haar im Fahrtwind flattern und begrüßte jeden Bahnhof wie eine Verheißung, die sie Brandon näherbrachte. Er hatte nach ihr gefragt und bedauert, ihre Freundschaft beendet zu haben. Vermutlich bereute Brandon die Sache schon am nächsten Morgen, war aber zu stolz, sich zu entschuldigen. Alassio, Albenga, Finale Ligure – Brandon hatte Marlène nicht vergessen, selbst nicht beim Aufbau seiner Skulpturen im kanadischen Pavillon in den Giardini. Der Ritterschlag. Genova, Milano Centrale, Mestre – Je näher der Zug Marlène Venedig brachte, umso höher schlug ihr Herz. Sie konnte das Meer riechen, als der Zug das feste Land verließ und über der Lagune ausrollte nach langer, heißer Fahrt geradewegs auf die unwirklichste Stadt der Welt zu, wo sie und Brandon sich in die Arme sinken würden, Freudentränen vergießend, wie sie so dumm sein konnten, ihre Freundschaft aufzugeben, und überglücklich, dass sie sich wiedergefunden hatten.

Wie konnte Marlène ahnen, dass Charlotte das Gespräch mit Brandon erfunden hatte, weil Marlène ihr leidtat? Ja, Charlotte hatte auf der Eröffnungsparty der *Biennale* Brandon getroffen, und sie hatten miteinander gesprochen, aber nicht über Marlène. Sondern über Brandons neues Projekt, eine aufwendige Installation, die Brandon im *Arsenale* realisierte, weshalb er über die Eröffnung der *Biennale* hinaus in Venedig blieb.

Wie jedem Venedigbesucher waren Brandon die fliegenden Händler aufgefallen, die aus dem Nichts auf Plätzen und Brücken auftauchten, rasch eine Reihe gefakter Luxushandtaschen aufbauten und sie genauso schnell wieder einpackten, wenn von irgendwoher die Nachricht kam, die Carabinieri seien im Anmarsch. Wie allen anderen Besuchern war Brandon zudem aufgefallen, dass diese fliegenden Händler ausnahmslos Schwarze waren, weshalb die Touristen die gefakten Taschen kauften, mit dem Gefühl, diesen armen Teufeln etwas Gutes zu tun, und sich das schlechte Gewissen, die Luxuskonzerne zu schädigen, in Grenzen hielt. Außerdem, wer würde einen Fake kaufen, wenn er Geld für das Original hätte? Wie Marlène, die hier vor Jahren eine gefakte *Prada*-Handtasche gekauft hatte, bis David diese gegen das Original eintauschte. Brandon sah die Sache mit den fliegenden Händlern als Afro-Kanadier, der Diskriminierung wegen seiner Hautfarbe erlebt hatte, und stellte sich eine einfache Frage: Warum waren es ausnahmslos Schwarze, die in Venedig gefakte Handtaschen verkauften, und keine Weißen? Was Brandon auf die Idee zu der Installation brachte, die er in einer Werfthalle beim Torre dell'Arsenale realisierte, die schwarzen fliegenden Händler durch Weiße zu ersetzen. Die Abgüsse der lebenden Modelle waren während der Filmfestspiele abgenommen worden, jetzt ging es darum, sie naturgetreu zu bemalen. Im Gegensatz zu den unsichtbaren Schwarzen, schwebten Brandon für seine Installation Prominente vor, die im Scheinwerferlicht standen, weiße Hollywoodstars, die auf dem roten Teppich der *Biennale* alle Blicke auf sich zogen: Leonardo di Caprio, Scarlett Johansson, Brad Pitt, Penélope Cruz.

Brandon hatte die Stars auf sein Projekt angesprochen und für die Teilnahme gewinnen können. Die Sitzungen, als die Abgüsse genommen wurden, waren schwierig zu koordinieren, weil die Stars nur kurz auf den Filmfestspielen waren, mit vollem Terminkalender. Aber irgendwie hatte Brandon es mit seinem Charme hinbekommen, dass sich die Stars mit Vaseline eincremen und mit Kunstharz übergießen ließen. Inzwischen waren die Abgüsse ausgehärtet, von Brandons Assistenten zusammengefügt, geschliffen und bemalt worden. Jetzt ging es darum, die Figuren anhand eines Fotos, das Brandon von einer Gruppe fliegender Händler aufgenommen hatte, so zu arrangieren, dass es aussah, als wären Leonardo di Caprio und die anderen gezwungen, gefakte Handtaschen an Touristen zu verkaufen, um ein Bewusstsein für den strukturellen Rassismus zu schaffen, der für die Touristen Teil der Venedigfolklore war.

Brandon stand inmitten der Werfthalle in Flip-Flops, Shorts und T-Shirt, es war Sommer, und redete mit seinen Leuten. Das große Tor, durch das Schienen in den Canal führten, auf denen früher Schiffe vom Stapel gelassen wurden, stand weit offen. Alle waren so mit ihrer Arbeit beschäftigt, dass niemand die Frau im roten Kleid bemerkte, die fasziniert zuschaute, mit welcher Hingabe hier gearbeitet wurde.

Marlène hatte gegoogelt, dass Brandons Installation an der Ponte della Paglia zwischen Dogenpalast und dem Anleger von San Zaccaria aufgebaut werden sollte, wo täglich unzählige Touristen innehielten, um die Seufzerbrücke zu fotografieren. Das Revier der fliegenden Händler, weshalb Brandon, der ein Perfektionist war, aus Holz ein Modell der Ponte della Paglia hatte anfertigen lassen, an dessen Fuß die Hollywood-Stars gefakte Handtaschen verkauften, von denen Brandon den Schwarzen zwei Säcke voll abgekauft und in der Werfthalle aufgereiht hatte. Auch wenn die Figuren noch nicht fertig bemalt waren – Leonardo di Caprio und Brad Pitt im Smoking, Scarlett Johansson und Penélope Cruz im Abendkleid – war der Effekt verblüffend: Obwohl die Stars elegante Kleidung trugen, machte der Kontext sie zu Losern.

Der Mann, der sich diese verstörende Installation ausgedacht hatte, überlegte Marlène, die mit klopfendem Herzen im Eingang der Werfthalle stand und Brandon und seinem Team bei der Arbeit zuschaute, dieser Mann hatte mit Charlotte bei der Eröffnungsparty der *Biennale* über sie geredet und es bedauert, dass sie keine Freunde mehr waren.

»Brandon?«

Der Angesprochene schaute von seiner Arbeit auf in die Richtung, aus der sein Name gerufen wurde. Aber weil die untergehende Sonne auf der Lagune schwamm, stand Marlène im Gegenlicht, sodass Brandon sie nicht erkannte, weshalb er seine Arbeit unterbrach und auf den Schattenriss zuging.

»Yes?«

»Ich wollte dich nicht stören«, antwortete Marlène, während Brandon näherkam.

»Marlène?« Die Sonne versank im Meer, und Brandon erkannte, wer da im Eingang der Werfthalle stand.

Marlène lächelte verlegen. »Ich wollte Hallo sagen.«

»Hallo!«, erwiderte Brandon überrumpelt. »Warum bist du in Venedig, wegen der *Biennale*?«

»Ich bin wegen dir hier«, erklärte Marlène und machte einen Schritt auf Brandon zu, um ihn zu umarmen, so wie früher, wenn sie sich trafen.

»Was willst du?« Brandon trat einen Schritt zurück, sodass Marlènes Umarmung ins Leere lief.

»Mit dir reden, Brandon.«

»Worüber?«

»Über uns beide. Charlotte hat erzählt, du hättest nach mir gefragt, als ihr euch auf der Eröffnungsparty der *Biennale* begegnet seid.«

»Charlotte von Bülow soll das gesagt haben?«, erwiderte Brandon kopfschüttelnd. »Ich kann mich beim besten Willen nicht daran erinnern, dass wir über dich gesprochen haben.«

Marlène schlang die Arme um sich, weil Brandons Kälte sie frösteln ließ. »Ich bin hier, weil ich dachte, wir könnten das Kriegsbeil begraben.«

Brandon wandte sich zu seinen Leuten um, er suchte einen Vorwand, dieses Gespräch zu beenden. »Okay, wir begraben das Kriegsbeil, Marlène. Würdest du mich jetzt meine Arbeit machen lassen?«

»Ist das alles, was du mir zu sagen hast, Brandon?« Marlène kämpfte mit den Tränen.

»Was willst du?« Brandon wurde ungehalten. Seine Mitarbeiter, die ihre Arbeit unterbrochen hatten und herüberschauten, mussten den Eindruck gewinnen, eine Frau, mit der Brandon eine Affäre hatte, stellte ihn zur Rede. Was kein gutes Licht auf ihn warf: Er arbeitete sich an der White Supremacy ab, während er Frauen schlecht behandelte.

Marlène überlegte, wie sie dieses demütigende Treffen beenden könnte. Sie war nach Venedig gereist, weil sie einem Missverständnis aufgesessen war. Was immer zwischen Charlotte und Brandon auf der Eröffnungsparty besprochen wurde, es ging nicht darum, dass Brandon ihre Freundschaft wieder aufleben lassen wollte. Marlène gab sich einen Ruck. »Wenn du nicht mehr mit mir befreundet sein willst, Brandon, muss ich das akzeptieren, so schwer mir das auch fällt. Aber bevor ich für immer gehe, schwöre ich, dass ich dich nicht verraten habe.«

»Und woher soll der Mann, der mich auf meiner Vernissage in der *Boulangerie* angesprochen hat, die Geschichte aus Toulon kennen?«

»Wie kann ich das wissen, Brandon? Wie sah der Mann aus?«

Brandon versuchte, sich zu erinnern. »Ende 40, langes Haar, zu einem Zopf gebunden, deutscher Akzent.«

Marlène kam ein schlimmer Verdacht. Sie holte ihr Handy hervor, scrollte durch die Fotos, bis sie ein bestimmtes Foto gefunden hatte, und hielt es Brandon hin. »Ist das der Mann?«

Brandon nahm Marlènes Handy in die Hand, vergrößerte das Foto mit Daumen und Zeigefinger und nickte. »Das ist der Mann, kennst du ihn?«

Nachdem David der Schreck in die Knochen gefahren war, dass er um ein Haar einen Mord begangen hätte und das Drahtseil brauchte, nicht selbst in den Abgrund zu stürzen, überrollte ihn bald ein Gefühl der Unbesiegbarkeit. Denn war es nicht ein großes Glück, dass Marlène und Charlotte ihn durch ihr unerwartetes Auftauchen davon abgehalten hatten, den Doktor in den Abgrund zu stürzen? Mit allen Unannehmlichkeiten für David: Überzeugendes Entsetzen über den tragischen Tod des geliebten Freundes zu spielen, der vor seinen Augen in den Tod gestürzt war. Dann die Befragung durch die Polizei, für die er sich eine glaubhafte Schilderung des Unglücks hätte ausdenken müssen, die kriminalistischen Untersuchungen standhalten musste und außerdem so zu variieren war, dass David nicht immer dasselbe erzählte, denn das, so hatte er aus Krimis gelernt, sprach dafür, dass der Tatverdächtige log. Und dass die Polizei David im Laufe ihrer Ermittlungen des Absturzes als Tatverdächtigen in Betracht ziehen könnte, war nicht auszuschließen, sollten die Schnüffler sich in der Prévoux-Community umhören und auf den Zusammenhang zwischen dem Stand der Forschungen und der Kupferpflanze kommen, die David mithilfe des Doktors für eine sagenhafte Summe verkauft hatte. Dann wäre es nicht unwahrscheinlich, dass die Polizei daraus ein Motiv konstruieren könnte. Selbst wenn die Sache im Sand verlaufen sollte, weil man David nichts nachweisen könnte, bliebe etwas an ihm hängen, sodass seine neuen Freunde in Saint-Tropez die Straßenseite wechseln würden, wenn sie ihm begegneten. Warum sich die Hände schmutzig machen mit allen Unwägbarkeiten, dachte David, während er die Ruhe genoss, nachdem Marlène zur *Biennale* abgereist war.

Auch wenn David alles darangesetzt hatte, Marlène und Brandon auseinanderzubringen und sie angestiftet hatte, die besten Bilder, die sie jemals gemalt hatte, zu verbrennen, litt David darunter, wie Marlène litt. Um sie aufzumuntern, schlug er vor, ob sie Urlaub machen sollten, worauf Marlène herzlich lachen musste. Es war das erste Mal, seitdem Brandon ihr die Freundschaft gekündigt hatte, dass Marlène lachte.

»Was meinst du mit Urlaub?«, fragte Marlène, nachdem sie sich beruhigt hatte. »Unser ganzes Leben ist Urlaub.«

Marlène, so empfand es David, als er allein mit einem Wein im Garten saß und den wandernden Schatten zuschaute, Marlène war schwierig geworden. Wobei sie immer schon anstrengend war, aber auf unterhaltsame Weise. Vermutlich war es ihr unberechenbares Temperament, das David anzog, weil es seine Gleichmütigkeit ausglich. Jetzt war es Marlène, die lautlos geworden war, weshalb David sich, wenn die Abende so still vergingen, dass er froh war über das Geräusch des Kühlschranks, der alle 15 Minuten ansprang, die alte Marlène wünschte, die mit Geschirr um sich warf. Da konnte es nicht schaden, dass sie rauskam aus diesem lebenslangen Urlaub und zur *Biennale* fuhr. Dass Marlène in Venedig Brandon treffen würde, hatte sie David nicht verraten. So hatte er Zeit, in Ruhe darüber nachzudenken, wie er es anstellte, Sergej an sein Versprechen zu erinnern, um den Doktor aus dem Verkehr zu ziehen, bevor der seinen Artikel in *Science* veröffentlichte.

Auch wenn Sergej Profikiller losschicken würde, bräuchte es eine perfekte Vorbereitung, um die Sache lautlos und diskret zu erledigen, damit kein Verdacht auf David fiel. Allein die Kontaktaufnahme, überlegte er in schlaflosen Nächten, müsste wohlüberlegt sein. Ein Anruf auf Nataschas Handy, deren Nummer er besaß, könnte sich nachverfolgen lassen. Der Befehl zum Mord an Doktor Bernard musste spurenlos erfolgen, wobei »Mord« der falsche Begriff war, weshalb David sich angewöhnte, dieses Wort nicht mehr zu verwenden. Nicht einmal in Gedanken. Dass er den Doktor durch Sergejs Leute aus dem Weg räumen ließ, war Notwehr. Der Doktor bedrohte mit seinem zügellosen Ehrgeiz, was David mühevoll aufgebaut hatte. David hatte dem Doktor eine Chance gegeben, mit der Kupferpflanze seinen Ruf wiederherzustellen. Aber statt sich dankbar gegenüber David zu zeigen, erging der Doktor sich in Größenwahn: »Am achten Tag erweckte Gott die ausgestorbenen Arten wieder zum Leben.« Hielt dieser Freak sich für Gott? Es ging, so wurde David klar, nicht nur darum, die Veröffentlichung des Artikels in *Science* über die doppelte Kupferpflanze zu verhindern, es ging um viel mehr. Man musste diesen Wahnsinnigen stoppen, der Schöpfer spielen wollte. Das Klonen von Arten. Wohin sollte das führen? Es gab Gründe, warum Tiere und Pflanzen ausstarben. Die industrielle Revolution und damit verbunden die Zunahme des CO_2-Ausstoßes, daraus resultierend die Erderwärmung und so weiter. Aber wenn man ausgestorbene Arten, die unter den herrschenden Bedingungen nicht mehr lebensfähig waren, wieder zum Leben erweckte, was würde das für all die Pflanzen und Tiere und vor allem für die Menschen bedeuten, die unter den Bedingungen des Klimawandels überlebten? *Jurassic Park,* der Einwurf bei der Gala im *Musée Océanographique* war als Scherz gemeint, aber wie alle Witze hatte er eine Beziehung zum Unbewussten: dass wir Chaos auslösen, wenn wir in die Schöpfung eingreifen. Man musste Doktor Bernard stoppen. Man musste dieses Monster, das sich aufschwang, Gott zu spielen, stoppen, bevor er alle ins Unglück stürzte. Der Tag würde kommen. David musste einen kühlen Kopf bewahren und sich nicht von Gefühlen hinreißen lassen wie auf dem Bergpfad über Prévoux. Doktor Bernard, dieser Wolf im Schafspelz, musste aus dem Weg geräumt werden, aber so, dass sein Tod nicht mehr Schaden anrichtete als sein Leben. Was für eine weise Entscheidung, dass David den Joker nicht schon gegen Madame Morisseau oder Juliette gezogen hatte. Kleine Fische. Hier ging es nicht um Nachbarschaftsstreitigkeiten oder unterschiedliche Vorstellungen von Beziehung, es ging um etwas viel Größeres. Weshalb David Kontakt zu Sergej aufnehmen würde, um ihn an sein Versprechen zu erinnern, aber so, dass kein Ludovic Cruchot ihm auf die Schliche käme.

Eine Gelegenheit ergab sich bei einem Treffen der Förderer von *Prévoux 3.0*, zu denen auch Sergej gehörte. Nachdem der Doktor im *Musée Océanographique* den Stand seiner Forschung dargelegt hatte, um weitere Gelder lockerzumachen, legte David es darauf an, beim anschließenden Get-together im Foyer des Museums mit Bernard ins Gespräch zu kommen und, ohne dass dieser es merkte, ihn in die Nähe von Sergej Romanow zu lotsen, der sich mit anderen Gästen unterhielt. In dem Moment, als Sergej auf David aufmerksam wurde, formte dieser seine rechte Hand, die er dem Doktor freundschaftlich auf die Schulter gelegt hatte, zu einer Pistole und exekutierte ihn mit einem Genickschuss. Eine Geste so rasch und flüchtig, dass niemand sie bemerkte bis auf Sergej, der wissend lächelte, bevor er sich wieder seinen Gesprächspartnern zuwandte.

16

Mestre, Milano Centrale, Genova – Marlène saß allein
in einem Zugabteil und gab jedem, der bei einem Halt
die Schiebetür öffnete und fragte, ob noch Platz wäre,
zu verstehen, dass sie nicht gestört werden wollte. Ohne
ein Wort zu verlieren, verriet allein der Blick der rothaa-
rigen Frau am Fenster, dass es besser wäre, sich woanders einen Platz zu suchen. David hatte sie verraten.
Ihr eigener Mann hatte sie verraten. Wie David von der
Episode im Bahnhof von Toulon erfahren hatte, konnten sich die beiden an dem Abend, den sie zusammen
in Venedig verbrachten, nicht erklären. Hatte David
sie im Atelier belauscht? Marlène war bereit, ihm alles
zuzutrauen. Er hatte sie manipuliert. Nicht nur ihre
Freundschaft mit Brandon zerstört, die einmal zerbrochen, sich nicht wieder kitten ließ, wie die beiden in
Venedig begriffen. Er hatte sie so weit gebracht, die besten Bilder, die sie jemals gemalt hatte und die Charlotte
von Bülow ausstellen wollte, zu verbrennen. In einem
Akt von Selbsthass, als sie sich schuldig fühlte, dass ihre
Freundschaft mit Brandon zerbrochen war, auch wenn
sie sich nicht erinnern konnte, sein Geheimnis verraten zu haben. Aber konnte sie sicher sein? Marlène
wusste, dass sie eine impulsive Persönlichkeit besaß.
Und vielleicht hatte sie nach zu viel Rosé ... Jetzt hatte
sie Gewissheit, traurige Gewissheit, nicht sie hatte

Brandon verraten, David hatte Marlène verraten, ihr eigener Ehemann.

»Hier ist kein Platz frei!«

Erschrocken knallte der Passagier, der in Genua zugestiegen war, die Schiebetür wieder zu. Auch wenn offensichtlich Italiener, verstand er den deutschen Befehl. Außerdem schien das Abteil erfüllt zu sein von Marlènes kochender Wut, die immer maßloser wurde, während der Zug die Vororte von Genua verließ und sich an einer der schönsten Küsten der Welt entlangschlängelte, für die sie keinen Blick hatte. Savona, Finale Ligure, Alassio – Er hatte sie verraten. Verraten. Ihr eigener Mann. Verraten. Verraten. Verraten! Dieses Wort beherrschte Marlène, seit sie am frühen Morgen Brandons Apartment in San Marco verlassen hatte und sich erstarrt wie eine seiner Skulpturen von einem Gondoliere über den Canal Grande zum Bahnhof rudern ließ. Wie Marlène den Zug bestiegen hatte, daran konnte sie sich nicht mehr erinnern. Die Nacht mit Brandon war, wie Nächte sind, wenn eine in die Brüche gegangene Freundschaft zu Grabe getragen wird. Dass die beiden Opfer einer Intrige waren, wie sie begriffen, nachdem Marlène Brandon in der Werfthalle ein Foto von David gezeigt hatte, änderte nichts an dem Zerwürfnis. Brandon hatte Konsequenzen gezogen und sein Atelier in Aix aufgegeben, wobei seine Flucht sich im Nachhinein als richtig erwies, wie er Marlène erklärte, die vorschlug, die letzten Monate auszuwischen und noch mal von vorn anzufangen.

»Wie soll das gehen?«, fragte Brandon. Davids Verrat beruhte auf einer Lüge, aber diese Lüge hatte Fakten geschaffen. Brandon war nach Berlin gegangen, wo er eine leere Fabrikhalle gemietet hatte, um größere Projekte zu realisieren. »Es ist vorbei, Marlène.«

»Ist es nicht, ist es nicht«, erwiderte Marlène trotzig wie ein Kind. »Wir fangen wieder da an, wo wir aufgehört haben.«

»Marlène«, Brandon nahm sie in den Arm und wiegte sie eine Zeit lang hin und her, bevor er zu sprechen ansetzte. »Ich kann und will nicht zurück nach Aix. Dort unten, klar sind dort Menschen mit viel Geld. Aber die bringen mich nicht weiter. Diese ewige Sonne tut nicht gut. Alle sind bester Laune, mit wem will man sich da ernsthaft unterhalten?«

»Ich dachte, du hast unsere Gespräche geliebt?«

»Klar, natürlich«, erwiderte Brandon ausweichend, »du fehlst mir auch.«

»Siehst du«, klammerte Marlène sich an jedes Wort von Brandon, während der über eine Exit-Strategie nachdachte. Es schmeichelte Brandons Eitelkeit, dass er, indem er dieser mittelmäßigen Landschaftsmalerin die Hand auflegte, aus ihr eine ernsthafte Künstlerin machte. Zudem lebte Marlène außerhalb der Schlangengrube, in der sich Brandon als gefeierter aber auch beneideter Künstler befand, dass es guttat, mit jemand Arglosem wie Marlène zu reden, die ihn bedingungslos bewunderte. Dass er in einem schwachen Moment die Geschichte aus Toulon erzählt hatte, weil er bei Marlène sicher sein konnte, dass sie nicht wie seine Künstlerkollegen diese Geschichte bei nächster Gelegenheit ausposaunen würde. Brandon musste diese Sache, die er niemandem erzählt hatte, loswerden. Die Bullen hatten ihn im Bahnhof von Toulon gefickt, und das hinterließ Spuren. Brandon hatte sich auf seinen Status als international anerkannter Künstler verlassen, den er wie einen Diplomatenpass mit sich herumtrug. In Toulon hatte er erfahren müssen, dass dieser Pass ihn nicht überall schützte. Wie auch immer, der Geheimnisverrat war eine Gelegenheit, Marlène loszuwerden. Leider verstand sie die Signale nicht, die er seit Stunden aussandte – »Ich bin müde und habe morgen einen langen Tag.« – und versuchte, ihre Freundschaft zu retten. Welche Freundschaft? Unter Künstlern gab es keine Freundschaft. Aber Marlène ging einfach nicht, sondern setzte sich zu ihm, als er sich auf die Couch legte, das Zeichen, dass der Abend vorbei war. Sie erzählte von ihrer Explosion als Malerin, nachdem Brandon ihr seine Lektion erteilt hatte, und brachte ihn dazu, auf ihrem Handy Fotos der Bilder zu betrachten, die sie verbrannt hatte.

Brandon, so müde er auch war, zeigte sich beeindruckt. Er hatte das erste Gemälde in Marlènes Atelier gesehen, auf dem ein Mann eine Frau schlagen will, und Charlotte davon vorgeschwärmt. Aufmerksam scrollte Brandon durch die Fotos und warf Marlène einen ungläubigen Blick zu. »Diese zehn Bilder hast du am Strand verbrannt?«

Beschämt senkte Marlène den Kopf.

»Warum?«

Marlène wich Brandons Blick aus und schwieg.

»Warum, Marlène?«, insistierte Brandon. »Warum verbrennst du diese Gemälde? Gute Malerei, richtig gute Malerei ist selten. Aber das hier«, Brandon hielt Marlènes Handy hoch, »übertrifft alles, was ich auf der *Biennale* gesehen habe.«

»Ich weiß es selbst nicht.«

»Steckt dein Mann dahinter?«

»Nein, nein«, Marlène schüttelte den Kopf. »David hat mich davon abgehalten, deine Skulptur zu zertrümmern.«

Brandon lachte ungläubig. »Du wolltest meine Skulptur zertrümmern?«

»Mit dem Vorschlaghammer«, bekräftige Marlène, und jetzt mussten beide lachen, weil sie sich vorstellten, wie die zierliche Marlène mit dem schweren Vorschlaghammer auf die Brunnenfigur losging.

»Warum«, setzte Brandon nach, »weil die Brunnenfigur zu *dekorativ* ist?«

Wieder lachten beide, und es entlud sich die Anspannung der Nacht. Nun wurde es umso stiller.

»Vielleicht«, begann Marlène leise, als würde sie laut denken, »ist es gar nicht das negative Urteil meines Professors an der Akademie, ich würde nie eine große Künstlerin. Vielleicht hat er etwas ausgesprochen, dass ich selbst längst wusste.«

»Dass du …«

»… dass mir«, fiel Marlène Brandon ins Wort, »das Talent fehlt.«

Brandon hob seine Hand, um zu widersprechen, aber Marlène ließ ihn nicht zu Wort kommen. »Dass mir das Talent fehlt, eine wirklich große Künstlerin zu sein.«

»Und was ist mit diesen zehn Bildern?« Brandon hielt Marlènes Handy hoch.

Marlène atmete tief durch. »Mein Mann würde es nicht ertragen, wenn ich Erfolg habe.«

»Dein Mann hat auch Erfolg, er besitzt ein Haus in Saint-Tropez.«

»Schon, aber David spürt, dass Geld nicht satt macht, weshalb er eifersüchtig ist auf meine Malerei.«

Brandon verstand. »Deshalb hat er dich dazu gebracht, die zehn Bilder zu verbrennen?«

Marlène schüttelte den Kopf. »Das habe ich ganz allein entschieden.«

»Aber du wusstest, dass dein Mann es erwartet?«

Diese Frage stand im Raum, so lange es dauerte, dass ein Vaporetto an der Station vor dem Haus festmachte und wieder ablegte.

Nun nickte Marlène, erst zögernd, dann immer entschlossener. »Mir war klar, dass David es von mir erwartete.«

Brandon atmete tief durch. »Es ist spät, Marlène, und ich muss morgen früh raus.« Er stand auf, ließ demonstrativ die Jalousien herunter und öffnete die Wohnungstür, wie damals in seinem Atelier in Aix.

Marlène blieb in der Tür stehen. »Sehen wir uns wieder?«

»Bestimmt, Marlène, bestimmt.« Brandon strich ihr über den Kopf wie einem Kind. »Du fährst nach Hause und malst einfach neue Bilder, um diesem Dreckskerl von deinem Mann zu zeigen, dass er keine Macht über dich hat.« Brandon nahm Marlène in seine Arme, dann schob er sie aus dem Apartment. Marlène hatte noch nicht begonnen, die Treppe hinabzusteigen, als die Tür von innen abgeschlossen wurde.

»Mal einfach neue Bilder! Mal einfach neue Bilder! Mal einfach neue Bilder!«, ratterte es in Marlènes Kopf im Takt des Zuges, der donnernd in Tunnels tauchte, um, wenn ihre Augen sich an die Dunkelheit gewöhnt hatten, ins grelle Licht zu taumeln. Einfach neue Bilder malen, als ob das so einfach wäre. Natürlich könnte Marlène

Lavendelfelder im Sonnenuntergang malen, aber diese zehn Bilder, die am Strand von Gigaro in Flammen aufgegangen waren, diese Bilder, begriff Marlène, würde sie nie wieder malen. Sie könnte versuchen, sie nachzumalen von den Handyfotos, die sie in ihrem Atelier aufgenommen hatte, aber es wären Kopien ohne die Energie der Originale. Mal einfach neue Bilder! Mal einfach neue Bilder! Diese zehn Bilder waren in einer besonderen Situation entstanden, mit einem Feuer, das erloschen war, weil David es ausgetreten hatte.

»Nein, hier ist nicht frei! Ja, ich habe alle Plätze reserviert!«

Ein ungläubiger Blick, wenig später tauchte die Frau, die Marlène in Alassio verscheucht hatte, mit dem Schaffner auf, der Marlène aufforderte, ihr Ticket zu zeigen.

»Was wollt ihr von mir?«, fuhr Marlène den Schaffner an, die an Brandons Demütigung in Toulon denken musste. »Soll ich mich ausziehen? Hilfst du mir?« Marlène drehte der Frau, die betroffen dabeistand, ihren Rücken zu und zeigte auf den Reißverschluss ihres Kleides.

Als der Zug in Sanremo hielt, stiegen Polizisten ein, erwartet vom Schaffner, ließen sich zu Marlène führen, die wieder am Fenster ihres leeren Abteils saß, und forderten die Signora auf, ihnen zu folgen. Marlène wehrte sich und schrie, ob ihr Mann dahinterstecken würde, der sie vernichten wollte. Die Polizisten eskortierten Marlène aus dem Zug, brachten sie aufs Bahnhofsrevier und sperrten sie in eine Ausnüchterungszelle, wo Marlène weitertobte, bis irgendwann in der Nacht ihre Stimme heiser geschrien und ihre Wut verraucht war. Sie legte sich auf eine Matte, die auf dem gekachelten Boden lag, mit Gefälle in Richtung Abfluss, dass man die Zelle, wenn Betrunkene alles vollgekotzt hatten, mit einem Wasserschlauch abspritzen konnte. Die Matte roch nach Erbrochenem, aber Marlène war zu erschöpft, sich zu ekeln. Außerdem fand sie, dass sie diesen Ort verdient hatte, darüber schlief sie ein.

Als Marlène am nächsten Morgen aufwachte, stand David in der Tür mit einem Strauß blühendem Lavendel. »Aus unserem Garten, Schatz!« David ging zu Marlène, die sich auf der Matte aufgesetzt hatte, und hielt ihr den Strauß hin. »Unser erster eigener Lavendel. Ist er nicht wundervoll? Vielleicht magst du den Strauß malen? Lavendel ist dein Motiv.«

Zurück in der Avenue des Jasmins, erfüllte David Marlène jeden Wunsch, auch wenn sie keine Wünsche hatte, sondern teilnahmslos im Garten saß und darauf wartete, dass es dunkel wurde. Marlène hatte sich in ihr Schicksal ergeben und überließ sich Davids falscher Fürsorge, wozu allerlei aufwendig gekochtes Essen gehörte, das sie kaum anrührte, und die Einladung zu einer Kreuzfahrt anlässlich ihres 40. Geburtstags, über die sie sich nicht freute. *Caribbean Dreams*: Sie würden in Marseille an Bord gehen. Erster Stopp Palma de Mallorca, von dort ginge es nach Tanger, wo das Schiff Kurs auf den Atlantik nehmen würde, um nach Stopps auf Teneriffa und den Kapverdischen Inseln den Sprung in die Karibik zu wagen, wo man nach 14 Tagen auf See Santo Domingo erreichen würde. Nach einem Besuch von Cartagena, Kolumbien, würde die Kreuzfahrt in Miami enden, von wo es im Flugzeug zurück nach Hause ging. Während David Marlène vorschwärmte, die Seeluft würde ihr guttun und der

Ortswechsel sie auf andere Gedanken bringen, ging es für David darum, weit weg zu sein, wenn Sergejs Killer den Doktor zum Schweigen bringen würden. Auf welche Weise auch immer. So hätte David ein wasserdichtes Albi. Nicht nur Marlène, die als Ehefrau befangen sein könnte, sondern Dutzende Stewards, Köche und Kellner, Golftrainer und Yogalehrer könnten bezeugen, dass David während des Mordes an Doktor Bernard auf hoher See weilte.

Marlène war alles egal. David wollte mit ihr eine Kreuzfahrt unternehmen, egal. Ob sie in der Avenue des Jasmins unglücklich war oder an Bord eines Dampfers, egal. Ob sie im Garten eine Vase mit Lavendel malte oder an Bord des Kreuzfahrtschiffes Darts warf, egal. Ob sie sich zu Hause mit Alkohol abschoss oder auf hoher See, egal. Ob David ihr in Saint-Tropez auf die Nerven ging oder am Wendekreis des Krebses, egal. Ob er sie zu Hause sexuell bedrängte oder in einer Schiffskabine, egal. Marlène war alles egal, weshalb sie zustimmte, als das Paar, das ihnen die *Résidence au Soleil* vermietet hatte, seinen Besuch in der Avenue des Jasmins ankündigte. War doch egal. Dass das Paar darauf bestand, Marlènes Bilder zu sehen, egal. Dass man ein neues Bild – *Vase mit Lavendel* – kaufte, egal. Dass das Paar vorschlug, Marlène und David sollten mitkommen, um für das Bild einen geeigneten Platz in der *Résidence au Soleil* zu finden, egal. Dass die ehemaligen Vermieter keine Gelegenheit ausgelassen hatten, David und Marlène ihre Verachtung zu zeigen, dass sie nur Mieter waren und keine Eigentümer, sich jetzt aber vor Freundlichkeit überschlugen, egal. Dass sie in der *Résidence au Soleil* ihren Weinkeller öffneten, der vor David und Marlène immer verschlossen gehalten wurde, egal. Dass die Windmühlen-Teller abgehangen wurden, um Platz zu schaffen für Marlènes Gemälde, egal. Dass anders als früher, wenn die Vermieter lange Vorträge hielten, was alles zu tun aber vor allem zu lassen sei, sie nun David und Marlène nötigten, auf Teakholzliegen Platz zu nehmen, während sie sich mit Plastikhockern begnügten, egal. Dass das Paar David, den es sonst immer unterbrach, aufmerksam zuhörte bei der abenteuerlichen Geschichte seines phänomenalen Erfolges, egal. Und zur Feier des Tages eine seltene Flasche *Château Gigaro* geöffnet wurde, war wirklich und wahrhaftig scheißegal. So saß Marlène teilnahmslos dabei, wie David von ihrem neuen Leben schwärmte, während die ehemaligen Vermieter ihren Neid hinter Fragen verbargen, die David ausführlich beantwortete. Und gönnerhaft anbot, bei *Fish & Fish*, die bisher auf Anfragen der Vermieter nicht reagierten, weil sie an deren Adresse im Hinterland der Halbinsel erkannten, dass sie nicht in der ersten Liga spielten, einen Kontakt herzustellen. Einmal im Erzählen, gab David den Ball nicht wieder her, sondern redete und redete, während seine Beine sich immer weiter spreizten, dass er die Gastgeber anstieß, die sich respektvoll zurückzogen. Das Paar lauschte so gebannt Davids Schilderungen vom Leben auf der Sonnenseite, dass niemand bemerkte, wie Marlène aufstand und umherging, weil sie Davids aufgeplustertes Gerede nicht länger ertrug. Sie schlenderte durch den Garten und blieb vor einem Strauch mit Bougainvilleen stehen, den sie oft gemalt hatte, wenn kein Geld da war, um zu den Lavendelfeldern der Provence zu fahren. Marlène beobachtete die Gruppe am Pool und musste an die Nacht denken, als

David zurückkam vom Treffen mit dem Mann, dem er das Leben gerettet hatte.

Marlène hatte auf Davids Rückkehr gewartet, gespannt, was er erzählen würde. Und in der Hoffnung, dass er mit einer Anerkennung zurückkommen würde, am besten Geld, war der Monat erst halb vorbei, aber ihr Konto bereits leer. Über das Warten war Marlène eingenickt, aber sofort hellwach, als David zurückkam und von dem merkwürdigen Abend in der Villa im Massif des Maures berichtete. Marlène kannte diese Reichen, die in Saint-Tropez mit riesigen Jachten einliefen, die sie nicht selbst steuerten, sondern eine Crew in Weiß. Marlène kannte auch die Häuser, wo diese Menschen mit ihrer Entourage abstiegen. Schlossartige Villen in den Weinbergen der Halbinsel, wo man einen Blick auf weiße Herrenhäuser erhaschen konnte, wenn die Tore sich öffneten, um einen Rolls-Royce einzulassen. Die im *Sénéquier* auftauchten, eskortiert von Männern mit verspiegelten Sonnenbrillen, die ihre Blicke schweifen ließen und jedem das Gefühl gaben, beim geringsten Anlass nach den Pistolen zu greifen, die sie unter ihren Jacketts trugen, in denen sie seltsamerweise nicht schwitzten, als ob Eiseskälte Voraussetzung für den Job war. Und erst die Frauen. Groß und schlank, mit dem selbstbewussten Auftreten von Models und einer unübersehbaren Verachtung für alle anderen Frauen, die ihre Weiblichkeit nicht zur Schau stellten. Wobei, so das Statement dieser Superfrauen, es sich alle anderen Frauen hätten sparen können, ihre Weiblichkeit zu verbergen, weil keiner ihrer Beschützer auf die Idee gekommen wäre, an sie einen Blick zu verschwenden, nicht mal einen herablassenden. Weshalb Marlène diese russischen Clans verachtete, insgeheim aber beneidete, unbeeindruckt vom Zeitgeist ihre überholten Geschlechterrollen zu leben. So war Marlène gespannt, was David berichten würde von dem Essen mit dem Mann, dem er das Leben gerettet hatte. Und da sie beobachtet hatte, dass diese Leute in den Bars von Saint-Tropez mit einer Handbewegung Weine für 10.000 Euro bestellten, ging sie davon aus, dass David mit einer großzügigen Belohnung zurückkehren würde.

Um die Wartezeit zu verkürzen, hatte Marlène einen Côtes du Rhône geöffnet, 4,99 Euro bei *Carrefour*, und war im Liegestuhl eingenickt. Irgendwann, es war längst dunkel, erschien David, goss sich ein Glas von dem Rotwein ein, setzte sich zu Marlène an den Pool und begann zu erzählen. Wie er in den Bergen die Orientierung verlor und ihn eine Frau übers Handy navigierte. Wie er nach Waffen abgetastet wurde. Wie der Mann, dem er das Leben gerettet hatte, ihm seinen Park voll exotischer Pflanzen zeigte. Jedes Detail, jede Pflanze, später jedes Bild seiner Gemäldesammlung. Normalerweise hätte Marlène David unterbrochen, weil sie dessen Unfähigkeit, zum Punkt zu kommen, hasste. Diesmal aber davon ausging, dass David sie mit seinen ausschweifenden Beschreibungen auf die Folter spannte, weil er sie mit etwas überraschen wollte, womit der Russe sich für seine Rettungstat revanchierte. Wie dem Van Gogh, auf den David irgendwann zu sprechen kam, den er aber in einer Geste unfassbarer Dummheit, die er als moralische Überlegenheit verkaufte, ausgeschlagen hatte. Marlène war eigentlich nie um Worte verlegen, erst recht nicht, wenn es darum ging, David wegen seiner Erfolglosigkeit runterzumachen. Aber einen Van Gogh ablehnen, wie verrückt musste man sein. So überzog Marlène David mit einer Kanonade aus Flüchen, worauf dieser erklärte, sie sollte sich entspannen, er habe von Sergej zum Abschied etwas viel Kostbareres als den Van Gogh bekommen. Marlène beruhigte sich und schaute David erwartungsvoll hinterher, wie er in der offenen Küche verschwand. Was könnte den Van Gogh toppen? Einen echten Van Gogh, der bei *Christie's* für 24 Millionen Dollar unter den Hammer gekommen war. Wenn David sie hingehalten hatte, so Marlènes Überlegungen, weil die eigentliche Überraschung noch kommen würde, was war in der Plastiktüte, mit der David zurück an den Pool kam. Ein Diamant? Ein Klumpen Gold? Die Kronjuwelen? Als David eine kleine, kümmerliche Pflanze aus der Tüte zog, die in einem grauen Plastiktopf steckte, dachte Marlène, David würde sich einen Scherz erlauben, wobei Humor nicht seine Stärke war.

»Was soll das sein?«, fragte Marlène in der Hoffnung, dass David in schallendes Gelächter ausbrechen und endlich mit dem Geschenk des Russen kommen würde.

»*Brogharia cuprea*«, antwortete David, »die Kupferpflanze.«

»Und«, setzte Marlène unbeeindruckt nach, »ist die Pflanze wertvoll oder wird man high, wenn man die Blätter raucht?«

»Nicht, dass ich wüsste.«

»Und warum schlägst du einen Van Gogh aus und lässt dich mit diesem Ding abspeisen?«

»Weil die Kupferpflanze vor 100 Jahren ausgestorben ist. Dieses Exemplar ist weltweit das letzte seiner Art. Du kannst sie anfassen, sie beißt nicht.« David hielt Marlène den Topf mit der kleinen Pflanze hin, aber die schälte sich vorsichtig aus dem Liegestuhl, um nicht mit der Pflanze in Berührung zu kommen, schob sich mit dem Rücken an der Hauswand entlang, keine Sekunde die Pflanze aus den Augen lassend, als ginge von ihr Gefahr aus, zog sich in die Küche zurück, bis sie gegen den Kühlschrank stieß, diesen öffnete, eine Flasche *Pastis* herausnahm und ansetzte, um sich aus diesem beschissenen Leben wegzuknallen. Die Flasche war halb leer, als David in die Küche kam, immer noch die kümmerliche Pflanze in der Hand haltend wie einen grotesken Brautstrauß, Marlène aufforderte, sich nicht jeden Abend zu betrinken und versuchte, ihr die *Pastis*-Flasche zu entreißen. Marlène wich vor David zurück und schrie ihn an, statt sie zu maßregeln, sollte er sich an sein Eheversprechen erinnern, sie zu achten und zu ehren. Was bedeutete, ihr nicht eine Existenz in diesem Rattenloch zuzumuten.

»Rattenloch?«, wiederholte David ungläubig. »Als wir hier ankamen, hast du Fotos gepostet, um deine Freundinnen in Deutschland neidisch zu machen.«

»Das waren Fotos von einem anderen Haus,« erwiderte Marlène. »Fakes, verstehst du? Ich habe Fotos einer richtigen Villa gepostet, damit wir uns nicht schämen müssen.«

»Schatz …« David versuchte, Marlène zu umarmen, aber die zog sich erschrocken zurück. »Fass mich nicht an! Fass mich nie wieder an! Warum bin ich mit einem Loser zusammen? Warum nicht mit einem richtigen Mann?«

»Der Loser hat einem Menschen das Leben gerettet …«

»… und lässt sich mit einer scheiß Pflanze abspeisen.«

»Ich wollte Sergej zeigen, dass er mich nicht kaufen kann.«

»Die große Männerehre?« Marlène begann zu lachen und steigerte sich in einen Lachanfall, an dessen Ende sie in Tränen ausbrach. »Warum nur«, stammelte sie schluchzend, »warum bin ich mit dir zusammen? Warum bin ich nicht längst gegangen? Warum habe ich nicht die Kraft, dich zu verlassen?«

»Marlène, bitte, wir haben doch ein schönes Leben.«

»Bist du irre? Was ist daran schön, auf Wochenmärkten die mitleidigen Blicke der Touristen zu ertragen.«

»Dafür sind wir frei.«

»Frei?«, wiederholte Marlène und lachte hinter ihren Tränen. »Wir sind frei wie der rülpsende Pool. Frei wie die grunzenden Schweine hinterm Zaun. Wir sind frei«, Marlène hielt einen prall gefüllten Müllsack hoch, »wie das Klopapier, das wir nicht ins Klo werfen dürfen, weil es verstopft, und deshalb sammeln und zum Container bringen müssen. Wir sind so frei …«

»Komm wieder raus«, versuchte David, Marlène zu beruhigen, »dann erzähle ich dir die ganze Geschichte.«

»Welche Geschichte? Wie du einmal im Leben einen großen Fisch angelst und vom Haken lässt?«

»Marlène, dieser Russe ist ein Gangster. Da bekommt man nichts geschenkt, der erwartet irgendwann eine Gegenleistung.«

»Und wenn schon, was können wir uns für unsere Ehrlichkeit kaufen? Die Reichen haben diese scheiß Ehrlichkeit erfunden, um die Armen ruhig zu halten.«

»Welche Armen?«, entgegnete David. »Du hältst uns für arm?«

»Schau dich doch um.«

»Wir leben an der Côte d'Azur.«

»Aber wir könnten auch auf dem Mond leben. Hier,

zwischen der Route Nationale und dem Wald leben die, die die Pools der Reichen sauber machen. Ein Van Gogh.« Marlène schüttelte ungläubig den Kopf. »Dieser Trottel schlägt einen Van Gogh aus!«

»Trottel?«

»Trottel, Loser, Versager, such dir was aus.«

»Rede nicht so mit mir!« David hob drohend seine Hand.

»Du willst mich schlagen? Nur zu, wenn du dich dann besser fühlst.«

»Verdammt!« David wurde wütend. »Rede nicht mit mir in diesem Ton!«

»Dann lass mich los«, erwiderte Marlène, »damit ich gehen kann.«

»Gehen, wohin?«

»Dich verlassen!« Marlène versuchte, sich an David vorbeizuschieben auf die Terrasse, über die der Weg zur Straße führte, aber David hielt sie weiter fest. So zog Marlène ihn hinter sich her aus der Küche auf die Terrasse, während sie sich gegenseitig beschimpften. Dass David ein Versager wäre, Marlène dagegen haltlos und ohne ihn auf der Straße landen würde. David solle sie loslassen, schrie Marlène, während David, mittlerweile auch nicht mehr Herr seiner Sinne, brüllte: »Du gehst nirgendwo hin! Du bleibst hier! Du bist meine Frau!«

Das Paar rang miteinander, bis Marlène einen Schritt zurück machte, der David aus dem Gleichgewicht brachte, dass er in den Pool kippte. Die Gelegenheit, der Weg zur Straße war frei. Aber wie so oft in den Jahren mit David zögerte Marlène. Was, wenn sie jetzt gehen würde und feststellen müsste, dass es nicht an David lag, dass sie ein unglückliches Leben führte? So verharrte Marlène am

Gartentor, während David sich aus dem Pool stemmte und triefend auf sie zukam.

»Geh nicht!«, flehte David, während Marlène vor ihm zurückwich. »Wage es nicht, dass auch nur ein Tropfen Wasser auf mich fällt!«

David blieb stehen und gab sich einen Ruck. »Es ist nicht so, dass ich mit leeren Händen von Sergej zurückkomme.«

»Du kannst dir deine scheiß Pflanze in den Arsch schieben!«

»Es ist nicht die Pflanze. Sergej hat mir etwas versprochen, einen Gefallen.«

»Dass du ihn auf seiner Jacht besuchen darfst?«

»Ich habe einen Mord frei, Marlène, einen Mord!«

»Du hast *was*?«

»Wenn ich jemanden töten lassen möchte, wen und warum auch immer, erledigt das Sergej für mich.«

Es wurde einen Moment still am Gartentor. So still, dass man die Wassertropfen hören konnte, die von Davids Kleidung auf die Terrasse tropften.

»Einen Mord?«, flüsterte Marlène. »Du kannst einen Menschen töten lassen, ohne dafür zur Verantwortung gezogen zu werden?«

David nickte. »Dafür, dass ich Sergej das Leben gerettet habe, schenkt er mir einen Mord. Ist das nicht verrückt?«

»Ja, das ist verrückt«, wiederholte Marlène, »total verrückt.«

Wieder Schweigen, noch mehr Wassertropfen.

»Und wen soll Sergej für dich töten?«, fragte Marlène.

»Weiß ich noch nicht.«

»Mich?«

»Warum sollte ich dich töten lassen, Marlène? Was wäre ich ohne dich? Ich liebe dich!«

Marlène ließ, ohne sich dessen bewusst zu sein, das Gartentor los und machte einen Schritt auf David zu, während sie flüsterte: »Ein Mord. Ein Mord. Einfach jemanden töten.«

»Ja«, erwiderte David ebenso leise, »ich habe die Macht, einen Menschen zu töten zu lassen.«

Marlène tauchte aus ihren Erinnerungen auf, während das Gerede von David an ihr Ohr drang, als hätte sie es ausgeblendet. Sie stand in der Nähe des Gartentores und ließ ihren Blick über die Szenerie schweifen: David breitbeinig zurückgelehnt im Liegestuhl, seine Zuhörer zwingend, sich vorzubeugen, um kein Wort zu verpassen. Ein Mord, erinnerte sich Marlène an Davids Geständnis, Sergej hat mir einen Mord geschenkt. Ich habe die Macht, einen Menschen töten zu lassen. Warum hatte Marlène dieses Geständnis vergessen? Weil sie zu viel *Pastis* getrunken hatte und am nächsten Morgen dachte, sie hätte diese unglaubliche Geschichte geträumt? Aber es war kein Traum, so wie David im Liegestuhl saß, hatte er sich verändert. David, der jedem Konflikt aus dem Weg ging, hatte Madame Morisseau aus ihrer Wohnung vertrieben, hatte ihre Freundschaft mit Brandon zerstört und sie dazu gebracht, die besten Bilder, die sie je gemalt hatte, zu verbrennen. War es die Macht, die Sergejs unmoralisches Angebot David verlieh, dass er rücksichtslos seine Interessen durchsetzte? Hatte David bereits von Sergejs Versprechen Gebrauch gemacht und ein Todesurteil verhängt? Oder plante David, diese Option zu ziehen, weshalb er Marlène die Kreuzfahrt geschenkt hatte?

Um außer Landes zu sein, wenn Sergej in Davids Auftrag jemanden umbringen würde. Aber wen? Sie selbst, überlegte Marlène, aber eigentlich hatte David sie längst getötet, als er das Feuer, das Brandon in ihr als Künstlerin entfachte, ausgetreten hatte. Was brauchte es Sergej, Marlène zu töten. Sie war längst tot. Marlène musste an die Wanderung in Prévoux denken, als sie und Charlotte umgekehrt waren, um den Männern entgegenzugehen. Warum schlug David ihre Hand aus, als sie ihm über den Abgrund helfen wollte? Und warum schwieg er so feindselig beim Picknick am See? Jetzt, wo die Erinnerung an den Abend nach Davids Besuch bei Sergej wieder hochkam, sah Marlène vieles mit anderen Augen. Der Doktor. David hatte erzählt, dass Doktor Bernard daran forschte, ausgestorbene Arten wieder zum Leben zu erwecken. David hatte sich darüber lustig gemacht, dass der Doktor Gott spielen wollte. Verbarg sich dahinter die Furcht, dass Bernard die Kupferpflanze klonen könnte, die dann kein Unikat mehr wäre? Was bedeuten würde, dass Gaston Gigaro die 24 Millionen US-Dollar zurückverlangen könnte. Dann müssten sie ihr Haus in der Avenue des Jasmins verkaufen und zurück in die *Résidence au Soleil* ziehen. Weshalb der Doktor sterben sollte? Marlène beschloss, David auf ihren Verdacht anzusprechen, wenn der quälende Besuch zu Ende wäre. Aber zu welchem Zweck? Sollten Marlènes Befürchtungen wahr sein, würde David es niemals zugeben, aber er wäre gewarnt. Sollte sie unrecht haben, was Marlène inständig hoffte, würde dieser furchtbare Vorwurf zwischen ihnen stehen bis ans Ende ihrer Tage.

17

Die *MS Caravaggio*, Heimathafen Genua, wurde von vier Dieselmotoren mit 37.000 PS angetrieben. So erreichte das blendend weiße Kreuzfahrtschiff eine Geschwindigkeit von 20 Knoten, weshalb es den ersten Stopp der Reise, Palma de Mallorca, in 14 Stunden anlaufen würde. Das Schiff besaß 640 Gästekabinen, ein Dutzend davon mit eigenem Zugang, weshalb David und Marlène sich nicht am Ende der Schlange anstellen mussten, die sich zwischen Absperrbändern auf einem der Piers des Grand Port Maritime Marseille in der brütenden Hitze dahinschleppte. Die weiße Limousine, die sie im Auftrag der Reederei vor der Haustür in Saint-Tropez abgeholt hatte, rollte bis zu einem roten Teppich, wo Stewards in weißen Uniformen das Gepäck des Paares entgegennahmen, während am Ende der Gangway, die sie ins Schiff leitete, der Kapitän wartete, um sie zu begrüßen. Danach führte ihr persönlicher Steward sie zu ihrer Außenkabine auf dem obersten Deck, wo der Blick ungehindert über die Stadt schweifte bis zur Basilika Notre-Dame de la Garde. Während der Steward zu einer Führung durch die Kabine startete, wo an alles gedacht war, selbst an einen heizbaren Toilettensitz, dessen Sensor auf die Körpertemperatur reagierte, bekam David einen Anruf. Nachdem er sich gemeldet hatte, zog er sich aus dem Kreis mit Marlène und dem Steward zurück auf den Balkon, der über die Glasfront der Kabine verlief, wo ein zweiter Steward Liegestühle aufstellte, während ein dritter Steward Gläser auf einem Tisch drapierte, mit denen das Paar zum Auslaufen mit dem Champagner anstoßen würde, der in einem Eiskühler schwappte, den ein vierter Steward brachte. Weil ein fünfter Steward Plaids auf den Liegestühlen verteilte, sollte es zur Nacht abkühlen, und die Tür zum Balkon offenstand, schnappte Marlène ein paar Worte von Davids Telefonat auf: »Bernard ... Prévoux ... *École Élémentaire* ...«

Als David bemerkte, dass Marlène ihn beobachtete, dreht er sich von ihr weg und ging ans andere Ende des Balkons, wo sie ihm nicht zuhören konnte.

Was ist da los, fragte sich Marlène, während sie die zu Schwänen gefalteten Badetücher auf dem Bett betrachtete, die ihr klarmachten, wie falsch hier alles war. Es nicht darum ging, dass die Seeluft sie auf andere Gedanken brachte, sondern sie wegzulocken aus Saint-Tropez, weil David den Mordbefehl erteilt hatte. Marlène musste sich entscheiden. In diesem Augenblick. Wenn sie diesmal nicht den Mut hätte zu handeln, würde sie es ihr Leben lang bereuen.

Da David wegen seines Telefonats abgelenkt war, nahm Marlène ihre Handtasche, verließ die Kabine, Schildern mit einem Mann darauf folgend, aus dessen Rücken Flammen schlugen, bis sie das große Eingangstor erreichte, während das Kommando zum Ablegen erteilt wurde. Marlène rannte, die Rufe der Bootsleute ignorierend, die Gangway hinunter und sprang den letzten Meter auf den Pier. Motoren starteten, Leinen wurden gelöst. Das Schiff legte ab, als Letztes wurde der Anker gelichtet, der rasselnd die Bordwand hinaufkletterte, während das Schiff in sein mächtiges Horn stieß. Auf den Decks standen die Passagiere und filmten mit ihren Handys das Ablegemanöver, das begleitet wurde von einem Tenor, der eine Verdi-Arie schmetterte. Als das Schiff drehte und dem Pier sein Heck zuwandte, erschien auf einem Balkon weit oben David mit seinem Handy, auf dem er wild gestikulierend versuchte, jemanden anzurufen. Vermutlich Marlène, denn ihr Handy klingelte in ihrer Handtasche, während sie sich in den Fond eines Taxis fallen ließ, um zur Gare Saint-Charles zu fahren. Hier bestieg sie den TGV, der sie in drei Stunden nach Paris zur Gare de Lyon brachte. Dort stieg sie in die Métro, mit der sie zur Gare Saint-Lazaire fuhr, wo sie den TGV nach Rouen nahm, immer wieder rechnend, wie viele Stunden sie David voraus war, der begreifen würde, dass sie von Bord gegangen war. Dann würde er Himmel und Erde in Bewegung setzen, das Auslaufen zu stoppen, um nach Marlène zu suchen, der etwas zugestoßen sein könnte. Aber der Kapitän würde ihn beruhigen, dass eine Dame wie auf dem Foto, das David ihm zeigen würde, kurz vor Ablegen das Schiff verlassen hatte. Und da der Kapitän solche Reisen oft durchgeführt hatte, würde er David trösten, dass es immer wieder zu solch spontanen Trennungen käme, traurig für den Verlassenen, aber kein Grund, das Auslaufen abzubrechen und nach Marseille zurückzukehren. Wenn David danach wäre, so der Rat des Kapitäns, könnte er beim ersten Stopp in Palma von Bord gehen, allerdings hätte er keinen Anspruch auf Erstattung des Reisepreises. So schaute auch David ständig auf die Uhr, während die *Caravaggio* die Insel mit dem Château d'If passierte, wo man den Grafen von Monte Christo gefangen gehalten hatte, und rechnete: In 14 Stunden würden sie Palma erreichen. Bis er endlich von Bord könnte, würde eine Stunde vergehen. Eine weitere Stunde Fahrt vom Hafen zum Airport. Weil Ferienzeit war, waren die meisten Flüge ausgebucht. Er könnte am nächsten Morgen einen Flug bekommen, allerdings nach Montpellier. Von dort wären es mit einem Leihwagen plus Anmietung vier Stunden bis Saint-Tropez. Insgesamt hatte Marlène, so Davids Rechnung, 24 Stunden Vorsprung bei dem, was sie bewogen hatte, in Marseille von Bord zu gehen. Der rätselhafte Grund, über den David brütete, während er eingehüllt in ein Plaid über die nächtliche Terrasse schritt ohne einen Blick für das Meer, das sich unter einem unendlichen Himmel wölbte. Warum war Marlène von Bord gegangen? Wirklich von Bord gegangen, und nicht in die erstbeste Bordbar, um sich die Kante zu geben und David eine Szene zu machen, wenn er sie gefunden hätte. Wurde Marlène langsam verrückt, wie ihr Ausraster bei der Fahrkartenkontrolle in Sanremo vermuten ließ? Weshalb David sie mit *WhatsApps* bombardierte, mal besorgt, mal flehend, mal drohend, die Marlène allesamt ignorierte, wie er an den fehlenden blauen Häkchen erkannte, die ihm klarmachten, dass sie ihn tatsächlich verlassen hatte.

Es dauerte, bis Marlènes Klopfen erhört wurde, sodass sie Zeit hatte, sich umzuschauen. Das Haus lag am Ende einer ruhigen Straße, gesäumt von Häusern im Fachwerkstil der Normandie. Früher bewohnt von den Arbeitern einer Calvadosbrennerei, die seit Jahren stillstand, und wo Cafés, Galerien und Geschäfte eingezogen waren, die schöne Dinge verkauften, die niemand brauchte. Das Haus, an dessen Tür Marlène geklopft hatte, war liebevoll renoviert mit Gefühl für seine Geschichte, der Vorgarten charmant verwildert, darin eine Bank, auf der ein Modejournal lag mit einer Schmetterlingsbrille, die Marlène bekannt vorkam. Hinterm Haus lag ein Garten voller Apfelbäume, die jetzt im Sommer voll hingen, satt wie auf einem naiven Gemälde. Dahinter Wiesen, auf denen schwarz-weiße Kühe weideten.

»Was wollen Sie?« Die Frau, die aus dem Haus trat, war unverkennbar die Tochter von Madame Morisseau.

Marlène stellte sich vor, worauf die Tochter sich drohend in der Tür aufbaute. »Warum lassen Sie meine Mutter nicht in Ruhe? Sie haben bekommen, was Sie wollten.« Die Tochter zog sich ins Haus zurück und wollte die Tür schließen, als von innen die Stimme von Madame Morisseau ertönte: »Wer ist denn da, Chérie?«

»Die arrogante Ziege aus Saint-Tropez!«

»Ich verstehe, dass Sie mich nicht in bester Erinnerung haben«, begann Marlène sich zu erklären, brach aber ab, weil Madame Morisseau in der Haustür erschien und ihre Tochter zurechtwies: »Warum bittest du unseren Gast nicht ins Haus, Camille? Madame Meyer muss denken, wir im Norden haben keine Manieren.« Madame Morisseau schob ihre Tochter beiseite, verpasste Marlène zwei Wangenküsse und bat sie, ihr in den Garten zu folgen, während sie die Tochter zum Kaffeekochen schickte, den diese wenig später mit kaum verhohlener Verachtung Marlène hinknallte.

»Was haben Sie auf dem Herzen?«, erkundigte sich Madame Morisseau mit besorgter Miene, die verstand, dass die von der nächtlichen Zugfahrt zerknitterte Marlène den weiten Weg in den Norden aus wichtigem Grund unternommen hatte.

»Ich bin mir bewusst«, begann Marlène, nachdem sie lange in dem dünnen Kaffee gerührt hatte, »dass wir, mein Mann und ich, dass wir uns unmöglich verhalten haben, Madame …«

»Héloise, ich heiße Héloise!«

»Wir uns unmöglich verhalten haben, Héloise, als wir Sie aus Ihrer Wohnung in der Avenue des Jasmins …«

Héloise Morisseau hob ihre schlanke, feingliedrige Hand, um Marlène zu stoppen. »Es ist alles in Ordnung, Chérie. Du musst dich für nichts entschuldigen. Im Gegenteil, ich muss mich bedanken, dass ihr mich dazu gebracht habt, mich von Saint-Tropez zu lösen. Das waren nur noch Erinnerungen, die mich dort festhielten. Aber erinnern kann ich mich auch hier, außerdem werde ich hier gebraucht.«

Madame Morisseau brach ab, weil zwei Mädchen mit Schulrucksäcken in den Garten stürmten und die Oma umarmten. Die Mädchen wollten ins Haus, aber Madame Morisseau bestand darauf, dass sie Marlène begrüßten, was die Zwillinge mit artigen Knicksen taten.

»Ich fühle mich hier wohl«, fuhr Madame Morisseau fort, »es ist so lebendig. Später frage ich Louise und Lisette Vokabeln ab, vorher werde ich kochen.« Sie beugte sich vor zu Marlène und senkte ihre Stimme. »Meine Tochter ist völlig untalentiert und nicht mal in der Lage, einen vernünftigen Kaffee zuzubereiten. Was macht die Kunst?«

Marlène machte eine wegwerfende Handbewegung. »Ich male nicht mehr.«

»Warum nicht? Du hast Talent.«

Marlène zuckte mit den Schultern. »Ich hatte mich mit einem kanadischen Künstler angefreundet, der hat mich ermutigt, mich was zu trauen.« Marlène schaute Héloise an, ob sie sie langweilte, aber die machte eine Handbewegung, Marlène sollte fortfahren.

»Ich weiß nicht, ob Sie das verstehen? Aber wenn ich male, sehe ich immer meinen Professor an der Akademie, der hinter mich tritt, wenn ich an der Staffelei stehe und zuschaut. Einfach nur zuschaut. Minutenlang zuschaut, ohne ein Wort zu sagen. Dass braucht er gar nicht, weil klar ist, was er denkt: Lass es sein, Mädchen! Warum suchst du dir nicht einen Mann mit Geld? Dürfte nicht schwer sein bei deinem Aussehen, heiratest und bekommst Kinder.«

Die beiden Frauen versanken in Schweigen, sodass man den Garten hören konnte, der erfüllt war vom Brummen der Bienen, dem Zwitschern der Vögel und dem Rascheln der Blätter in den Bäumen.

Madame Morisseau gab sich einen Ruck. »Ich kenne solche Stimmen, bei mir war es mein Vater. Er war enttäuscht, dass ich kein Junge war. Also gab er mir mit jeder Geste zu verstehen, dass ich ihm nicht reichte.«

»Wie sind Sie diese Stimme losgeworden?«

»Ich habe meinen Vater getötet.«

»Bitte?«

Héloise lachte. »Symbolisch.«

»Das haben Sie aus eigener Kraft geschafft?«

»Nein, Chérie, ich habe meinen Vater getötet mithilfe eines anderen Mannes. Hubert, mein späterer Ehemann. Es war an Weihnachten. Wie immer feierte ich mit meinen Eltern hier in diesem Haus. Ich studierte damals in Paris, wo ich Hubert traf. Ich hatte Hubert eingeladen, damit meine Eltern ihn kennenlernten. Wenn wir auch erst kurz zusammen waren, war ich mir sicher, er war der Richtige. Mein Vater war sofort von Hubert begeistert, er war der Sohn, den er sich immer gewünscht hatte. Groß, stark, witzig, entsprechend hofierte er Hubert, während ich schrumpfte. Als sei ich nicht anwesend, wenn mein Vater Kostbarkeiten aus seinem Weinkeller holte und vergaß, mir ein Glas einzuschenken. Als an Heiligabend der Weihnachtsbaum geschmückt wurde, hing mein Vater jede Kugel, die ich aufgehangen hatte, sofort um, während Hubert schweigend zusah. Irgendwann stand Hubert vom Sofa auf, trat vor meinen Vater und sagte ruhig: ›Wenn du noch eine Kugel von Héloise umhängst, ramme ich dir den Weihnachtsbaum in den Arsch, dass er oben wieder rauskommt!‹«

»Oh, Gott …« Marlène hielt sich die Hände vor den Mund, um nicht loszuprusten, aber Héloise brach in solch ansteckendes Gelächter aus, dass Marlène nicht an sich halten konnte.

»Was geschah dann?«, fragte Marlène, als sich das Gelächter gelegt hatte.

»Mein Vater hat nie wieder eine Christbaumkugel umgehängt.«

»Man braucht einen Verbündeten.« Marlène nickte nachdenklich. »Bei mir war es der kanadische Künstler. Eigentlich wollte ich nichts weiter, als dass Brandon mich flachlegt.«

»Und, hat er?«

»Leider nicht«, erwiderte Marlène lachend, »aber er hat mich ermutigt, frei zu sein bei meiner Malerei.«

»Er hat deinen Professor zum Schweigen gebracht?«

Marlène nickte. »Aber David, mein Mann, hat unsere Freundschaft zerstört und mich dazu gebracht, die besten Bilder, die ich jemals gemalt habe, zu vernichten.«

»Was hast du?«

»Ich weiß auch nicht, warum ich es getan habe. Aber David hat mich dazu gebracht, meine besten Bilder zu verbrennen.«

»Wie grausam.« Héloise schüttelte ungläubig den Kopf. »Warum hat dein Mann das von dir verlangt?«

»Ist eine komplizierte Geschichte. David und ich …«

»So kompliziert ist das nicht«, unterbrach Héloise, und zum ersten Mal verschwand das Lächeln aus ihrem schönen Gesicht. »Dein Mann, mit Verlaub, ist ein Arschloch!«

»Da kann ich nur zustimmen«, bekräftigte Marlène, »aber wie kommen Sie zu diesem Urteil?«

Héloise gab sich einen Ruck. »Dein Mann ist mit einem russischen Gangster befreundet. Sergej Romanow, kennst du ihn?«

Marlène nickte.

»Sergej Romanow ist beim Zusammenbruch der Sowjetunion mit Uranminen reich geworden. Irgendwann wurde es ihm in Sibirien zu kalt und er beschloss, sich an der Côte d'Azur niederzulassen.«

»Er hat eine Villa mit Park im Massif des Maures gekauft.«

»*Gekauft?*« Héloise lachte bitter. »Sergej Romanow hat der Familie de Orlan zwölf Stunden Zeit gegeben, sein lächerliches Angebot zu akzeptieren, sonst würde er einen nach dem anderen erschießen und mit den Kindern anfangen.«

»Das ist ja schrecklich!«

»Sergej Romanow nimmt sich, was er will, und geht über Leichen.«

Marlène wollte etwas sagen, aber Héloise machte Zeichen, dass sie noch nicht fertig war.

»Als ich mich geweigert habe, auf mein lebenslanges Wohnrecht unterm Dach eures Hauses in der Avenue des Jasmins zu verzichten, weil ich meinen geliebten Bonaparte nicht im Stich lassen wollte, drohte mir dein Mann, er würde mit Sergej Romanow reden, der die Sache auf seine Weise regeln würde.«

Marlène schlug die Hände vors Gesicht. »Wenn ich das gewusst hätte!«

»Mach dir keine Vorwürfe, Chérie.« Héloise rückte mit ihrem Stuhl an Marlène heran und nahm sie in den Arm. »Meine Mutter hat immer gesagt: ›Wer weiß, wozu etwas gut ist?‹ Ich fühle mich hier wohl auf meine alten Tage, abgesehen davon, dass meine Tochter schlecht kocht. Und hier gibt es keinen jungen Mann, der mich besucht.«

Die beiden Frauen lachten.

»Ich dachte immer«, fuhr Héloise fort, »ich würde Hubert und Bonaparte untreu, wenn ich in den Norden ziehe. Aber sie sind immer bei mir. Heute Morgen bin ich mit Hubert in der Seine geschwommen und gleich gehe ich mit Bonaparte im Wald spazieren. Wir müssen unsere Lieben lebendig halten, sonst sind sie wirklich tot.«

Später begleitete Marlène Héloise zum Grab von Bonaparte am Rand der Weiden, wo der Wald begann. Héloise hatte den Findling aus dem Garten in der Avenue des Jasmins hierherbringen lassen, sodass der rothaarige Zwergspitz Marlène erwartungsvoll anschaute, ob sie mit ihm eine Runde drehen würde. Davor stand eine Vase mit einem Strauß Feldblumen, die Héloise am Wegesrand gepflückt hatte. Während Marlène das Grab des kleinen Bonaparte betrachtete, begann sie zu schluchzen und konnte gar nicht mehr aufhören.

»Was ist?«, fragte Héloise, über Marlènes Rücken streichend, um sie zu beruhigen.

»Sie haben einen Hund«, brach es aus Marlène hervor, »eine Tochter, Enkelinnen. Ich habe nichts. Niemand wird auf mein Grab frisch gepflückte Feldblumen stellen, dabei habe ich mir immer Kinder gewünscht.«

»Warum hat es nicht geklappt?«

»Es liegt an David, an seiner Familie. Er hat drei Brüder, alle kinderlos.«

Héloise schaute Marlène nachdenklich an und gab sich einen Ruck. »Ich gehe mit Bonaparte spazieren. Hast du Lust, uns zu begleiten?«

Nachdem die *Caravaggio* die Côte d'Azur hinter sich gelassen hatte, nahm sie Kurs aufs offene Meer in südwestlicher Richtung und passierte in der Nacht Menorca, um bei Sonnenaufgang sich Cap Formentor zu nähern, der nördlichen Spitze Mallorcas, die sich aus dem unendlichen Blau herausschälte wie ein Kristall. Die Anfahrt auf Mallorca zog viele Frühaufsteher an, die auf den Decks standen und schweigend die Schönheiten bestaunten, die die Welt an diesem jungen Morgen bereithielt. David stand auf dem Balkon seiner Außenkabine, aber gehörte nicht zu den Frühaufstehern. Er hatte die ganze Nacht hier draußen verbracht und immer wieder versucht, Marlène zu erreichen, hin- und herschwankend, ob ihr Verschwinden etwas mit dem Anschlag auf Doktor Bernard zu tun hätte, den er in Auftrag gegeben hatte, oder ob sie die Gelegenheit nutzte, ihn zu verlassen. David hatte versucht, Natascha anzurufen, um über sie Sergej zu erreichen, wann, wo und wie die Operation durchgeführt würde. Ein Drive-by-Shooting mitten in Monaco, wenn der Doktor nach dem wöchentlichen Treffen das *Musée Océanographique* verließ und in den Port Hercule spazierte, wo er sich mit Charlotte traf, um Austern zu schlürfen? Würden Sergejs Killer den Foodtruck in die Luft jagen, wenn der Doktor dort einen Veggie-Burger verdrückte? Oder Charlottes Motorjacht kentern lassen, sodass die Polizei von einem Bootsunfall ausging? Natürlich würde der Mord hohe Wellen schlagen und wäre ein gefundenes Fressen für den Boulevard: das Opfer ein berühmter Forscher, Geliebter einer prominenten Galeristin. Am Ortseingang von Prévoux würden sich die Übertragungswagen der TV-Sender stauen, in Talkshows würden sich selbst ernannte Spezialisten in wilden Spekulationen ergehen, während die Polizei trotz Bildung einer Sonderkommission keinerlei Hinweise auf die Mörder von Doktor Bernard finden und die Ermittlungen einstellen würde. Das *Game & Fishing Department* würde in Prévoux eine berührende Trauerfeier organisieren, an deren Ende die kleine Bernadette Blumen auf das Grab des Doktors legen würde, während Jeff und Jim »You'll never walk alone« singen würden. Auf einstimmigen Beschluss der Community würde *Prévoux 3.0* in *Doktor-Bernard-Institut* umbenannt, aber ohne das Charisma des Gründers flössen die Spendengelder nur noch spärlich, während immer mehr Mitarbeiter Prévoux verließen, bis irgendwann Nebel und Wind den Ort übernehmen würden. In der *École Élémentaire* vergammelten die Rechner, durch das undichte Dach eindringendes Regenwasser würde Ausrüstung und Mobiliar zerstören. Wenn David in ein paar Jahren die Kupferpflanze googeln würde, läge der letzte Treffer lange zurück. Die Kupferpflanze wäre endgültig ausgestorben.

Aber Natascha reagierte nicht, so blieb es bei dem Anruf, den David beim Auslaufen der *Caravaggio* erhalten hatte, als jemand auf Englisch mit russischem Akzent nach dem Aufenthaltsort des Doktors fragte. Der Killer? Jetzt, wo die Sache ihren Lauf nahm, beschlich David ein mulmiges Gefühl. Ein Ziehen im Magen, als würde er aus großer Höhe fallen. Er hatte versucht, sich mit Alkohol aus der Bordbar zu beruhigen, aber irgendwann mit dem Trinken aufgehört, weil er einen klaren Kopf brauchte. Sobald das Schiff in Palma anlegte, würde er von Bord gehen, ein Taxi zum Flughafen nehmen und nach Montpellier einchecken. Wenn es keine Verspätungen gab, wäre er gegen 12 Uhr mittags in Saint-Tropez. Dort würde er Marlène zur Rede stellen, was ihr Verschwinden zu bedeuten hätte. Vorausgesetzt, Marlène wäre zu Hause, wovon David ausging. Denn bei allem Drama, wenn Tränen flossen und Türen knallten, wenn Verwünschungen ausgestoßen wurden und Geschirr flog, wenn Marlène mit leerem Koffer das Haus verließ, dauerte es nicht lange, bis sie wieder zurückkehrte. Denn um David zu verlassen, für immer zu verlassen und nicht nur für ein paar Stunden, dazu fehlte Marlène der Mut.

Während David sich mit solchen Überlegungen zu beruhigen versuchte, näherte sich das Schiff der Kathedrale von Palma. David packte eine Tasche mit den nötigsten Dingen, damit er beim Check-in am Airport keine Zeit verlor. Die sechs Koffer des Paares würde die Reederei nachschicken. Aber das Schiff ließ die Kathedrale hinter sich und steuerte den Fährterminal im Südwesten der Stadt an, wo man die Maschinen drosselte, aber nicht, um an einem der Kais festzumachen, denn alle Kais waren belegt. Weshalb es eine weitere quälende Stunde dauerte, bis das Schiff, das draußen vor Anker gegangen war, diesen wieder lichtete, um anzulegen. Weitere 60 Minuten vergingen, bis sich endlich die Gangway senkte, die David hinunterrannte, die anderen Passagiere aus dem Weg boxend.

Zur selben Zeit verließ Marlène im Bahnhof Saint-Charles den TGV, der sie zurück nach Marseille gebracht hatte, stieg in ein Taxi und nannte den Namen einer Autowerkstatt. Der Fahrer erklärte, die Werkstatt läge im 3. Arrondissement, das er sich weigern würde anzufahren. Marlène zog einen 50-Euro-Schein aus ihrer Handtasche, der Fahrer schaltete den Taxameter aus und startete den Motor. Nachdem das Taxi den Bahnhof umrundet hatte und aus einer düsteren Unterführung auftauchte, schob es sich die immer enger werdenden Straßen hinauf, vorbei an mit Graffiti verzierten Garagentoren. Davor Einkaufswagen mit der Habe zerlumpter Gestalten, die auf etwas warteten, was nie kommen würde. Dazwischen aufgegebene Geschäfte und verwildertes Brachland, wo nie gebaut würde. Wobei das gleißende Morgenlicht, das vom nahen Meer reflektiert wurde, Armut und Verwahrlosung einen milden Anstrich gab. Marlène schaute die ganze Fahrt über nachdenklich aus dem Seitenfenster: Hier also lebte die Frau, die David geschwängert hatte, wie Madame Morisseau ihr auf dem Spaziergang mit Bonaparte erzählt hatte: Wegen ihres Umzugs nach Rouen brauchte Héloise ein Zertifikat, damit für die Ablöse ihres lebenslangen Wohnrechts ein reduzierter Steuersatz fällig wurde. Da Héloise keine Lust hatte, David und Marlène um diese Bescheinigung zu bitten, nahm sie Kontakt zu Juliette auf, die ihr Maklerbüro in Port Grimaud aufgegeben hatte und nach Marseille zurückgekehrt war, um die elterliche Autowerkstatt zu leiten. So kamen die beiden Frauen auf David zu sprechen, und als Héloise ihre Geschichte erzählte, wie David sie mit der Drohung, Sergej Romanow einzuschalten, aus ihrer Wohnung in der Avenue des Jasmins vertrieben hatte, packte auch Juliette aus: Dass sie eine Affäre mit David hatte, über die sie schwanger wurde. David sie aber unter Druck setzte, das gemeinsame Baby abzutreiben, und als sie sich weigerte, ebenfalls mit dem Russen drohte. Worüber Juliette in Panik geriet, dass sie mit Blutungen ins Krankenhaus eingeliefert wurde, wo sie ihr Baby verlor. Diese Geschichte hielt Marlène die ganze Nacht wach, auf der Fahrt von Rouen zur Gare Saint-Lazare, auf der Fahrt mit der Métro durch den Bauch von Paris, auf der Fahrt zurück nach Marseille durch ein leeres Frankreich, das unter dem rasenden Rollen des Zuges schrumpfte. Das Tempo des TGV, der sich in den Morgen fraß, entsprach Marlènes Zeitgefühl, deren Leben ins Rutschen geraten war. Das Haus in der Avenue des Jasmins hatte David freigeräumt mit Gangstermethoden. Er hatte Marlène mit der Maklerin betrogen, diese geschwängert und um ihr Baby gebracht. David hatte ihre Freundschaft zu Brandon durch eine Intrige zerstört und sie überredet, die besten Bilder, die sie jemals gemalt hatte, zu verbrennen. Was hatte David noch vor, berauscht von der Macht, die Sergejs teuflisches Angebot ihm verlieh? Doktor Bernard töten? Was war aus Davids Rettungstat geworden? David hatte einen Mann aus dem Verdon gezogen, der ihr Leben vergiftete. Sollten die unglaublichen Geschichten stimmen, denn noch klammerte Marlène sich an eine letzte Hoffnung, konnte es doch sein, dass Héloise wütend war, weil sie aus Saint-Tropez fortziehen musste zu ihrer schlecht gelaunten Tochter, und die Geschichte mit dem Baby erfunden hatte, um Zwietracht zu säen zwischen David und Marlène, denen sie das schöne Haus neidete. Weshalb Marlène Gewissheit haben wollte, bevor sie David zur Rede stellte, ob er Sergej Romanow beauftragt hätte, Doktor Bernard zu töten, und diesen Besuch machte, von dem sie nicht wusste, wie er für sie ausgehen würde. Denn die Reaktion des Taxifahrers zeigte, dass man sie in der *Garage Noirot* nicht mit Kaffee und Kuchen bewirten würde wie im Garten von Madame Morisseau.

Juliette saß hinter einem Schreibtisch voller Rechnungen und telefonierte, als Marlène das Büro im Hof der Autowerkstatt betrat. Auf dem Boden krabbelte ein Baby, das nur eine Windel trug. Sobald Juliette Marlène erkannte, sprang sie auf, rannte zu dem Baby, hob es auf und drückte es schützend an sich.

Marlène blieb in der Tür stehen, hob ihre Hände und erklärte, sie würde dem Baby nichts tun. Sie hätte zwei Fragen, dann würde sie wieder gehen.

Juliette, die sich mit dem Baby hinter dem Stahlschreibtisch verschanzt hatte, nickte.

Marlène, weiter auf der Türschwelle verharrend, gab sich einen Ruck: »Hat mein Mann Ihnen mit Sergej Romanow gedroht, damit Sie das gemeinsame Baby abtreiben?«

Juliette nickte.

»Worauf Sie einen Zusammenbruch erlitten«, fuhr Marlène fort, »und Ihr Baby verloren haben?«

Juliette nickte.

»Mehr wollte ich nicht wissen.« Marlène wandte sich ab, in Tränen ausbrechend, und verließ das Büro.

Juliette stand einen Moment wie versteinert da, während sie durch das Schaufenster Marlène beobachte, die von Tränen geschüttelt am Straßenrand stand und versuchte, ein Taxi zu stoppen.

Juliette gab sich einen Ruck, verließ mit dem Baby auf dem Arm das Büro und ging zur Straße. »Marlène?«

Marlène wandte sich um, in Tränen aufgelöst.

»Ich darf Sie so nennen?«

Marlène nickte, sich Tränen von den Wangen wischend.

»Warum trinken Sie nicht einen Kaffee, bis Sie sich beruhigt haben? Dann fährt einer meiner Mechaniker Sie, wohin auch immer Sie wollen. Hier halten keine Taxis.«

Marlène folgte Juliette zurück ins Büro, die für sie an einer Kaffeemaschine einen Kaffee zog. Die beiden Frauen nahmen einander gegenüber auf abgewetzten Ledersesseln Platz, die nach Öl rochen.

»Es stört Sie nicht«, fragte Juliette, »wenn ich Léo stille?«

Marlène schüttelte den Kopf, ihre Tränen trocknend.

Juliette schob mit einer Hand ihr T-Shirt hoch und zog ein Körbchen ihres BHs herunter. Kurz blitzte eine Brust auf, bevor Léo sich darauf stürzte, einen Moment lang mit gespitztem Mund nach dem Nippel suchte und sich dort festsaugte, dass in den nächsten Minuten ein zufriedenes Schmatzen zu hören war.

Marlène hatte noch nie einer stillenden Mutter und ihrem Baby zugeschaut. Wenn Frauen im Café oder Restaurant ihre Brüste auspackten, wandte sich Marlène ab, angewidert von der rohen Kreatürlichkeit dieses Vorgangs. Einer der Gründe, warum Marlène es abgelehnt hatte, Mutter zu werden. Jetzt begriff sie, dass dieser Moment zwischen der entspannt dasitzenden Juliette und ihrem selig saugenden Baby tiefes Glück bedeutete. Ein Moment vollkommener Verschmelzung. Warum hatte sie immer nachgegeben, fragte sich Marlène, wenn David behauptete, es sei nicht der richtige Zeitpunkt für ein Baby? Andererseits war Marlène froh, dass David das Kinderkriegen verhinderte und sie sich hinter ihm verstecken konnte. Was würde aus ihrer Karriere, von der sie glaubte, sie stände kurz vorm Durchbruch? Dann die Sorge um ihre Figur. Wie lächerlich das war, begriff Marlène, als sie Juliette beim Stillen zuschaute. Juliette war eine schöne Frau, aber die Mutterschaft verlieh ihr ein Leuchten, das alles überstrahlte. Dann die Angst, wie würde ein Kind die Beziehung verändern. Marlène hatte es erlebt, wenn Freundinnen Kinder bekamen und aus dem Leim gingen, während die Männer sich bei anderen Frauen das holten, worauf sie bei ihren Matronen keine Lust mehr hatten. Wäre Marlène eine gute Mutter? Auf Vorbilder konnte sie nicht zurückgreifen, ihre alleinerziehende Mutter war vor allem damit beschäftigt, einen Mann zu finden, wobei sie wenig wählerisch war. Marlènes Vater hatte sich bereits vor ihrer Geburt verdrückt und als einziges Erbe seine roten Haare hinterlassen. Wäre David ein guter Vater? Geduldig war er und ein großer Erklärer, der ihrem Kind die Welt zeigen würde. Aber wäre David nicht eifersüchtig auf die Nähe zwischen Marlène und einem Baby? Anderseits lief es zwischen den beiden ganz gut, sie umarmten und küssten sich in der Öffentlichkeit, was viele in die Jahre gekommene Paare nicht mehr taten, wie Marlène beobachten konnte. Vor allem Paare mit Kindern. Als ob Kinder die Flamme der Leidenschaft löschen würden. Aber war es nicht so, dass sie ihre, durch Davids Unfruchtbarkeit verschuldete Kinderlosigkeit kompensierten, indem sie aller Welt zeigten, dass sie immer noch verliebt waren wie am ersten Tag? Wobei, schoss es Marlène durch den Kopf, während sie Mutter und Kind betrachtete, die da so innig vereint waren, lag es tatsächlich an David, dass sie nie schwanger geworden war, wo es bei Juliette sofort geklappt hatte? War nicht sie die taube Nuss, als Frau so unfruchtbar wie als Künstlerin?

Der Kleine hatte genug getrunken. Juliette verpackte ihre Brust, legte Léo über die Schulter und klopfte ihm sanft auf den Rücken. »Léo muss ein Bäuerchen machen, sonst quält ihn die Luft, die er mit der Milch eingesaugt hat.«

Marlène nickte, verwundert, wie selbstverständlich alles geschah, wie die beiden sich ohne Worte verstanden.

»Marlène«, begann Juliette, während sie Léo weiter sanft auf den Rücken klopfte, »ich wollte mich längst mit Ihnen aussprechen. Aber ich hatte nicht den Mut.«

»Sie haben Ihr erstes Baby verloren«, warf Marlène ein.

»Ja«, bestätigte Juliette, »und es war nicht leicht.«

»Haben Sie mit meinem Mann darüber gesprochen?«

Juliette schüttelte den Kopf. »David, also Ihr Mann, hat mich, nachdem ich ihm eine *WhatsApp* mit dem Abort geschickt hatte, aus seinen Kontakten gelöscht.«

»Es tut mir so leid, Juliette!«

»Nein, nein, Marlène, ich bin diejenige, die betrogen hat. Die Sache mit Ihrem Mann ging von mir aus. Ich habe ihn verführt.«

»Zum Glück sind Sie schnell wieder schwanger geworden.«

Juliette nickte. »Rachid, einer unserer Mechaniker.« Juliette schaute hinüber zur Werkstatt, wo Männer an Autos schraubten. »Ich kenne Rachid, seit ich hier als Kind gespielt habe. Seine Eltern führen ein Restaurant die Straße runter.«

»Das ist doch ein großes Glück!«, erwiderte Marlène, auch wenn es ihr schwerfiel.

Die beiden Frauen versanken in Schweigen, bis Léo, dem Juliette weiter auf den Rücken klopfte, erstaunlich laut und herzhaft für solch ein kleines Wesen rülpste.

Die Frauen lachten, während Marlène dachte, allein für dieses Rülpsen würde es sich lohnen, ein Kind zu bekommen. Sie trank den Kaffee aus und stand auf. »Danke für Ihre Offenheit und den Kaffee.«

»Wollen Sie Léo mal halten?«

Marlène, die bereits auf dem Weg zum Ausgang war, blieb überrascht stehen. Sie hatte es sich insgeheim gewünscht, aber nicht damit gerechnet. »Gern, aber ich habe noch nie ein Baby auf dem Arm gehalten.«

»Ist nicht schwer«, erklärte Juliette. »Am besten, Sie setzen sich hin.«

Marlène setzte sich wieder in den Ledersessel, und Juliette reichte ihr das Baby. Vorsichtig nahm Marlène es in ihre Hände, verwundert, wie klein und leicht es war. Sie stützte mit ihren Händen Léos Kopf mit dem feinen blonden Haar, der sein Gesicht an ihren Hals drückte und die Beinchen anzog, wie er neun Monate in Juliettes Bauch gelebt hatte. Der kleine Léo roch angenehm frisch und atmete gleichmäßig. Was für feine Finger, die sich jetzt, als Marlène danach griff, um ihre Hand schlossen. Sie wurde mutiger, strich mit der Hand über die weichen Arme von Léo und seine rosa Beine und tastete sich vor zu den Füßen, deren Sohlen unfassbar weich waren, weil sie noch nie benutzt worden waren. Léo, der satt und zufrieden eingeschlafen war, schreckte auf, suchte eine andere Position, schmiegte seinen Kopf wieder an Marlènes Hals und schlief weiter.

Vorsichtig, um Léo nicht zu wecken, schaute Marlène in Juliettes Richtung und flüsterte: »Was passiert jetzt?«

»Wenn wir Glück haben, schläft Léo eine Stunde. Wie sieht es mit Ihrer Zeit aus? Sie halten Léo im Arm, dann erledige ich ein paar Telefonate … Achtung!« Juliette nahm ein Tuch vom Schreibtisch und stürzte zu Marlène. Aber es war schon passiert. Léo hatte im Schlaf Muttermilch ausgespuckt, die auf Marlènes Bluse gelaufen war, an der Juliette mit dem Spucktuch herumrieb. Marlène erklärte, es sei alles okay, und wenn auch der Milchfleck irgendwann säuerlich zu riechen begann, wechselte Marlène die Bluse in den nächsten Tagen nicht, schnupperte immer wieder an dem Fleck und musste an den kleinen Léo denken.

Die beiden Frauen hatten kein Glück, nach zehn Minuten wurde Léo wieder wach, warf Marlène einen Blick zu, der von Erstaunen zu Furcht wechselte, und begann zu schreien. Marlène redete Léo gut zu, soweit sie das vermochte, aber es half nichts. Juliette beendete ihr Telefonat, nahm Marlène das Baby ab, und es gelang ihr durch ein paar Zauberworte, den immer lauter schreienden Léo zu beruhigen.

Auch Marlène stand auf. »Können Sie mir ein Taxi rufen?«

»Wo wollen Sie hin?«

»Zum Bahnhof, ich muss nach Cannes.«

»Da sind Sie ja ewig unterwegs. Ich frage Rachid, ob

er Sie fährt.« Juliette verließ mit Léo auf dem Arm das Büro, rief einen Namen in die Werkstatt und kam zurück.

Wenig später betrat ein tätowierter Typ das Büro. Während er mit Juliette sprach, hatte Marlène Zeit, den Mann zu betrachten: Das war also der Vater des kleinen Léo, wobei er keinerlei Notiz von seinem Sohn nahm, ihn sogar abwehrte, als Léo nach der Kette griff, die er um den Hals trug. Auch wunderte sich Marlène über die Art, wie Juliette Rachid befahl, er solle sich umziehen und Marlène nach Cannes fahren. Als wäre er ihr Angestellter und nicht der Vater des kleinen blonden Léo, der Rachid mit seinen unübersehbaren Wurzeln im Maghreb überhaupt nicht ähnlich sah.

Während Marlène auf dem Sozius von Rachids wummernder Ducati über die Autoroute Provençale dahinflog, schob sich David im Schneckentempo auf den Security Check im Flughafen von Palma de Mallorca zu, immer wieder auf die große Uhr schauend, deren Zeiger unaufhaltsam Richtung Abflug wanderten. Da David kein Gepäck aufgegeben hatte, würde sein Flieger nicht auf ihn warten, sollten sich die Sicherheitsleute nicht beeilen. Auch die anderen Fluggäste raubten David den letzten Nerv. Statt sich aufs Abtasten vorzubereiten, begannen sie erst in dem Moment, wenn sie an der Reihe waren, sich auszuziehen und bei jedem Gegenstand, den sie in Wannen legen mussten – Jacken, Gürtel, Uhren, Schlüssel, Portemonnaies – zu fragen, ob sie diese ablegen müssten.

»Ja, verdammt«, blaffte David die alte Frau vor sich an, »du musst deine Jacke ausziehen! Kannst du noch dreimal fragen! Zieh einfach deine scheiß Jacke aus! Rot steht dir sowieso nicht!«

Für einen Moment wurde es still und alle, Sicherheitspersonal und Fluggäste, schauten David an, der verlegen lächelnd sein Ticket hochhielt. »Sorry, ich verpasse meinen Flug!«

Als der Airbus mit zweistündiger Verspätung abhob, waren mittlerweile 20 Stunden vergangen, seit Marlène von Bord gegangen war. Wobei sich in Davids Kopf eine Theorie verfestigte, die er immer wieder durchspielte, während Mallorca unter ihm verschwand. Er hatte Brandon in der langen, nicht vergehenden Nacht an Bord der *Caravaggio* gegoogelt und herausgefunden, dass er in Venedig an einer neuen Installation arbeitete. Von Brandons Installation im *Arsenale* war es nicht weit zu Marlènes Reise zur *Biennale*. Und wenn David die Szene, die sie auf der Rückfahrt von Venedig bei der Fahrkartenkontrolle gemacht hatte und die ihr eine Nacht in der Ausnüchterungszelle von Sanremo einbrachte, der Erregung einer sensiblen Künstlerseele zugeschrieben hatte, schien es eher mit Brandon zusammenzuhängen, dass Marlène ausgerastet war. Was, fragte sich David, eingezwängt auf dem Mittelsitz in der letzten Reihe des A320 zwischen einem übergewichtigen Paar, das die Plätze an Fenster und Gang reserviert hatte, wenn Marlène Brandon in Venedig besucht und herausgefunden hatte, dass David es war, der Brandon die Geschichte mit der Leibesvisitation im Bahnhof von Toulon gesteckt hatte? Vermutlich war Marlène deshalb ausgerastet, weil sie begriff, dass David sie und Brandon auseinandergebracht hatte, wobei er nur ihr Bestes wollte. Diese Freundschaft tat Marlène nicht gut. In welch schreckliche Stimmung hatte Brandon sie versetzt, als er ihr unterstellte, sie hätte sein Geheimnis verraten. So verletzt konnte Brandon nicht sein, dass er seine traumatische Erfahrung in der *Boulangerie* nicht zu Geld machte. Der schlug aus dem Umstand, dass er Schwarz war, ordentlich Kapital. Marlène hatte sich anstecken lassen und ein paar Bilder gemalt, die wirklich nicht schlecht waren. Aber wenn man diese zehn Bilder in Relation zu dem Niveau setzte, auf dem sie sich normalerweise bewegte, musste man nicht den Louvre freiräumen für »Marlene Meyer« ohne Accent grave, den sie sich irgendwann zugelegt hatte, damit man sie für eine Französin hielt.

»Nein, ich will keinen Tomatensaft!«, blaffte David die Stewardess an. »Ich will meine Ruhe!«

Scheiße, was war mit David los? Er verhielt sich auffällig. Was, wenn Sergejs Killer schon unterwegs waren nach Prévoux, um den Doktor zu exekutieren? Da wäre es nicht gut, wenn bei Ermittlungen gegen ihn die alte Frau mit der roten Jacke in Palma oder die beiden Dicken neben ihm in Reihe 28 sich erinnerten, dass David sich seltsam verhielt.

»Ich habe Flugangst«, entschuldigte sich David, worauf die Stewardess ihm etwas Hochprozentiges zur Beruhigung empfahl, das David herunterkippte.

Brandon, Brandon, Brandon! Vermutlich hatte Marlène ihren Abgang von Bord der *Caravaggio* genau geplant, und David war so dumm, ihr mit der Kreuzfahrt einen perfekten Anlass zu liefern. Marlène war feige, das wusste David, und hätte nie den Mut gehabt, ihm ins Gesicht zu sagen, dass sie ihn verlassen würde, und zu gehen. Wirklich zu gehen. Marlène fehlte der Mut, weshalb es nur so funktionierte, mit Betrug. Zu tun, als freue sie sich auf die Kreuzfahrt, die nebenbei ein Vermögen kostete, um heimlich von Bord zu gehen. Vermutlich wartete Brandon mit seinem Bentley im Hafen. Die beiden würden nach Venedig fahren, wo Brandon seinen Schwanz in Marlènes Muschi stecken würde, die sich in letzter Zeit immer tot stellte, wenn David auf Erfüllung der ehelichen Pflichten pochte.

Während der Airbus in den Dunst sackte, der über dem Midi lag, fasste David einen Plan, wie er Marlène zurückholen würde. Nach der Landung würde er zu den *Car Rentals* rennen, den Wagen abholen und nach Saint-Tropez fahren. Dort würde er den Leihwagen gegen den Range Rover tauschen und nach Venedig rasen, wo er am Abend ankäme. Vermutlich wäre das Atelier im *Arsenale*, wo Brandon seine Installation zusammenbaute, geschlossen. Also würde er am nächsten Vormittag wiederkommen, um Brandon zur Rede zu stellen, wo Marlène sich aufhielt. Sollte Brandon sich weigern zu reden, oder der große Meister nicht kommen, würde er die Mitarbeiter fragen. Und sollten die Mitarbeiter nichts rauslassen, würde er beginnen, Brandons Installation zu zerstören. Als Erstes ginge es Brad Pitt an den Kragen, den David noch nie leiden konnte, weil Marlène ihn toll fand. Mit dem Wagenheber würde er den Kopf dieses dauergrinsenden Gesichtsverleihers vom Rumpf holen. Und keiner der Kunststudenten, die Brandon zuarbeiteten, hätte die Eier, ihm in den Arm zu fallen. So würden weitere Köpfe rollen, bis irgendwann einer mit der Sprache rausrückte, wo Brandon und Marlène sich aufhielten.

Charlotte von Bülow war mit dem Aufbau der aktuellen Ausstellung in der *Boulangerie* beschäftigt, weshalb sie die Anrufe und *WhatsApps* von Marlène ignorierte, mit denen diese sie seit Stunden bombardierte. Nach langem

Ringen hatte sie Liu Wang, eine Künstlerin aus Shanghai, gewinnen können, ihre Arbeiten erstmals außerhalb ihrer Heimat zu zeigen. Wobei die zerbrechliche Chinesin noch empfindlicher war als ihre filigranen Keramiken, die das weibliche Geschlechtsorgan in allen Formen und Ausprägungen darstellten, und zwar auf solch sinnliche Weise, dass man auf den ersten Blick an das Gebäck denken musste, für das die *Boulangerie* einmal berühmt gewesen war. Bevor die Kiste mit den Werken der Künstlerin, die in der Mitte der *Boulangerie* stand – umgeben von weißen Sockeln, auf denen die Objekte präsentiert werden sollten – geöffnet wurde, schritt Liu Wang mit einer Wünschelrute den Ausstellungsraum ab. Skeptisch beobachtet von Charlotte, die Tage damit verbracht hatte, die eine Sorte unter 2.500 Bambussorten zu besorgen, aus der der Tee zubereitet wurde, von dem die Künstlerin sich ernährte. Am Ende ihrer Runde kam Liu Wang zu dem Ergebnis, dass die Schwingungen im Raum dagegensprächen, die Kiste zu öffnen.

Charlotte von Bülow hatte als Leiterin der *Boulangerie* gelernt, mit komplizierten Künstlerpersönlichkeiten umzugehen und Wünsche zu erfüllen, so absurd sie auch erschienen. Die Zeit drängte, am Abend würde sich hier ein internationales Publikum einfinden, das weite Wege auf sich genommen hätte, wie der Kurator der *Tate Modern*, der aus London einflog. Was nicht funktionieren würde, so Charlottes leidvolle Erfahrung, war zu versuchen, der Chinesin ihre Bedenken auszureden. Im Gegenteil, das Beste wäre, die Künstlerin ernst zu nehmen, auch wenn es schwerfiel, und zu verstärken. Weshalb Charlotte erklärte, sie würde die schlechten Schwingungen auch ohne Wünschelrute spüren, zum Handy griff, die Kunstspedition anrief, die die Kiste am Morgen gebracht hatte, und fragte, ob es möglich wäre, die Kiste wieder abzuholen und zurück nach Shanghai zu schicken? Da Charlotte das Telefonat auf Englisch führte, verstand die Chinesin, was ihre Galeristin plante, weshalb sie Charlotte auf ihre höfliche Art fragte: »Was wird aus meiner Eröffnung heute Abend?«

»Die Vernissage müssen wir leider absagen«, erklärte Charlotte bedauernd. »Aber das Wichtigste ist, dass Sie sich wohlfühlen, Liu.«

Es arbeitete in der Künstlerin, die ankündigte, sie würde noch mal eine Runde mit der Wünschelrute drehen. Am Ende dieser Runde erklärte Liu Wang, die Schwingungen im Raum wären nun günstiger, die Kiste könnte geöffnet werden. Charlotte gab ihren Mitarbeitern, die geduldig im Hintergrund gewartet hatten, ein Zeichen, aber die Künstlerin bestimmte, Männer dürften die Kiste nicht öffnen und vor allem nicht die Objekte berühren, worauf Charlotte ihre Leute nach Hause schickte und der Künstlerin assistierte, die mit einem Stemmeisen den Deckel der Kiste öffnete. Gefüllt war die Kiste mit Stroh, das ein Dutzend kleiner Holzkisten schützte, von denen die Künstlerin die erste öffnete, eine feuerrote Keramik herausnahm und damit durch die Galerie schritt, bis sie sich für eine der weißen Säulen entschied, auf die sie das Objekt stellte.

In diesem kritischen Moment betrat Marlène die *Boulangerie*, noch voll Adrenalin von der Fahrt auf der Ducati, stürzte sich auf die rote Muschi, nahm sie zum Entsetzen der erstarrten Künstlerin in die Hand und fragte: »Kann man das essen?«

»Marlène?« Daran, dass Charlotte ihre Freundin mit ihrem vollständigen Vornamen ansprach und nicht mit »Lene« wie üblich, spürte diese, dass was im Busch war.

Vorsichtig nahm Charlotte ihrer Freundin die Keramik aus der Hand, stellte sie zurück auf den Sockel, klemmte Marlène unter ihren Arm und zog sie in die ehemalige Backstube. »Was fällt dir ein, hier reinzuknallen wie eine Abrissbirne?«

Marlène hatte Charlotte noch nie so aufgebracht gesehen, die sich gar nicht beruhigen konnte. »Weißt du, was mich diese Ausstellung kostet? Gerade wollte Liu Wang alles wieder einpacken, weil ihr ein Furz quer sitzt. Ich konnte sie überreden, die Ausstellung nicht platzen zu lassen, aber du benimmst dich wie ein Elefant im Porzellanladen.«

»Tut mir leid!«, entschuldigte sich Marlène. »Aber ich muss dich dringend sprechen.«

»Warum rufst du nicht an?«

»Habe ich, aber du gehst nicht ran.«

»Weil ich Wichtigeres zu tun habe, als mit dir über Brandon Dawson zu reden.«

»Es geht nicht um Brandon«, erwiderte Marlène, »es geht um das Leben von deinem Bärchen.«

Charlotte ließ einen Blick über Marlène schweifen, die mit ihrem zerknitterten Kleid und den ungewaschenen Haaren einen verwirrten Eindruck machte. »Was ist los, Lene?«

»Ist eine lange Geschichte, aber ich mach's kurz. Ich hatte dir erzählt, dass David im Canyon du Verdon einem Russen das Leben gerettet hat …«

Charlotte verdrehte die Augen. »Ich dachte, du wolltest dich kurz fassen.«

»Der Russe wollte David aus Dankbarkeit einen Van Gogh schenken, aber David hat abgelehnt.«

»Warum? War der Van Gogh nicht echt?«

»Doch, der Russe hat den Van Gogh bei *Christie's* in New York ersteigert. Aber ich dachte, ich sollte mich kurz fassen.«

Charlotte atmete tief durch.

»Nachdem David den Van Gogh abgelehnt hatte, hat der Russe nach einem anderen Geschenk gesucht, um sich für Davids Rettungstat zu bedanken.«

»Und?«

»Du wirst es nicht glauben, aber der Russe hat David aus Dankbarkeit, dass er ihm das Leben gerettet hat, einen Mord geschenkt.«

Charlotte lächelte ungläubig. »Komm, Lene, das soll ich dir glauben?«

»Ich hatte es vergessen, war zu betrunken. Aber jetzt ist es mir wieder eingefallen.«

»Wir reden später«, versuchte Charlotte, ihre Freundin loszuwerden. »Warum bist du überhaupt hier? Ich dachte, du wärst auf hoher See.«

»Ich bin vorm Auslaufen in Marseille von Bord gegangen.«

»Warum?«

»Erinnerst du dich noch an die alte Dame, die bei uns in der Avenue des Jasmins unterm Dach wohnte?«

Charlotte warf einen besorgten Blick in den Ausstellungsraum, wo Liu Wang wieder mit der Wünschelrute unterwegs war. »Lene, wir reden morgen. Aber jetzt musst du mich meine Arbeit machen lassen.«

Charlotte versuchte, Marlène in Richtung einer offenen Tür zur schieben, wo es auf der Rückseite der Backstube zur Straße hinausging. Aber Marlène schlug Charlottes Hand weg, schnappte sie beim Kragen und zog sie nahe an ihr Gesicht. »Verstehst du nicht, es geht um Leben und Tod! Du musst sofort den Doktor anrufen und dazu bringen, dass er Prévoux verlässt und sich versteckt. Damit die Killer des Russen ihn nicht finden. Ich weiß, dass David den Mordauftrag erteilt hat, aber nicht, wann und wo es geschehen soll. Deshalb die Kreuzfahrt. Jetzt ist noch Zeit, deinen Doktor zu retten, der ahnungslos ist. Das war Juliette auch und hatte eine Fehlgeburt. Ich habe selbst nicht geglaubt, dass David zu so was fähig ist. Aber dann war ich bei Héloise in Rouen. Der hat David mit Sergej gedroht, wenn sie nicht auszieht. Und ich war bei Juliette in Marseille. Zum Glück ist sie wieder schwanger geworden. Ein Junge, Léo. Hatte ihn auf dem Arm. Riech mal, Muttermilch!«

Während Charlotte an dem säuerlichen Fleck auf Marlènes Bluse schnupperte, überlegte sie, wie sie ihre Freundin loswerden könnte, die wirres Zeug redete. Marlène hatte schon immer einen Hang zum Drama, aber in der letzten Zeit änderte sich die Qualität. Diese eingebildete Affäre mit Brandon, in die Marlène sich reingesteigert hatte. Da war nichts dran, aber was nutzte es, ihr das zu sagen. Vernünftigen Argumenten war Marlène nicht zugänglich, weshalb Charlotte beschloss, ihre Taktik zu ändern, denn Liu Wang hatte ihre Tour mit der Wünschelrute beendet und schaute herüber. Auch wenn sich im Gesicht der Chinesin kein Muskel regte, war klar, dass sie innerlich kochte, weil sie es nicht gewohnt war, dass man sie warten ließ.

»Sag mir, was ich tun soll«, wandte sich Charlotte wieder an Marlène, die sie weiter festhielt.

»Du rufst sofort deinen Doktor an, erklärst ihm, dass ein Auftragskiller unterwegs ist nach Prévoux, und er sich verstecken muss. Am besten in den Bergen.«

»Okay, hab verstanden. Ich rufe Bernard sofort an. Und danke, dass du den weiten Weg gekommen bist, um uns zu warnen. Wo fährst du jetzt hin?«

»Ich fahre nach Hause, um David zur Rede zu stellen und das Schlimmste zu verhindern.«

Die beiden Frauen umarmten sich, Marlène verließ die Backstube durch die Hintertür. Als sie sich noch mal umschaute, sah sie durch ein Fenster, wie Charlotte auf ihrem Handy telefonierte.

David verließ gerade mit einem Leihwagen den Airport von Montpellier, als Charlotte anrief. Sie schilderte kurz, wie Marlène sie in der *Boulangerie* überfallen und was für verstörende Dinge sie gesagt hatte. Verschwörungstheorien über einen Mord an Doktor Bernard, den David bei einem Russen in Auftrag gegeben hätte. David erklärte, Marlène entwickelte eine Psychose. Erste Anzeichen zeigten sich auf ihrer Rückreise aus Venedig, als sie bei einer Fahrkartenkontrolle ausrastete, sodass der Schaffner die Polizei rief, die Marlène in Sanremo überwältigte und über Nacht in eine Ausnüchterungszelle sperrte. »Weshalb ich ihr die Kreuzfahrt zum 40. Geburtstag geschenkt habe, damit sie sich an der Seeluft erholt und zur Ruhe kommt. Aber bevor wir in Marseille ausgelaufen sind, ist Marlène von Bord gegangen. Keine Ahnung, warum.«

»Das kann ich dir sagen«, antwortete Charlotte, »um mit dem Zug kreuz und quer durch Frankreich zu fahren.«

»Was?«

»Sie war in Rouen bei eurer ehemaligen Mieterin, die mit dem lebenslangen Wohnrecht.«

»Warum?«

»Um herauszufinden, ob du dieser Frau mit dem Russen gedroht hast, wenn sie nicht auszieht. Marlène behauptet, der Russe hätte dir einen Mord geschenkt, weil du ihm das Leben gerettet hast.«

»Das ist doch absurd.«

»Habe ich auch gesagt, aber Marlène ist felsenfest davon überzeugt. Deshalb war sie auch bei eurer Maklerin in Marseille.«

»Oh Gott, Marlène war bei Juliette?«

»Marlène behauptet, du hättest diese Juliette geschwängert und zur Abtreibung gedrängt. Als sie sich weigerte, hast du ihr ebenfalls mit dem Russen gedroht, worauf sie eine Fehlgeburt hatte. Jetzt sollst du den Auftrag erteilt haben, unseren Doktor ermorden zu lassen. Verrückt, oder?«

»Total verrückt«, bestätigte David.

»Ich habe keine Zeit, mich um Marlène zu kümmern. Habe heute Abend eine wichtige Vernissage mit einer schwierigen Künstlerin. Da muss ich dabei bleiben.«

»Natürlich, Charlotte. Wo ist Marlène jetzt?«

»Auf dem Weg nach Saint-Tropez, um dich zur Rede zu stellen.«

»Danke, Charlotte, dass du angerufen hast. Marlène ist zu beneiden, dass sie eine Freundin wie dich hat. Und viel Erfolg heute Abend mit deiner Ausstellungseröffnung.«

David konzentrierte sich wieder auf die Straße, die sich flimmernd in der Hitze auflöste. Das war knapp. Er hatte Marlène unterschätzt. Sie war in Marseille von Bord gegangen, nicht um mit Brandon durchzubrennen, sondern hinter ihm herzuspionieren. Hatte in Rouen mit Madame Morisseau gesprochen und sich in Marseille mit Juliette getroffen. Es war alles raus, die Affäre, das Baby, der Abort. Von Juliette war es nicht weit zum Mordauftrag an Doktor Bernard. Zum Glück war diese Geschichte so unglaubwürdig, dass Charlotte ihn anrief statt den Doktor. David trat das Gaspedal durch, er musste Marlène in Saint-Tropez treffen, um Schlimmeres zu verhindern.

Marlène saß im Garten auf der Bank, wo früher Madame Morisseau sich sonnte, als David nach Hause kam. Er sparte sich die Begrüßung und baute sich vor ihr auf. »Was soll das alles? Rennst im letzten Moment von Bord und lässt mich wie einen Trottel zurück. Fährst quer durch Frankreich, um deine Verschwörungstheorien zu bestätigen. Und hast nichts Besseres zu tun, als gegenüber Charlotte zu behaupten, ich hätte einen Mord an Doktor Bernard in Auftrag gegeben. Was habe ich dir getan, dass du mein Leben zerstörst?«

»Hast du Sergej Romanow beauftragt, Doktor Bernard zu töten?«, fragte Marlène ruhig.

»Ich weiß nicht, wie du auf diese verrückte Idee kommst, ich hätte bei Sergej einen Mord frei?«

»Hast du Sergej Romanow beauftragt, Doktor Bernard zu töten?«, wiederholte Marlène.

»Willst du mich für meine Affäre mit Juliette bestrafen? Immerhin war ich so sensibel, sie dazu zu bringen, das Baby abzutreiben. Ich wollte dir die Erkenntnis ersparen, dass es an dir liegt, dass wir keine Kinder haben.«

Das saß, aber Marlène ließ sich nichts anmerken, sondern wiederholte ihre Frage zum dritten Mal: »Hast du Sergej Romanow beauftragt, Doktor Bernard zu töten?«

»Außerdem, was ist mit Brandon?«, wich David aus. »Ich kann mir nicht vorstellen, dass er dir nur seine Arbeiten gezeigt hat.«

Da sie keine Antwort auf ihre Frage bekam, stand Marlène auf und ging Richtung Gartentor.

»Wo willst du hin?«

»Ich fahre zu Sergej Romanow, um den Mord an Doktor Bernard zu verhindern.«

David rannte hinter Marlène her, fing sie am Gartentor ab und hielt sie fest. So entstand ein Gerangel. Marlène wehrte sich, hatte aber gegen den einen Kopf größeren David keine Chance. Er umfasste sie mit seinen Armen, hob sie hoch und trug sie zurück ins Haus, während sie wild um sich schlug. David stieß mit einem Fuß die Tür auf, aber Marlène spreizte ihre Beine, sodass sie in der Tür stecken blieben. David wurde wütend. Er schrie Marlène an, vernünftig zu sein, und als sie nicht nachgab, schlug er ihr mit der Hand ins Gesicht. Es war das erste Mal in all den Jahren, dass David Marlène schlug. Sie war darüber so erschrocken, dass sie ihren Widerstand aufgab. David brachte sie ins Atelier und gab ihr einen Stoß, von dem sie zu Boden ging. »Du fährst nirgendwohin!« David schlug die Tür hinter sich zu und drehte den Schlüssel zweimal um, dann entfernten sich seine Schritte.

Marlène lag auf dem farbverschmierten Boden ihres Ateliers und atmete schwer. Außerstande, einen klaren Gedanken zu fassen. In diesem Moment wurde die Tür wieder geöffnet, David kam zurück. Wollte er sich entschuldigen? Er beugte sich über Marlène, riss sie herum und begann sie abzutasten, bis er gefunden hatte, was er suchte. Er steckte Marlènes Handy ein, schlug die Tür zu und schloss wieder ab.

Marlène war wie erstarrt. Trotz all der Beweise, die sie auf ihrer rastlosen Runde gesammelt hatte, hatte sie gehofft, sie würde sich irren, und Héloise und Juliette hätten ihre Anschuldigungen nur erfunden. Jetzt hatte sie traurige Gewissheit, dass David über Leichen ging. Was konnte sie noch tun, um den Mord an Doktor Bernard zu verhindern? Ihre beste Freundin hielt sie für verrückt, wobei es wirklich schwer war, diese Geschichte zu glauben. Statt ihr Bärchen zu warnen, hatte Charlotte den informiert, von dem die Gefahr ausging. Marlène hatte gehofft, an Davids Gewissen zu appellieren, aber da war kein Gewissen mehr. David hatte sie geschlagen und in ihr Atelier gesperrt, während sich ein Killerkommando auf den Weg nach Prévoux machte. Nicht mal ein Handy hatte sie, um die Polizei zu rufen. Aber sie musste hier raus, um sich nach Prévoux durchzuschlagen. Marlène richtete sich auf und schaute sich um. Sie musste es schaffen, dass man auf sie aufmerksam wurde, die Frau, die man in ihrem Haus eingesperrt hatte. Marlène stand auf und begann, Bilder von den Staffeleien zu reißen und durchs Atelier zu schleudern. Sie stieß Regale um, verspritzte Farben und verwandelte ihr Atelier in ein abstraktes Gemälde. Irgendwann hielt Marlène in ihrem Wüten inne: Irrte sie sich, oder näherte sich in der Ferne eine Polizeisirene, die den Hügel heraufkroch? Es war keine Täuschung. Durch die mit Farbe verschmierten Fenster sah Marlène, wie ein Polizeiwagen vor dem Haus hielt. Zwei Polizisten stiegen aus und kamen durch den Vorgarten heran, während Marlène gegen das Fenster klopfte. Die Tür wurde geöffnet, die beiden Polizisten betraten das Atelier und schauten sich um, während hinter ihnen David auftauchte.

»Madame«, wandte sich der ältere Polizist an Marlène, »Ihr Mann hat uns gerufen, weil Sie einen verwirrten Eindruck machen, und er Sorge hat ...«

»Sorge?«, unterbrach Marlène den Polizisten und wurde laut. »Sorge? Weil mein Mann einem russischen Gangster das Leben gerettet hat, hat der ihm einen Mord geschenkt. Und jetzt soll Doktor Bernard getötet werden!«

»Sehen Sie«, wandte sich David an die Polizisten, »meine Frau redet wirres Zeug. Rufen Sie Ihre Kollegen in Sanremo an, die mussten meine Frau in die Ausnüchterungszelle sperren, weil sie im Zug randaliert hat.«

»Stimmt das, Madame?«, fragte der ältere Polizist.

»Ja«, erwiderte Marlène, die mit ihrer aufgelösten roten Mähne und der farbverschmierten Bluse tatsächlich einen verwirrten Eindruck machte. »Ja, das stimmt. Trotzdem, wir müssen diesen Mord aufhalten. Kommen Sie!« Marlène wollte das Atelier verlassen, aber der jüngere Polizist hielt sie fest.

»Lass mich los!« Marlène wehrte sich mit Händen und Füßen, und es gelang ihr, ein Eisen aufzuheben, mit dem sie Keilrahmen bespannte. Dieses Eisen schwang sie vor den Gesichtern der Polizisten, um ihnen klarzumachen, was sie erwartete, sollten sie Marlène noch einmal anfassen.

Die Polizisten zogen sich zurück und schauten zu David, der erklärte: »Verstehen Sie endlich, warum ich Sie gerufen habe? Meine Frau ist gefährlich.«

»Madame«, versuchte es der ältere Polizist ein letztes Mal im Guten, »Ihr Mann hat uns gerufen, weil Sie einen verwirrten Eindruck machen, der sich bestätigt. Deshalb möchten wir Sie zum eigenen Schutz bitten, mit uns zu kommen!«

»Versteht ihr nicht«, schrie Marlène, weiter das Spanneisen schwingend, »dass mein Mann alle manipuliert! Seitdem Sergej Romanow ihm einen Mord geschenkt hat, geht er über Leichen. Die alte Frau, die hier wohnte, hat er mit dem Tod bedroht, wenn sie nicht auszieht. Er hat unsere Maklerin geschwängert, und als Juliette nicht abtreiben wollte, sie mit dem Russen unter Druck gesetzt …«

Während Marlène alle Untaten von David aufzählte, verständigten sich die Polizisten mit Blicken, dass es genug war mit den Höflichkeiten. Mit einem beherzten Griff riss der Jüngere Marlène das Spanneisen aus der Hand, während der Ältere sie gegen eine der Atelierwände presste, ihre Arme auf den Rücken bog und Marlène Handschellen anlegte.

18

Der Psychiatrie in Saint-Raphaël war anzusehen, dass sie aus Zeiten stammte, als man die Verrückten mit Elektroschocks behandelte, bis sich niemand mehr für Napoleon hielt. Die Klinik besaß drei Stockwerke, durch die sich kasernenartige Gänge zogen, von denen Türen abgingen, die sich selten öffneten. In der Mitte der Stationen befanden sich gläserne Gondeln, in denen Pfleger saßen, an deren Statur man ablesen konnte, dass ihre wichtigste Aufgabe darin bestand, Patienten, die Ärger machten, zu beruhigen. An einen Hang gebaut, verlor sich das Gebäude auf der Rückseite im Gewirr der Altstadtgassen, während es sich vorn zu einem Park öffnete, wo diejenigen, die sich dank massiver Medikamentierung als ungefährlich erwiesen, umherirrten wie Gespenster.

Marlène wurde in ein Zimmer auf der Rückseite des Gebäudes gesperrt, nachdem zwei Pfleger sie über einen der mitleidlosen Gänge geschleift hatten. Sie hatte ihren Widerstand aufgegeben. Man hatte ihr in der Ambulanz der Psychiatrie eine Beruhigungsspritze verpasst, die ihre Wirkung entfaltete. So ließ Marlène sich am Ende des langen Gangs, wo eine der eisernen Türen offenstand, in einen weißen Raum führen, der mehr an eine Gefängniszelle erinnerte als an ein Krankenzimmer. Die Ärztin, die die beiden Pfleger begleitete, erklärte, Marlène sollte sich ausruhen, am nächsten Tag würde man mit den Behandlungen beginnen. Die Pfleger verabschiedeten sich, und man hörte, wie sich ihre Schritte auf dem Gang entfernten. David war am Empfang geblieben, um Formulare, die der Gesetzgeber bei Einweisung von Personen gegen ihren Willen zur Sicherheitsverwahrung vorgeschrieben hatte, zu unterschreiben. Die Ärztin öffnete das vergitterte Fenster, um Luft in den stickigen Raum zu lassen, trat zu Marlène, die aufs Bett gesunken war, taste nach ihrer linken Hand und maß den Plus. Dann testete sie mit einer Taschenlampe die Pupillenreflexe, legte eine Manschette um Marlènes Oberarm, pumpte sie auf und maß den Blutdruck. Marlène ließ alles teilnahmslos über sich ergehen, während sie von tiefer Müdigkeit überwältigt wurde. Aber sie durfte nicht einschlafen, redete sie sich ein: Du darfst nicht einschlafen! Du darfst nicht einschlafen! Du darfst nicht einschlafen! Das Leben von Doktor Bernard liegt in deiner Hand! Deshalb darfst du nicht einschlafen! Die Ärztin verabschiedete sich und schloss die Tür hinter sich ab. Minuten später, es konnten auch Stunden sein, man hatte Marlène aus Sicherheitsgründen die Uhr abgenommen, wurde die Tür wieder aufgeschlossen, und David erschien in Begleitung einer Krankenschwester. Er nahm Gegenstände aus einer Tasche, Zahnbürste, Zahnpasta, Haarbürste, Seife, und stellte alles auf eine Ablage über dem Waschbecken. Dann räumte er Unterwäsche in ein Regal. Nun setzte er sich zu Marlène aufs Bett, strich ihr über den Kopf und versprach, er würde jeden Tag vorbeikommen, und sobald sie sich besser fühle, würde er mit ihr in den Park gehen, von wo aus man das Meer sehen konnte. Marlène stellte sich tot, dabei arbeitete es in ihr: das Handy! Davids Handy! Sie musste in den Besitz von Davids Handy gelangen, das dieser immer in der rechten

Gesäßtasche seiner Jeans trug. Auf dieses Handy konzentrierte Marlène ihre schwindende Kraft, gegen die überwältigende Müdigkeit, die die Beruhigungsspritze in ihr auslöste, ankämpfend. Weil David sich, weiter auf der Bettkante sitzend, zu ihr herabbeugte, um ihr seine Sätze zuzuflüstern, die eigentlich an die Schwester gerichtet waren, damit keine Zweifel aufkamen, dass ein liebender Ehemann sich um seine psychisch kranke Frau sorgte, schob sich das Handy ein Stück aus Davids Jeans. Aber als Marlène danach griff, richtete David sich auf und entzog das Handy ihrer Reichweite. Die Schwester machte David Zeichen, dass er gehen müsste, der beugte sich zu Marlène herab und verpasste ihr einen kalten Kuss auf die Stirn, gegen den sie sich nicht wehrte, sondern die Gelegenheit nutzte, das Handy, das sich wieder aus der Jeans schob, zu ergreifen und unter der Bettdecke verschwinden zu lassen. David stand auf und ging zur Tür, während die Schwester eine Klingel anschloss und Marlène demonstrierte, wie man sie rufen konnte, die aber nicht zuhörte, sondern, von Müdigkeit überwältigt, die Augen schloss. Sobald die beiden das Zimmer verlassen hatten, die Tür von außen abgeschlossen wurde und sich die Schritte auf dem Gang entfernten, öffnete Marlène wieder ihre Augen, holte Davids Handy unter der Bettdecke hervor und überlegte. Als Erstes musste sie das Handy entsperren. Da sie dasselbe Modell besaß, wusste sie, dass man es mittels Daumenabdrucks oder der Eingabe eines sechsstelligen Codes aktivieren konnte, wozu man drei Versuche hatte. Welche sechs Zahlen sollte Marlène eingeben, um Davids Handy zu entsperren und Hilfe zu rufen? Davids Geburtsdatum? Falsch. Ihren Hochzeitstag? Falsch. Die Zahlenkombination, mit der sich die

Haustür in der Avenue des Jasmins öffnen ließ? Treffer. Nachdem Marlène Davids Handy entsperrt hatte, überlegte sie, wen sie anrufen sollte, um den Doktor zu warnen. Allerdings würde Marlène nicht mehr dazu kommen, weil ihre Kraft, sich gegen das Schlafmittel zu wehren, aufgezehrt war. »Ich muss in Bewegung bleiben!«, redete Marlène laut mit sich. »Immer in Bewegung bleiben! Den Kreislauf auf Trab halten, damit ich nicht einschlafe!« Mit Mühe stand sie auf und begann, das Bett zu umrunden, wobei es ein Halbkreis war, den sie beschrieb. Zur Tür, dann zum Fenster, entlang zwischen Fenster und Bett und zurück. Wieder und wieder. Immer wieder. Und es funktionierte, Marlène torkelte wie eine Betrunkene, stieß gegen die Wände, dann gegen das Bett, aber sie hielt sich wach, während sie Charlottes Nummer wählte, um sie zu überzeugen, dass ihr Bärchen in tödlicher Gefahr schwebte. Auch wenn Charlotte sie bei ihrem Besuch in der *Boulangerie* nicht ernst genommen hatte, würde sie der Umstand, dass David Marlène in die Psychiatrie von Saint-Raphaël hatte einweisen lassen, von der Gefahr überzeugen, in der der Doktor schwebte. Aber Charlotte würde nicht ans Handy gehen, weil die Vernissage mit Liu Wangs Vaginagebäck lief. Am besten wäre es, den Doktor anzurufen. Allerdings besaß er kein Handy. Es gab eine Festnetznummer, die zu einem altmodischen schwarzen Telefon führte, das noch aus der Zeit stammte, als an der *École Élémentaire* Lesen, Schreiben und Rechnen unterrichtet wurden. Marlène scrollte sich durch die Kontakte in Davids Handy, wo diese Nummer gespeichert war. Aber als sie die Nummer anrief, meldete sich nur ein bedächtiger Klingelton, und nach mehreren Minuten, in denen niemand den Hörer abnahm, gab Marlène auf. Es war mitten in der Nacht, wobei die Wissenschaftler zu den verrücktesten Zeiten vor ihren Laptops saßen, meist mit Kopfhörern, über die sie Musik hörten, weshalb niemand das Klingeln des alten Telefons wahrnahm. Was war mit Brandon? Brandon war in Venedig, um seine Installation an der Ponte della Paglia aufzubauen. Marlène kannte Brandons Nummer auswendig, doch immer, wenn sie anrief, drückte er sie weg. Aber ihr Name würde nicht auf Brandons Handy erscheinen, sondern eine unbekannte Nummer. Einen Versuch wäre es wert. Marlène gab Brandons Nummer ein und wartete lange. Sie wollte gerade aufgeben, als sich eine müde Männerstimme meldete: »Yes?«

»Brandon? Ich bin's, Marlène!«

»Fuck, weißt du, wie spät es ist?«

»Ich weiß, ich weiß, Brandon. Aber du musst mir helfen. Ich bin in der Psychiatrie.«

»Wo bist du?«

»Mein Mann hat mich in die Psychiatrie sperren lassen.«

»Warum?«

»Ist eine viel zu lange Geschichte. Ich bitte dich um einen letzten Gefallen, Brandon, dann hörst du nie wieder von mir, versprochen!«

»Was für ein Gefallen?«

»Du fährst noch in dieser Nacht in ein Dorf in den französischen Seealpen. Prévoux. Dort fragst du dich zu Doktor Bernard durch, den kennt dort jeder. Du erklärst ihm, dass er von einem Auftragskiller umgebracht werden soll und sofort das Dorf verlassen muss. Hast du verstanden, Brandon?«

»Marlène ...« Brandon machte eine bedeutungsvolle Pause.

»Ja?«

»Alles in Ordnung bei dir?«

»Warum fragst du?«

Einen Moment hörte man nur Brandons nachdenkliches Schweigen.

»Brandon«, setzte Marlène wieder an, »ich kann nicht mehr lange telefonieren. Die haben mich mit irgendwas abgeschossen. Deshalb, Brandon, du musst sofort losfahren. Jede Stunde zählt. Hast du verstanden?«

»Ja, ich habe verstanden. Prévoux?«

»Ich sende dir eine *WhatsApp* mit der Route.«

»Mach das, Marlène, ich fahre sofort los. Doktor Bernard?«

»Du kennst ihn. Charlotte hat euch auf einer Vernissage in der *Boulangerie* miteinander bekanntgemacht.«

»Ich lege jetzt auf«, erklärte Brandon. »Ich muss mein Team informieren, dann fahre ich los und rufe dich von unterwegs an.«

»Alles klar, Brandon, und danke, dass du das Leben von Doktor Bernard rettest!«

Marlène beendete das Telefonat, suchte bei *Google Maps* die schnellste Route von Venedig nach Prévoux und schickte sie Brandon. Aber es erschienen keine blauen Häkchen unter Marlènes *WhatsApp*, weil Brandon sie nicht las. Und sie begriff, dass er sie nicht zurückrufen würde, weil er sich, statt sich auf den Weg nach Prévoux zu machen, im Bett rumdrehte und weiterschlief.

Am Fenster entlang zur Stirnwand, zurück zwischen Fenster und Bett, am Waschbecken vorbei, 90-Grad-Kurve, zwischen Tür und Bett zur Stirnwand und zurück. »Ich muss hier raus!«, redete Marlène sich zu. »Sofort hier raus! Muss selbst nach Prévoux, den Doktor warnen!« Sie blieb vor dem Fenster stehen, griff nach dem Gitter und rüttelte daran. Es gab keinen Millimeter nach. Um aus ihrer Zelle rauszukommen, überlegte Marlène, bräuchte es schweres Gerät. Sie hielt inne, während ein Bild vor ihren Augen auftauchte: Ein Schweißbogen, der aufblitzte, als sie vor der Werkstatt Noirot auf Rachids Ducati stieg. Juliette! In Juliettes Werkstatt gab es Werkzeuge, um das Gitter zu entfernen. Marlène setzte ihren Weg fort, während sie in Davids Telefonliste suchte, dort aber keine Nummer von Juliette fand. Klar, er hatte sie nach dem Abort aus seinen Kontakten gelöscht. Also googelte Marlène die Werkstatt und rief dort an, wobei sie wenig Hoffnung hatte, mitten in der Nacht jemanden ans Telefon zu bekommen. *Tut, tut, tut …* Marlène wollte schon auflegen, als sich eine Frauenstimme mit arabischem Akzent meldete. Die Putzfrau. Marlène erklärte, wer sie war und dass sie in einer dringenden Sache die Chefin sprechen müsste. Die Putzfrau erwiderte, Juliette habe sich mit dem Baby zurückgezogen, deshalb wollte sie nicht stören. Marlène brach in Tränen aus und bat so flehentlich, dass die Frau versprach, es zu versuchen. So drehte Marlène weiter ihre Runden, ungeduldig auf Juliettes Rückruf wartend, als sich draußen auf dem Gang Schritte näherten. Und jetzt? Während die Schritte die Tür erreichten, überlegte Marlène, wo sie das Handy verstecken sollte. Sie entschied sich, es zwischen ihre Unterwäsche zu schieben. Nun wurde die Tür aufgeschlossen. Marlène gelang es, sich aufs Bett zu werfen, bevor die Krankenschwester mit David das Zimmer betrat. Die beiden überzeugten sich, dass Marlène schlief, und David begann sich umzuschauen. Er suchte sein Handy, während Marlène Blut und Wasser schwitzte, dass Juliette in diesem Moment zurückrufen würde. David trat an das Regal, rührte Marlènes Unterwäsche aber nicht an, drehte sich zum Bett, ging auf die Knie und schaute darunter nach, ob dort sein Handy lag. Als er wieder hochkam, wechselte er mit der Krankenschwester, die bei der Tür wartete, einen Blick, worauf die beiden das Zimmer verließen. Ihre Schritte entfernten sich auf dem Gang, als zwischen Marlènes Slips Davids Handy vibrierte.

Es war Juliette, die ganz leise sprach, weil sie Léo stillte. »Was gibt's?«

Marlène begann ausführlich zu erzählen, was geschehen war, um Juliette zu überzeugen, sie sei ihre letzte Hoffnung. Aber sie brauchte nicht weit auszuholen, dass David Marlène in die Psychiatrie von Saint-Raphaël hatte einweisen lassen, genügte Juliette. »Was soll ich tun?«

»Kannst du einen von deinen Mechanikern mit einem Schweißbrenner vorbeischicken, der mich hier rausholt?«

»Vergitterte Fenster?«, erwiderte Juliette nach kurzem Nachdenken. »Wie dick? Kannst du ein Foto machen und mir schicken? Und welche Etage?«

»Erdgeschoss.«

»Zimmernummer?«

»Weiß ich nicht, am Ende vom Gang. Auf der Rückseite der Psychiatrie. Da ist eine Gasse.«

»Ich hol dich raus«, versprach Juliette, »kann aber dauern. Du öffnest das Fenster und hängst was ins Gitter. Ein Handtuch, damit wir dich finden, okay?«

»Okay«, erwiderte Marlène, machte ein Foto von dem Gitter und schickte es Juliette.

Es mochten Stunden vergangen sein, als Davids Handy vibrierte, das Marlène in der Hand hielt. Irgendwann war ihr Widerstand gegen die Müdigkeit zusammengebrochen, und der Schlaf hatte sie überwältigt. Es war Juliette, die erklärte, Marlène sollte sich bereithalten.

»Wo bist du?«

»Pssst, ich bin hier!«

Marlène brauchte einen Moment, um zu begreifen, dass dieses »Pssst« nicht aus dem Handy kam. Es kam vom Fenster, wo Juliette hinter dem Gitter auftauchte und mit dem Handtuch, das sie dort hingehängt hatte, winkte.

Marlène stand vom Bett auf und trat an das Fenster.

»Es muss schnell gehen«, flüsterte Juliette. »Du ziehst dich an. In der Zwischenzeit ziehe ich das Gitter raus. Tritt ein paar Schritte zurück, damit du nichts abbekommst. Sobald das Gitter raus ist, rollst du das Bett ans Fenster, steigst darauf und kletterst auf die Fensterbank. Ich helfe dir auf der anderen Seite runter. Hast du verstanden?«

Marlène nickte.

»Hey, ich will das klar und deutlich von dir hören!«, insistierte Juliette, die begriff, dass Marlène unter Medikamenteneinfluss stand. »Hast du verstanden, was ich gesagt habe?«

»Ich ziehe mich an, warte, bis du das Gitter entfernt hast, rolle das Bett ans Fenster, steige auf das Fensterbrett und lasse mir von dir herunterhelfen«, wiederholte Marlène.

Juliette hob ihren Daumen und verschwand vom Fenster, während Marlène in ihre Sneakers schlüpfte und die Jacke überzog, die David mitgebracht hatte. Nun tauchte Juliette wieder hinter dem Gitter auf mit einem Haken, der am Ende eines Stahlseils hing. Sie klinkte den Haken in der Mitte des Gitters ein und verschwand wieder. Ein

Motor heulte auf, das Drahtseil spannte sich, und mit lautem Knall flog das Gitter heraus. Marlène rollte das Bett unters Fenster und stieg auf die Fensterbank. In der Gasse auf der Rückseite der Psychiatrie stand ein Abschleppwagen. Juliette bediente die Winde, die liegen gebliebene Autos auf die Ladefläche hievte, jetzt aber den Haken einholte, mit dem sie das Gitter rausgerissen hatte.

»Komm!« Juliette machte Zeichen, Marlène sollte eine Leiter herabsteigen, die sie außen an die Mauer gelehnt hatte.

Marlène zögerte. »Ist verdammt hoch!«

»Wie lange willst du noch warten?« Juliette wurde ungeduldig. »Gleich kommen die Schwestern und schauen nach dir.«

Tatsächlich, überall in dem düsteren Gebäude gingen Lichter an, man hörte Stimmen und Schritte. Marlène überwand sich und stieg die Leiter hinab, die Juliette auf der Ladefläche verstaute. Marlène kletterte auf der Beifahrerseite ins Führerhaus des Abschleppwagens, wo der kleine Léo in einem Kindersitz schlief.

Die Fahrertür wurde aufgerissen, Juliette stieg ein und startete den Motor. »Wo fahren wir hin?«

»Ich muss nach Prévoux, ein Dorf in den Seealpen. Den Doktor warnen. Du kannst mich am nächsten Taxistand absetzen.«

»Kommt nicht infrage«, erwiderte Juliette entschlossen. »Ich lasse dich nicht allein.«

»Was ist mit Léo? Das sind Gangster. Die sind gefährlich. Die sind bewaffnet.«

»Ich bin in Marseille im 3. Arrondissement aufgewachsen. Dort spielen Mädchen nicht mit Puppen.« Juliette öffnete das Handschuhfach, in dem eine Pistole lag. »Prévoux?« Juliette gab Gas und jagte den Abschleppwagen hinunter zum Meer, den Polizeiwagen ausweichend, die ihnen mit Blaulicht entgegenkamen.

Als David von der Gendarmerie Saint-Tropez informiert wurde, dass seine Frau auf spektakuläre Weise aus der Psychiatrie in Saint-Raphaël ausgebrochen war, ging über den Seealpen die Sonne auf. Juliette hatte den Abschlepp-wagen die Berge hinaufgejagt, jetzt machte sie eine Pause, um Léo zu stillen. Auch der Abschleppwagen brauchte eine Pause. Er gab stöhnende Geräusche von sich, nach-dem Juliette den Motor abgeschaltet hatte, die es genoss, dieses Gefährt, in dem sie schon auf dem Schoß ihres Vaters herumgefahren war, an seine Grenzen zu brin-gen. Léo schien auch Benzin im Blut zu haben, denn der brummende Motor beruhigte ihn so sehr, dass er den gan-zen Weg hinauf in die Berge geschlafen hatte. Jetzt saß Juliette auf einer Bank und stillte Léo, während Marlène ein Stück ging, um sich die Beine zu vertreten. Sie hat-ten die Baumgrenze erreicht, so wanderte ihr Blick über Berge und Kämme hinunter ins blaue Nichts, wo das Meer am Dunst zu erahnen war, der dort unten lag wie der Atem der Nacht. Was für ein friedlicher Ort, dachte Mar-lène, während sie eine Decke um ihre Schultern schlang, die Juliette ihr gegeben hatte gegen die Morgenkälte. Die Decke roch nach Schweiß, Arbeit und Asphalt. Marlène ließ ihren Blick zu Juliette schweifen, die Léo nach dem Stillen auf die Bank gelegt hatte und wickelte, woraus die beiden ein Spiel machten, das Léos glucksendes Lachen herüberwehte. Nun kam Juliette mit Léo herüber und fragte Marlène, ob sie ihn nehmen könnte, sie müsste pinkeln. Juliette hatte Léo nach dem Wickeln in ein Tuch gepackt, aus dem nur sein Kopf herausschaute. Aber in dem Moment, als Juliette das kleine Paket übergeben wollte, zögerte sie und warf Marlène einen prüfenden Blick zu, denn Marlène hatte durchschaut, dass Rachid nicht Léos Vater war. Marlène hielt dem Blick stand, während sie spürte, dass die Wut auf David nicht so stark war wie ihre Zuneigung für den kleinen Léo. Juliette gab sich einen Ruck, überreichte das Baby und verschwand zwischen den Bäumen, während Marlène erwartete, Léo würde zu schreien beginnen. Und es war tatsächlich so, dass es in Léo arbeitete, was er von der Situation halten sollte, allein im Wald mit der fremden Frau. Weshalb Marlène zu reden begann, was das für ein Vogel war, der in einer Pfütze landete und darin badete. Oder die Hummel, die im Gegenlicht stand mit ihren rasenden Flügeln. Was war mit dem Reh, das zwischen den Bäumen auftauchte und mit geblähten Nüstern Witterung aufnahm? »Siehst du, Léo, das ist ein Reh. Es ist scheu, weshalb wir leise sein müssen, damit es nicht wegläuft. Was ist das denn für ein Tier?« Ein Eichhörnchen rannte den Stamm einer Fichte hinunter, hielt inne und schaute herüber. »Und der Strich am Himmel dort oben, der goldene Strich? Das ist ein Flugzeug.« Marlène hielt inne. Was quatschte sie das Baby voll mit Offensichtlichem. Aber Léo schien es zu gefallen, denn in dem Moment, als sie zu reden aufhörte, drehte er seinen Kopf zu Marlène, und sein fragender Blick schien zu sagen: Warum hast du aufgehört zu reden? Weshalb Marlène ihre Beschreibungen fortsetzte, wer an diesem Morgen in den Bergen schon aufgestanden war.

Nun näherte sich metallisches Brummen, das keinem Tier zuzuordnen war. Zwei Scheinwerfer tauchten weiter unten zwischen den Bäumen auf und verschwanden wieder. Juliette hatte die Motorräder auch gehört. Ihre Jeans zuknöpfend, tauchte sie zwischen den Fichten auf und machte Marlène Zeichen, sie sollten weiterfahren. Sie stiegen in den Abschleppwagen und schauten schweigend zu, wie zwei Motorräder in der Serpentine, an deren Rand sie parkten, hintereinander auftauchten, ihre Fahrer sich in die Kurve legten und dabei so tief herunterkamen, dass ihre abgewinkelten Knie fast den Asphalt berührten. Sie trugen schwarze Overalls, schwarze Helme mit spiegelnden Visieren und schwarze Rucksäcke. Die Blicke der Frauen folgten ihnen, bis sie in der nächsten Serpentine verschwanden.

Juliette startete den Motor und jagte den Abschleppwagen in niedrigen Gängen die steiler werdende Straße hinauf. Bald erreichten sie eine Einmündung, an der es geradeaus weiterging Richtung Col d'Izoard, Teil der *Route des Grandes Alpes*, die von Motorradfahrern genutzt wurde, auf den spektakulären 700 Kilometern zwischen Nizza und Genfer See ihr fahrerisches Können zu zeigen. Auch wenn Juliette und Marlène es nicht aussprachen, hofften sie, dass die Motorräder weiter in Richtung Col d'Izoard gefahren waren. Aber als der Abschleppwagen wenig später am Ortseingang von Prévoux beim Foodtruck hielt, standen dort die beiden Motorräder.

Es war früher Morgen, die Prévoux-Community schlief noch, bis auf Jeff und Jim vom *Game* & *Fishing Department*, die über der Dorfstraße das Ziel-Transparent für den erstmals stattfindenden *Prévoux-Triathlon* aufhängten. Der Foodtruck öffnete gerade, die Klappe an der Seite, die zugleich Fenster und Theke war, senkte sich, und das verschlafene Gesicht des Pächters erschien. Marlène ging zu Jeff und Jim, die auf einer Leiter standen, und erkundigte sich nach den Motorradfahrern. Die beiden zeigten die Dorfstraße hinunter Richtung *École Élémentaire*. Die Motorradfahrer kämen von *Paris Match*, so Jeff und Jim, die immer gleichzeitig redeten, eine Journalistin und ein Fotograf.

Marlène wechselte mit Juliette, die mit dem Baby dabeistand, einen ernsten Blick, bevor sie sich wieder Jeff und Jim zuwandte. »Wo sind die beiden?«

»Wir haben sie ins Headquarter geschickt.«

»Einfach so? Habt ihr die beiden kontrolliert?«

Jeff und Jim warfen sich einen verwunderten Blick zu. »Kontrollieren? Wozu?«

»Habt ihr die Presseausweise kontrolliert?«

»Die Presseausweise kontrollieren? Das hier ist nicht das *Weiße Haus*.«

Marlène überlegte, nun wandte sie sich ab.

»Wo willst du hin?«, fragte Juliette.

»Zur Schule, den Doktor warnen.«

»Ich komme mit!« Juliette drückte dem verdutzten Jeff ihr Baby in die Hand.

»Was mache ich jetzt?«, fragte Jeff, der sich mit allem auskannte, nur nicht mit Babys.

»Sing Léo was vor, bleib in Bewegung. Léo mag es auch, wenn man ihn in die Luft wirft.«

Juliette ging zum Abschleppwagen und nahm etwas aus dem Handschuhfach. Als sie zurück zu Marlène kam und den Gegenstand hinten in den Bund ihrer Jeans steckte, war klar, es war die Pistole.

Während Jim eine Gitarre holte, die im Foodtruck verstaut war, sollte sich eine Party entwickeln, und »If You're

Happy And You Know It Clap Your Hands« klimperte, Jeff den kleinen Léo in die Luft warf, in seine Hände klatschte und wieder auffing, gingen die beiden Frauen über die leere Dorfstraße Richtung Schule, als sie inne-hielten.

Sich lebhaft unterhaltend, verließen Doktor Bernard und eine auffallend schöne Frau das ehemalige Schulge-bäude. Marlène kannte die Frau, hatte sie oft in Saint-Tro-pez gesehen in Begleitung von Sergej Romanow. Wenn auch der Doktor seiner Charlotte in ewiger Liebe ergeben war, war er für die Schönheit der angeblichen Journalis-tin nicht unempfänglich. Er erzählte mit großen Gesten und riss Witze, um Natascha zu beeindrucken. So kam das Paar lachend die leere Dorfstraße herunter auf Mar-lène und Juliette zu.

»Wo ist der Fotograf?«, dachte Marlène laut. »Macht er Fotos im Schulgebäude oder …«

Marlène und Juliette schauten sich um. Da, etwas blitzte auf einem Hausdach in der Morgensonne.

Die beiden Frauen machten Zeichen, von hinten auf das Dach zu steigen. Als sie dort oben ankamen, waren der Doktor und Natascha auf 100 Meter herangekom-men. Am Rand des flachen Daches lag ein Mann im schwarzen Motorradkombi. Neben ihm ein Rucksack, in dem er ein Präzisionsgewehr transportierte, das er zusammengebaut hatte und mit einem Zielfernrohr auf das Paar richtete, das die Dorfstraße herunterkam. Nata-scha war der Köder, sie sollte den Doktor ins Fadenkreuz des Killers locken.

»Hey!«

Es war kein Plan, den die beiden Frauen miteinan-der abgestimmt hatten: Juliette sprach den Mann auf dem Dach an, der sich kurz umschaute, sich aber wieder auf den Schuss konzentrierte. Weshalb Marlène auf ihn zustürzte, während der Finger am Abzug sich krümmte. Wie konnte sie verhindern, dass der Doktor in der nächsten Sekunde erschossen würde? Ohne nachzudenken, schlug Marlène ihre Handtasche dem Killer auf den Kopf, während sich der Schuss löste. Durch den Schlag mit der Handtasche veränderte der Schuss seine Richtung, und anstelle des Doktors traf die Kugel Natascha, die auf der Dorfstraße zusammenbrach.

Der Killer verharrte einen Moment wie erstarrt, weil er begriff, dass er nicht, wie sein Auftrag lautete, den Doktor erschossen hatte, sondern die Freundin von Sergej, seinem Boss. Jetzt sprang er auf, ließ Gewehr und Rucksack liegen und rannte an den Frauen vorbei zur Rückseite des Daches, wo er mit einem Sprung auf den Hang gelangte, an den das Haus gebaut war. Juliette rannte hinter dem Killer her und richtete ihre Pistole auf den Flüchtenden, unterließ es aber, auf ihn zu schießen, da der Mann geradewegs auf den Foodtruck mit Jeff, Jim und dem kleinen Léo zu rannte. Der Killer stieg auf sein Motorrad und jagte davon, während Jim »If You're Happy And You Know It« sang und Jeff den kleinen Kerl in die Luft warf, in die Hände klatschte und wieder auffing.

Weil der Schuss durch einen Schalldämpfer gedämpft wurde, hatte niemand aus der Community mitbekommen, was sich auf der Dorfstraße ereignete. Bis auf den Doktor, der auf der Straße kniete, mit der sterbenden Natascha in seinen Armen.

Marlène kam hinzu. »Das war knapp!«

Der Doktor verstand nicht.

»Der Schuss galt dir, Bernard. Diese Frau«, Marlène zeigte auf Natascha, deren Blick brach, »hat dich in die Falle gelockt.«

Der Doktor schaute ungläubig von Marlène zu Natascha und wieder zurück. »Was sagst du? Ich sollte erschossen werden?«

Marlène hatte keine Zeit für Erklärungen. Sie rief über Davids Handy die Gendarmerie an, dass ein Auftragskiller auf einem schwarzen Motorrad über die *Route des Grandes Alpes* flüchtete. Die Polizei errichtete Straßensperren an der Auffahrt zum Col d'Izoard, wo der Motorradfahrer nie auftauchte. Vermutlich ahnte der Killer die Falle und schlug sich mit seiner Crossmaschine über Bergpfade und Hirtenwege Richtung Rhônetal durch, vielleicht auch ins Piemont, getrieben von der Panik, welche Rache sich Sergej Romanow für ihn ausdenken würde, dessen Freundin er erschossen hatte.

Am Tatort in Prévoux, wo immer mehr verschlafene Wissenschaftler auftauchten, übernahmen Marlène und Juliette mit dem kleinen Léo auf dem Arm das Kommando. Da der Hubschrauber der Police Nationale wegen Nebel in Nizza nicht starten konnte, sperrten Jeff und Jim den Tatort ab, während sich Marlène um den Doktor kümmerte. Der Doktor stand unter Schock. Gestützt auf Marlène, die halb so groß war wie er, aber bei der er Halt suchte, flüsterte er immer wieder kopfschüttelnd: »Warum? Warum? Warum?«

Endlich kam Charlotte, die sich bei ihrer Freundin tränenreich entschuldigte, dass sie ihr nicht geglaubt hatte, bevor sie sich um ihr Bärchen kümmerte. Mittlerweile war auch der Hubschrauber aus Nizza gelandet, und die Police Nationale übernahm die Ermittlungen, wozu gehörte, dass man die Prévoux-Community ins Schulhaus sperrte, um sie als Zeugen zu vernehmen, obwohl alle zur Tatzeit noch in den Federn lagen. Polizeiwagen tauchten auf dem Parkplatz beim Foodtruck auf und sperrten die Zufahrt zum Dorf, damit die Übertragungswagen der TV-Sender nicht die Ermittlungen störten.

Natürlich tauchten bald auch Übertragungswagen vor der Villa von Sergej Romanow im Massif des Maures auf und errichteten ihre Sendemasten. Sergej spielte den trauernden Witwer, während sich in den Talkshows Experten darüber ausließen, ob Sergej Romanow selbst den Auftrag zum Anschlag auf seine Assistentin erteilt hatte, weil sie zu viel wusste. Wie auch immer, der Mörder von Natascha Borodina sollte nie gefasst werden, was allen Beteiligten recht war. Für die Polizei war es eine Abrechnung unter Gangstern, Sergej hatte kein Interesse, dass seine Rolle bei dem misslungenen Attentat bekannt wurde.

Marlène war mit Juliette und dem kleinen Léo auf dem Weg hinunter zur Küste, als das Handy in ihrer Handtasche klingelte. Es war David. Es gab keine Begrüßung, kein Bedauern, nicht mal eine Lüge, nur ein: »Hast du mein Handy?« Marlène wurde in diesem Moment bewusst, dass sie in der ganzen Aufregung keinen Plan gefasst hatte, wie sie mit David umgehen sollte, der sich ahnungslos gab. Natürlich hatte er in den Nachrichten gehört, dass die Freundin von Sergej Romanow in Prévoux erschossen worden war, aber er tat so, als hätte das nichts mit Doktor Bernard zu tun. Aber war das noch wichtig? Während sich der Abschleppwagen Saint-Tropez näherte, beschloss Marlène, ihre Sachen zu holen und zu Charlotte nach Grasse zu ziehen, die ihr aus Dankbarkeit, dass sie ihr Bärchen gerettet hatte, anbot, für den Rest ihres Lebens bei ihr zu wohnen.

Als Marlène nach tränenreicher Verabschiedung von Juliette und dem kleinen Léo aus dem Abschleppwagen stieg, der sie in der Avenue des Jasmins absetzte, schnitt David im Garten die Rosen. Dabei trug er einen Strohhut und Hosenträger, die eine weite Leinenhose hielten. Marlène begriff, David wollte seine Harmlosigkeit demonstrieren, indem er sich anzog wie ein Privatier in der Provence.

»Du machst ja Sachen!«, begrüßte David Marlène, als diese den Garten betrat. Er unterbrach seine Arbeit und kam auf Marlène zu, um sie zu umarmen.

Marlène hob ihre Hände, um David klarzumachen, sie nicht zu berühren. Sie verschwand im Haus, ging ins Schlafzimmer, nahm einen Koffer aus einem der Schränke, deren Türen sich durch Handauflegen öffneten, und packte Kleidung hinein, während David hinterherkam und schweigend zuschaute. Dann ging Marlène ins Atelier, packte Pinsel, Blöcke, Bleistifte, Zeichenkohle und Farben ein und wandte sich zum Gehen.

David versperrte ihr den Weg.

»Keine Sorge«, erklärte Marlène ruhig, »ich werde nicht gegen dich aussagen. Du bist gestraft genug, weiter mit dir leben zu müssen.«

Marlène machte mit dem Koffer eine unmissverständliche Geste, David sollte sie vorbeilassen. Der trat zur Seite und schaute ihr lange nach, wie sie das Haus verließ und die Avenue des Jasmins hinunter zur Place des Lices ging, wo sie in den Bus nach Grasse stieg.

David ging zurück in den Garten und schnitt die Rosen, darauf gefasst, dass er Besuch von der Polizei bekäme, die ihn mitnehmen würde aufs Revier, um seine Rolle im Zusammenhang mit dem Mord an Natascha Borodina zu klären. Aber die Polizei interessierte sich nicht für David, es gab nur einen Anruf der Psychiatrie in Saint-Raphaël, er sollte Marlènes Sachen abholen und bei der Gelegenheit die Rechnung für die Erneuerung des Gitters begleichen.

Eine Woche später fand auf dem Cimetière marin de Saint-Tropez die feierliche Beisetzung der sterblichen Überreste von Natascha Borodina statt, wie David aus der Zeitung erfuhr. Eine Gelegenheit, mit Sergej Kontakt aufzunehmen, wie man den Doktor nach dem misslungenen Anschlag aus der Welt schaffen könnte. Während der Pope der orthodoxen Gemeinde seine Gebete sprach, rannten die Wellen an diesem stürmischen Tag gegen die Friedhofsmauer an und machten der eleganten Trauergesellschaft klar, wie vergänglich das Leben ist. Nachdem Nataschas Sarg zur Erde gelassen worden war, standen die Trauernden an, um ans offene Grab zu treten und Rosenblätter auf den Sarg zu streuen.

Als David an der Reihe war, die Blätter seine Hand verließen und auf den weißen Sarg segelten, wandte er sich an Sergej, der mit unbeweglichem Gesicht neben dem Grab stand. »Es tut mir leid …«, setzte David an, aber Sergej stoppte ihn mit einer Handbewegung. »Ich habe mein Versprechen gehalten, jetzt geh mir aus den Augen!«

David sollte nie wieder von Sergej hören, aber ihm war klar, dass er den Joker gezogen hatte, auch wenn durch Marlènes beherzten Einsatz in Prévoux die Falsche getötet worden war. Dabei war das Problem mit dem Doktor nicht gelöst, der nach dem ersten Schock die Aufmerksamkeit, die ihm der Mord in Prévoux bescherte, nutzte, in jedes Mikrofon, das ihm hingehalten wurde, zu erklären, dass er daran forschte, ausgestorbene Arten zum Leben zu erwecken.

19

Nachdem der Herbstregen die Kreidezeichnung, mit der die Police Nationale die Lage von Nataschas Leiche auf der Dorfstraße von Prévoux markiert hatte, wegspülte, die TV-Stationen ihre Sendeschüsseln abgebaut und ihre Übertragungswagen weggefahren hatten, sich die Talkshows wieder mit den Affären der Grimaldis beschäftigten, nachdem Gras über den Mord in Prévoux zu wachsen begann, kehrte die Community an die Arbeit zurück, um am letzten Septemberwochenende den ersten *Prévoux-Triathlon* zu starten, den eine junge Biologin aus Burkina Faso gewann. Nachdem der Doktor eine Auszeit genommen hatte, sich in Charlottes Haus erholte und dafür sorgte, dass der Rosé die richtige Temperatur hatte, nahm er wieder seine Arbeit auf. Wozu gehörte, sich mittwochs im *Musée Océanographique* mit Kollegen auszutauschen und anschließend im Port Hercule mit Charlotte Austern zu schlürfen.

Wie immer kam Charlotte zu spät, als David sich zur Überraschung des Doktors an seinen Tisch setzte. David hatte den Moment abgepasst, sich mit dem Doktor auszusprechen. »Du wunderst dich bestimmt«, beruhigte er Bernard, »dass ich dich hier überfalle …« Ein falsches Lächeln. »Aber wir müssen reden. Von Mann zu Mann.«

Der Doktor schaute David an, wie damals, als er ihm

in der *Résidence au Soleil* seinen Vortrag über die Kupferpflanze gehalten hatte. Skeptisch, was da kommen würde.

»Es sind Verdächtigungen über mich in Umlauf. Schlimme Verdächtigungen«, fuhr David fort. »In die Welt gesetzt von meiner Frau, der ich keinen Vorwurf mache. Marlène ist krank. Sie hat Probleme, schwere psychische Probleme ...«

»Psychische Probleme?«, unterbrach der Doktor. »Ich sehe Marlène oft in Grasse. Sie malt wieder. Richtig gute Bilder, sagt sogar Charlotte. Die Trennung von dir scheint ihr gutzutun.«

»Ich weiß nicht, was du alles weißt?« David zwang sich zu einem Lächeln. »Aber ich möchte dir versichern, dass ich keinen Killer beauftragt habe, dich zu töten.«

»Warum auch?«, erwiderte der Doktor, wobei nicht klar wurde, ob es Ernst war oder Ironie.

»Du sagst es«, fuhr David fort, »wir sind Freunde. Außerdem unterstütze ich dein Projekt und wünsche mir, dass ihr Erfolg habt.« David schaute sich um, ob irgendwo das Alfa Cabrio von Charlotte auftauchte, die trotz ihres Geldes lieber nach einem kostenlosen Parkplatz suchte, als ins Parkhaus zu fahren.

»Möchtest du was trinken?« Der Doktor hielt eine Flasche Rosé hoch.

David winkte ab. »Danke, muss noch fahren.«

»Wie kommst du klar ohne Marlène?«

David machte eine unbestimmte Handbewegung. »Es geht, ich lenke mich ab, kümmere mich um den Garten. Außerdem«, David zwang sich zu einem Lächeln, »ist es ja nicht für immer.«

Der Doktor nickte, und eine Zeit lang schwiegen die

beiden. Bernard schaute in das Weinglas in seiner Hand, und David zeichnete mit dem Zeigefinger ein Muster auf die weiße Tischdecke.

»Wir sollten mal wieder was zusammen unternehmen«, brach David das Schweigen.

Der Doktor nickte, nicht überzeugt. »Uns besaufen?«

»Klar, besaufen«, erwiderte David. »Aber vorher sollten wir uns anstrengen. Was hältst du von einer Wanderung durch den Canyon du Verdon?«

»Und die Frauen machen sich wieder lustig über uns?«

»Ohne Frauen. Nur wir zwei. Eine Männertour.«

Der Doktor überlegte, jetzt nickte er. »Der Canyon, nur wir zwei. Warum nicht? Ich bin dabei. Wann?«

»Wir brauchen sicheres Wetter. Ich sage dir kurz vorher Bescheid und hole dich in Grasse ab. Von dort sind es nur zwei Stunden.« David stand auf, weil der Spider von Charlotte im Port Hercule auftauchte. »Abgemacht?« David streckte seine Hand aus, und der Doktor schlug ein.

Wenig später begrüßte Charlotte ihr Bärchen mit Küssen, ließ sich Bernard gegenüber auf den Stuhl fallen und trank sein Glas leer, um den neuesten Ärger aus der *Boulangerie* loszuwerden: »Liu Wang weigert sich, nach Ablauf der Ausstellung ihre Keramiken einzupacken, weil sie herausgefunden hat, dass die nächsten Tage ungünstig sind für den Transport.«

»Stell die Kiste mit den Muschis in die Backstube«, schlug der Doktor vor.

»Wenn das so einfach wäre. Wegen der negativen Schwingungen dürfen die Objekte nicht eingepackt werden.«

»Und jetzt?«

»Während Liu Wang keinen Platz macht, drängt das indigene Künstlerkollektiv aus Brasilien, das ich als Nächstes ausstelle, wann sie aufbauen können.« Charlotte seufzte schwer. »Diese Künstler rauben mir den letzten Nerv.«

»Künstlerinnen«, korrigierte der Doktor.

»Nein, nein, Bernard, das hast du falsch verstanden. Liu Wang möchte ›Künstler‹ genannt werden, weil ihrer Meinung nach die weibliche Form abwertend klingt.«

Der Doktor schüttelte den Kopf. »Da kann ich froh sein, es mit verschrobenen Wissenschaftlern zu tun zu haben. Wollen wir bestellen?« Er winkte nach einem der Kellner, der die Karte brachte, aber da sie immer Bouillabaisse bestellten, vorher ein Dutzend Austern schlürften und sich zum Dessert eine Mousse au Chocolat teilten, gab der Doktor die Karte zurück und die Bestellung auf.

»Weißt du, wer gerade hier war?« Der Doktor zeigte auf den Stuhl, auf dem Charlotte saß. »Das errätst du nie.«

»Sergej Romanow?«

»Nicht schlecht!« Der Doktor nickte anerkennend. »Du bist ganz nah dran.«

»Mach's nicht so spannend!«, bettelte Charlotte.

»David war hier und saß auf deinem Stuhl.«

»David?« Charlotte sprang von dem Stuhl auf, als stünde er unter Strom, schob ihn weg und nahm sich einen anderen. »Was wollte der Dreckskerl von dir?«

»Sich aussprechen, dass alles ein großes Missverständnis ist. Der angebliche Auftragsmord …«

»Dieses Arschloch besitzt die Frechheit«, fiel Charlotte dem Doktor ins Wort, »dir hier aufzulauern?« Sie brach ab, weil sie sich besann, dass ihre Rolle in dieser Geschichte nicht gerade rühmlich war. Statt auf Marlènes Anruf hin ihr Bärchen zu warnen, hatte sie eine durchgeknallte Künstlerin hofiert. »Und, habt ihr euch ausgesprochen?«

Der Doktor blies die Backen auf. »David tut mir fast ein bisschen leid. Jetzt besitzt er ein Haus in Saint-Tropez und hat ausgesorgt bis ans Ende seiner Tage, ist aber ein einsamer Mann. Wenn David nicht damit gerechnet hätte, dass du hier jeden Moment auftauchst, wäre er geblieben, um zu reden. Er will mit mir wandern gehen.«

»Wandern?«, wiederholte Charlotte. »Wo?«

»Im Canyon du Verdon.«

»Ausgerechnet im Canyon! Wie auch immer, du läufst da nicht mit. Und wenn ich dich einsperre.«

Der Doktor hob schüchtern den Zeigefinger, um was zu sagen, aber Charlotte ließ ihn nicht zu Wort kommen. »Vergiss es, Ende der Diskussion … Scheiße!« Charlotte sprang auf und rannte zu dem Motorradpolizisten, der bei ihrem Cabrio stand und über Funk den Abschleppwagen rief.

Über die Verhandlungen mit dem Polizisten, wobei Charlotte alle Register zog und ein Bein auf die Fußraste des Polizeimotorrads stellte, dass ihr Kleid hochrutschte, ein Verhalten, das sie sonst ablehnte, vergaß Charlotte die Männertour, die David mit ihrem Bärchen plante. Und auch der Doktor verlor kein Wort mehr über die Wanderung durch den Canyon du Verdon, um nicht in die Situation zu kommen, David abzusagen, weil Charlotte es ihm verboten hatte.

Wenn Marlène ihr neues Atelier betreten wollte, musste sie dem Funkenflug einer Flex ausweichen, die Pfiffe der Mechaniker über sich ergehen lassen, sich unter einer Hebebühne wegducken und eine wackelige Wendeltreppe hinaufsteigen, um zu einer Brandschutztür zu gelangen, die immer geschlossen bleiben musste. Dahinter öffnete sich ein Raum, der sich ins Unendliche vergrößerte, weil an Wänden und Decke Spiegel hingen. Das Liebesnest von Juliettes Vater, der hier seine Siesta verbrachte. Obwohl jeder wusste, was der Chef trieb, redete niemand darüber, als ob es den Raum über der Werkstatt nicht gab. Nachdem »der Alte den Löffel abgegeben hatte«, wie Juliettes Mutter es auf ihre direkte Art Marlène gegenüber beim Beerdigungskaffee formulierte, machte sich die Familie Gedanken, das Liebesnest zu vermieten. Da der Preis günstig war und Marlène auf der Suche, weil ihr Charlottes Dankbarkeit in Grasse auf die Nerven ging, ließ sie sich den Raum zeigen.

Juliette war der schlechte Geschmack ihres Vaters peinlich, vor allem die vielen Spiegel, aber Marlène war begeistert. Natürlich mussten die Spiegel raus, auch das Wasserbett. Aber der Raum hatte eine gute Aura, einen schönen Ausblick auf die Nachbarschaft und einen weichen Lichteinfall durch das Glasdach, wo die erbarmungslose Sonne durch eine Schicht Taubenscheiße gedimmt wurde. Es gab eine Dusche, die zugleich Toilette war, geheizt wurde im Winter mit Kohle. Außerdem gab es eine kleine Pension um die Ecke, wo Marlène fürs Erste wohnen könnte, bis sie sich entschieden hätte, ob sie in Marseille bleiben würde.

Der Umzug war schnell erledigt. Rachid fuhr Marlène im Sprinter nach Saint-Tropez, baute sich in ihrem Atelier auf und machte David, der versuchte, mit Marlène ins Gespräch zu kommen, klar, er solle sich verpissen. Marlène nahm nur das Nötigste mit, Farben und Malwerkzeuge, Leinwände und Rahmen. Möbel brauchte sie keine, das Zimmer in der Pension war mit Geschmacklosigkeiten eingerichtet, die Marlène als Wohltat empfand nach der Design-Orgie in der Avenue des Jasmins. Außerdem verbrachte sie hier nicht viel Zeit, durchstreifte das Viertel, passte auf den kleinen Léo auf, wenn Juliette unterwegs war, saß zum Abendessen mit der Familie Noirot zusammen und malte in ihrem Atelier bis tief in die Nacht. Als Erstes das Team der Werkstatt. Ein Freundschaftsdienst, um den Juliette gebeten hatte, und den Marlène gern erfüllte.

Die Mechaniker bauten sich in der Werkstatt wie eine Fußballmannschaft auf, und Marlène wollte eingreifen, weil ihr die Inszenierung zu statisch erschien. Wie Rembrandts *Staalmeesters*, ließ es aber laufen und malte. Das Ergebnis war verblüffend. Das große Gemälde sah aus wie von einem holländischen Meister, aber die Mechaniker mit ihren Tattoos, den Fußballtrikots, ihren Bärten und Undercuts waren die Vertreter einer neuen Zeit. Marlène hatte ihren Stil gefunden: die Technik der Lavendelfelder, verbunden mit den Gesichtern des 3. Arrondissements. So stiegen die unterschiedlichsten Menschen des Viertels die wackelige Wendeltreppe hinauf und saßen für Marlène Modell.

Charlotte kam zu Besuch, schritt durch Marlènes Atelier und blieb vor einem Bild stehen, das noch nicht fertig war: Ein Mädchen mit Kopftuch, Handy und Sneakers.

»Wie viel?«

»Du willst das Bild kaufen?«

Charlotte nickte entschlossen.

»Nimm es mit«, schlug Marlène vor. »Ich habe bei dir gewohnt, außerdem musst du mich nicht subventionieren.«

Charlotte wurde ernst. »Das ist kein Gefallen, Lene. Ich kaufe das Bild nicht, weil du meine Freundin bist, sondern weil es mir gefällt.«

Die beiden einigten sich auf einen Preis, es war das Höchste, was Marlène jemals für ein Bild bekommen hatte. Sie malte das Bild fertig, packte es in einen Fiat 500, den sie sich in der Werkstatt auslieh, und brachte es nach Grasse, wo Charlotte dabei war, den Baselitz im Esszimmer abzuhängen, um Platz zu schaffen für Marlènes *Mädchen mit Handy*.

Während die Freundinnen das Bild aufhängten – Marlène mit einem Hammer auf der Leiter, Charlotte Anweisungen gebend – tauschten sie den neuesten Tratsch aus, bis sie zu dem Doktor kamen und Davids seltsamem Vorschlag einer Männertour durch den Canyon du Verdon.

Marlène ließ vor Schreck den Hammer fallen. »Aber Bernard macht doch da nicht mit?«

»Ich habe es ihm verboten. Aber warum …« Charlotte stürzte aus dem Zimmer und kam wenig später zurück. »Der Rucksack, mein Rucksack ist weg!«

»Wo ist Bernard?«

»Hat sich am Morgen von mir verabschiedet. Angeblich will er nach Prévoux.«

»Scheiße!« Marlène sprang von der Leiter, stürzte in die Garderobe, warf Sneakers und Jacken in einen Korb, riss die erstarrte Charlotte hinter sich her zu dem getunten Cinquecento und gab Gas.

20

Auf dem Parkplatz von La Maline gingen alle Blicke Richtung Himmel, der seine Farbe veränderte. Herrschte hier noch vor einer halben Stunde sorgloses Blau, waren Wolken aufgezogen. Auch Doktor Bernard schaute skeptisch nach oben, bis er zu David schwenkte, der in der Heckklappe seines Range Rovers die Bergschuhe schnürte.

»Worauf wartest du?« Aufmunternd klopfte David neben sich. Der Doktor setzte sich seufzend zu David. »Und wenn wir ein anderes Mal wiederkommen?« Er zeigte auf die anderen Wanderer, die in ihre Autos stiegen und davonfuhren.

»Das ist die Gelegenheit, Bernard, wir haben den Canyon für uns allein.«

»Ich weiß nicht …?«

»Komm schon«, drängte David. »Oder willst du, dass sich die Frauen über uns lustig machen, weil wir vor dem Canyon den Schwanz eingezogen haben?«

Obwohl er nicht überzeugt war, ergab sich der Doktor in sein Schicksal. Er schnürte seine Bergschuhe, schulterte Charlottes rosa Rucksack und folgte David zum Einstieg des Sentier Martel. Ein letzter Blick zurück: Da stand nur noch Davids Range Rover auf dem leeren Parkplatz.

Sie kamen gut voran. David machte Tempo, und der Doktor folgte tapfer, um die Tour schnell hinter sich zu bringen. So drangen sie immer tiefer in den Canyon ein, dessen Wände näher rückten, während sich das Grau über ihren Köpfen in giftiges Grün verwandelte. Bei einer Trinkpause unternahm der Doktor einen Versuch, David zur Umkehr zu bewegen, aber der setzte sich mit einem Scherz über seine Bedenken hinweg. Es begann zu regnen, erst leise, so leise, dass der Doktor den Regen für Schweiß hielt, der ihm von Stirn und Nase tropfte. Der Regen wurde stärker, und der Doktor wollte die Tour abbrechen, aber David war ein Stück voraus, sodass die Rufe des Doktors im prasselnden Regen untergingen. Was blieb Bernard, der sich vor der entfesselten Natur zu fürchten begann, anderes übrig, als David zu folgen. So erreichte Bernard den Talgrund, wo er sich auf einen Stein fallen ließ und besorgt den Verdon betrachtete, der über die Ufer getreten war und mit weißen Schaumkronen vorbeischoss. David rief in den knatternden Wind, sie würden fünf Minuten Pause machen. Bernard sollte sich ausruhen, er würde pinkeln gehen. In Wahrheit suchte David einen Stein, mit dem er dem Doktor den Schädel einschlagen würde. Er fand einen handlichen Faustkeil und näherte sich von hinten dem ahnungslosen Doktor, der zu erschöpft war zu begreifen, in welcher Gefahr er schwebte. Aber während David ausholte, um den Doktor zu erschlagen, traf ein Ast, den der Sturm abgebrochen hatte, Bernard am Kopf, der zur Seite sackte. David ließ den Stein fallen und untersuchte den Doktor, der das Bewusstsein verloren hatte, während er sein Glück kaum fassen konnte. Er musste sich nicht die Hände schmutzig machen. Er wäre kein Mörder wie Sergej Romanow. Er würde die Échelles Imbert hinauflaufen, weiter durch die drei Tunnel, bis er bei der Point Sublime ein Netz hätte, um die Polizei zu alarmieren, weil sie im Canyon von einem Unwetter überrascht worden waren, sein Kumpel von einem herabstürzenden Ast getroffen wurde, in den Verdon gestürzt und davongetrieben war, ohne dass er ihm hätte helfen können.

»*Brogharia cuprea*«, flüsterte David, während er den bewusstlosen Doktor näher ans Wasser zog. »*Brogharia cuprea*, so ausgestorben wie du, mein Freund.« Ein letzter Blick. Es würde nicht lange dauern, bis der Verdon den Doktor mitnehmen würde ins Nirvana.

Marlène hatte auf dem Weg von Grasse zum Canyon mehrere Stoppschilder überfahren und die Aufmerksamkeit von zwei Blitzern auf den Cinquecento gezogen. Jetzt hielt sie mit quietschenden Reifen auf dem Parkplatz von La Maline, wo der Sturm so stark auf die Fahrertür drückte, dass Marlène über die Mittelkonsole klettern musste, um auf der Beifahrerseite auszusteigen, die im Windschatten lag. Der Sturm fegte die Frauen über den leeren Parkplatz Richtung Einstieg, die sich bei den Händen hielten, um nicht weggeweht zu werden. Es brauchte keine lange Besprechung, ein entschlossenes Nicken, und die beiden stiegen in den Sentier Martel ein. Weil der Hang im Lee lag, kamen sie gut voran, während der Regen sie nach kürzester Zeit durchweicht hatte, denn die Jacken, die Marlène bei ihrem Aufbruch von Charlottes Garderobe gerissen hatte, waren für die Croisette gedacht und nicht für den Canyon du Verdon. Die Frauen ignorierten Regen und Sturm, vorangetrieben vom Adrenalin, das die Sorge um das Leben des Doktors in sie pumpte. Marlène rannte voraus, trotzdem war Charlotte das Tempo zu langsam. Sie hatte versagt, als sie Marlènes Warnung nicht ernst nahm und ihr Bärchen um ein Haar erschossen worden wäre, weshalb sie Marlène überholte, obwohl diese die Sportlichere war. So gelangten sie immer tiefer in den Canyon, während der donnernde Verdon den prasselnden Regen übertönte. An der Stelle, wo der Pfad den Verdon erreichte, lag Charlottes rosa Rucksack. Sie stürzten dorthin und fanden den bewusstlosen Doktor, an dessen Füßen bereits der Verdon leckte. Sie drehten ihn auf den Rücken, ohne dass er eine Reaktion zeigte. Charlotte brach in Tränen aus und flehte ihr Bärchen an, wieder aufzuwachen, während Marlène sie beiseite stieß und dem Doktor ein paar Ohrfeigen verpasste, bis er seine Augen öffnete.

»Was ist passiert?«, fragte Marlène.

Der Doktor versuchte, sich zu erinnern. »Ich weiß nicht? Habe was auf den Kopf bekommen.« Er fasste sich an eine Stelle am Hinterkopf mit blutverschmierten Haaren.

»Wir müssen hier weg!«, beendete Marlène die Befragung. »Kannst du aufstehen, Bernard?« Sie reichte dem Doktor ihre Hände, und während Marlène zog und Charlotte von hinten schob, erhob sich der Doktor, schüttelte sich und gab den Frauen zu verstehen, dass er okay wäre.

Die Frauen nahmen den Doktor in die Mitte, so schwankten die drei Richtung Échelles Imbert, während der Regen mit unverminderter Wucht auf sie herunterprasselte. Der Doktor biss die Zähne zusammen, während er sich die 252 Stufen hinaufquälte, immer wieder angespornt von den Frauen, es sei nicht mehr weit. Als sie den ersten Tunnel erreichten, ging der Doktor zu Boden und blieb minutenlang sitzen, während Charlotte ihm Wasser einflößte und Marlène die Wunde an seinem

Kopf versorgte. Es war der Doktor selbst, der zum Aufbruch mahnte. Er hatte Schmerzen und war angeschlagen, quälte sich aber tapfer durch die drei Tunnel bis zur Point Sublime, wo Marlène den Notruf wählte. 30 Minuten später jagte ein Rettungswagen die Serpentinen herunter. Die Notärzte brachten den Doktor in die Ambulanz von Moustiers-Sainte-Marie, nachdem sie Marlène und Charlotte in La Maline abgesetzt hatten. Als die Frauen in der Ambulanz eintrafen, hatten die Ärzte den Doktor schon geröntgt. Er hatte keine Gehirnerschütterung, nur eine Platzwunde am Kopf, sodass Charlotte und Marlène ihn mitnehmen durften.

David hatte längst den Canyon über die Tunnel verlassen und die Polizei gerufen, die ihn zu seinem Auto brachte, mit dem er nach Saint-Tropez fuhr. Zu Hause stellte David sich unter die Regenwasserdusche und wusch sich frei von jeder Schuld. Danach zog er sein Provence-Kostüm an, Strohhut, Leinenhose, Fischerhemd, darüber Hosenträger, und öffnete im Garten eine Flasche *Château Gigaro*. Und wie er den Blick über seinen Besitz schweifen ließ, überkam ihn ein grandioses Gefühl, dass ihm dieses Haus niemand wegnehmen könnte, weil der Doktor tot den Verdon hinuntertrieb. Etwas später, eine Dorade knusperte auf der Planchaplatte der Outdoorküche, klingelte es zu Davids Verwunderung an der Haustür. Wer konnte das sein? David bekam nie Besuch. War es die Polizei, die noch Fragen hatte? David stellte den Grill auf die niedrigste Stufe, ging durchs Haus und öffnete die Tür.

Draußen stand Doktor Bernard. Verdreckt, durchnässt, mit einem Kopfverband, erschöpft, aber er lebte.

»Bernard?«, fragte David tonlos, der glaubte, ein Gespenst zu sehen. »Ich dachte, du wärst tot!«

»Ich wollte mich für die Tour bedanken«, erklärte der Doktor mit einem Lächeln. »War schön, dass wir beide mal wieder was zusammen unternommen haben.«

David öffnete seinen Mund, um etwas zu erwidern, aber ihm fiel nichts ein. Jetzt sah er, dass im Vorgarten Charlotte und Marlène standen. David überlegte nicht lange, rannte an dem Doktor vorbei die Außentreppe hinunter, stieß die Frauen aus dem Weg, sprang in seinen Range Rover und gab Gas. Aber weil Marlène die Reifen zerstochen hatte, kam David nicht weit. Die Polizei stellte ihn am Port Noveau, wo früher seine Brigitte-Bardot-Tour startete. David ließ sich widerstandslos festnehmen und in den Mannschaftswagen schieben. Der Polizeibus wendete und fuhr zurück nach Saint-Tropez. So kamen sie am *Sénéquier* vorbei, wo Sergej auf der Terrasse saß mit einer Frau, die aussah wie Natascha, nur jünger. Jetzt wurde Sergej auf den Polizeibus aufmerksam und entdeckte David hinter dem vergitterten Fenster. Und während sich die Blicke der beiden Männer trafen, begann Sergej zu lächeln.

Weitere Titel finden Sie auf den
folgenden Seiten und im Internet:

WWW.GMEINER-VERLAG.DE

Daniel Izquierdo-Hänni
Gefährliches Wasser
Kriminalroman
224 Seiten, 13,5 x 21 cm,
Premiumklappenbroschur
ISBN 978-3-8392-0830-4

Von Mord und Totschlag hatte Vicente Alapont eigentlich genug. Vor Jahren schon hat er seinen Job als Ins-
pektor bei der Policía Nacional an den Nagel gehängt
und fährt seitdem in seiner Heimatstadt Valencia Taxi.
Aber er kann das Ermitteln nicht lassen. Als er gebeten
wird, herauszufinden, wer hinter einem Einbruch
in der Altstadt steckt, sagt er gleich zu. Doch dann
nehmen seine Nachforschungen eine unerwartete Wendung und, was wie ein einfacher Fall von Vandalismus
aussah, entpuppt sich als weitaus übleres Verbrechen …
Mit einem Vorwort des Autors zur aktuellen Katastro-
phe in Valencia.

GMEINER SPANNUNG

WWW.GMEINER-VERLAG.DE
Wir machen's spannend

Ernesto Rosso
Wenn bei Capri die Toten im Meer versinken
Kriminalroman
240 Seiten, 12,5 x 20,5 cm,
Broschur
ISBN 978-3-8392-0832-8

Ein Mord bricht die Idylle auf der malerischen Insel
Capri. In der Funicolare, der berühmten Zahnrad-
bahn, wird eine Leiche entdeckt, grausig zugerichtet.
Der Bürgermeister ist überfordert, schon seit vielen
Jahren gibt es auf Capri keine eigene Polizeiwache
mehr, da auf der Insel der Reichen und Schönen sonst
nie etwas passiert. Die Polizei in Neapel ist überlas-
tet und beordert Commissario Marco Tomasini aus
dem Ruhestand zurück in den Dienst, um vor Ort
zu ermitteln. Kann er den »Schlitzer von Capri« zur
Strecke bringen?

GMEINER SPANNUNG

WWW.GMEINER-VERLAG.DE
Wir machen's spannend

Stephan R. Meier
Riviera Express - Das Vermächtnis der Contessa
Kriminalroman
336 Seiten, 13,5 x 21 cm,
Premiumklappenbroschur
ISBN 978-3-8392-0814-4

Riviera di Ponente. In den frühen Morgenstunden wird Commissario Gallo zum Fundort einer Leiche gerufen. Ein Olivenbauer hatte die junge Frau am Ortsrand von Sanremo, oberhalb der malerischen Altstadt mit den bunten Häusern und der sonnigen Küstenpromenade, entdeckt. Die Ermittlungen führen Gallo und sein Team zu einer weit in die Vergangenheit reichenden Familientragödie – und zu einer zweiten Leiche. Als der Commissario eine Verbindung zwischen den Toten enthüllt, tritt er eine Lawine los, die seine Karriere beenden könnte.

GMEINER SPANNUNG

WWW.GMEINER-VERLAG.DE
Wir machen's spannend

Hermann Ehmann
Gelato, Grazie, Mord!
Kriminalroman
288 Seiten, 13,5 x 21 cm,
Premiumklappenbroschur
ISBN 978-3-8392-0822-9

Hochsommer an der Adria. Sieben Schönheiten
strahlen auf dem Laufsteg, um den prestigeträchtigen
Titel der »Miss Adria-Beach« und eine Rolle in einem
Kinofilm zu ergattern. Doch kurz vor dem Finale
wird Miss Bibione leblos im Pinienwald gefunden.
Hat eine Konkurrentin der bezaubernden Beauty
Giftpilze in die Tagliatelle gemischt? Als wenig später
der exzentrische Fotograf der Misswahl ungebremst
gegen einen Brückenpfeiler rast, ermittelt die Polizistin Isabelle Martin undercover als Escortgirl – was
sie dabei entdeckt, übertrifft ihre kühnsten Vorstellungen.

GMEINER SPANNUNG

WWW.GMEINER-VERLAG.DE
Wir machen's spannend